La Fille sans visage

Patricia MacDonald

La Fille sans visage

ROMAN

Traduit de l'américain
par Nicole Hibert

Albin Michel

© Editions Albin Michel, 2005
pour la traduction française

Edition originale :
THE GIRL NEXT DOOR
© Patricia Bourgeau 2004
Publié en accord avec l'éditeur original, Atria Books.

*A mes amis Craig, Michel, Daniel Gras,
et à Josephine Halfpenny, qui nous a réunis.
Joyeux anniversaire, Nan.*

Prologue

Nina Avery essayait de se concentrer sur les passages soulignés de son texte. Même si elle adorait jouer et était ravie du rôle qu'elle avait décroché dans le spectacle de fin d'année, elle n'arrivait pas à apprendre ses répliques. Elle était distraite par la brise d'avril qui se faufilait dans sa chambre, par le fait qu'on était vendredi et que les cours étaient terminés pour le week-end. Mais surtout elle songeait à Brandon Ross, le garçon qui habitait la maison d'à côté.

Il y avait emménagé avec sa famille en novembre dernier, et elle avait fait sa connaissance pendant les vacances de Noël. Marsha, la mère de Nina, avait organisé une réception pour leurs nouveaux voisins. Le père de Brandon, Frank, était trapu, le crâne dégarni. Sa mère, Sheila, était blonde, mince et très élégante. Comme souvent, la réception s'était conclue par une dispute entre les parents de Nina. Marsha accusait son mari, Duncan, d'avoir flirté avec Sheila. Duncan, lui, reprochait à Marsha de s'être mal tenue, d'avoir bu trop de egg nog[1] et gâché la soirée.

---

1. Egg nog : breuvage traditionnel parfumé au rhum, composé de lait, d'œufs, de sucre et de brandy, que l'on offre à l'époque de Noël pour accueillir les invités. (*Toutes les notes sont de la traductrice.*)

Mais pour Nina, la soirée n'avait pas été gâchée. Elle était tombée raide amoureuse de Brandon.

Malheureusement, elle ne l'avait pas beaucoup vu pendant les mois suivants. En hiver, pour éviter de rester dans le froid, on attendait la dernière minute pour courir jusqu'à l'arrêt du bus qui les emmenait tous les deux au collège. Maintenant que le printemps était revenu, Nina quittait la maison plus tôt, afin de pouvoir passer quelques instants supplémentaires avec lui. Il était plus grand qu'elle, et plus âgé d'un an – il avait quinze ans, de larges épaules, des cheveux bruns, soyeux, qui lui balayaient le front. Ses yeux, quand elle avait l'audace de chercher son regard, étaient également bruns, semés de paillettes dorées.

– Non, tu m'écoutes, Marsha. J'ai des patients qui m'attendent. J'ai laissé mon cabinet pour aller là-bas, dans ce lycée, et me faire humilier...

Son père criait. Nina soupira, de retour dans la réalité. Ce n'était pas seulement la fièvre du printemps et Brandon Ross qui la rendaient distraite, elle le savait pertinemment. Il lui était impossible de mémoriser ses répliques en faisant abstraction de ce qu'elle entendait au rez-de-chaussée. Ses parents venaient de rentrer du lycée, où on les avait convoqués pour discuter des problèmes de son frère Jimmy. Manifestement, ça ne s'était pas très bien passé. Leurs voix furibondes résonnaient dans le hall, montaient à l'assaut de l'escalier.

– Tes patients peuvent t'accorder une heure, riposta sa mère, sarcastique. Je n'ai pas travaillé cet après-midi et je ne me plains pas.

– Excuse-moi, je suis médecin. Je ne me contente pas de tremper des pinceaux dans de la peinture.

– Tu vois, Duncan, c'est typique de ton attitude ! À part toi, rien ne compte. Ma peinture, c'est une perte de temps. Les enfants, c'est une perte de temps. Voilà pourquoi Jimmy a des problèmes. Parce que tu n'es pas disponible pour lui ! s'écria Marsha. Parce que tu es trop accaparé par tes... *autres centres d'intérêt.*

Jimmy, qui avait à présent seize ans, s'était mis à traîner avec un groupe musical, les Black Death. Sur bien des plans, Nina jugeait Jimmy plus gentil que son autre frère Patrick, mais depuis quelques mois il se bagarrait, séchait régulièrement les cours, ou rentrait à la maison les yeux vitreux, après ses répétitions avec les Black Death. Le chanteur et leader du groupe, Calvin Mears, consommait de la drogue, ce n'était un secret pour personne ; or sa mère, célibataire, semblait se soucier bien peu de ce qu'il fabriquait. De nombreuses filles trouvaient Calvin canon. Il était efflanqué, l'air mauvais, avec des cheveux blonds qui lui arrivaient aux épaules et un regard gris halluciné. Nina le jugeait un peu effrayant. Elle avait entendu raconter qu'une fille de 4ᵉ s'était retrouvée enceinte de lui. Jimmy était son opposé. Les filles le trouvaient mignon, lui aussi, mais d'une autre façon que Calvin. Grand et baraqué, il avait des boucles noires et des cicatrices sur la figure, souvenirs d'innombrables écorchures d'enfance. Il faisait office de factotum du groupe et de garde du corps personnel de Calvin. Aucune punition n'avait réussi à l'éloigner de son nouveau copain.

Nina ne comprenait pas pourquoi, d'après sa mère, son père était responsable du comportement de Jimmy. À ses yeux, son père était un héros. L'année dernière, tous les journaux avaient parlé de lui, lorsque – grâce à la justesse de son diagnostic et au traitement qu'il avait aussitôt prescrit – il avait sauvé la vie du jeune fils de leur facteur, atteint d'une maladie du sang rare et souvent fatale. Nina aimait que tout le monde sache que le Dr Avery était son papa.

Mais sa mère était toujours en colère contre lui. Son

11

père s'efforçait d'éviter les querelles, néanmoins Marsha s'acharnait. Et alors, il lui lançait une réflexion méchante – par exemple qu'elle était une mégère, ou qu'elle buvait trop, ou qu'elle se laissait aller. Ce qui n'était pas juste non plus, estimait Nina. Il était exact que sa mère ne ressemblait plus vraiment à la splendide créature de leur photo de mariage, aux cheveux de jais. Maintenant elle grisonnait et avait pris de l'embonpoint. Mais que son papa, qui était toujours svelte et séduisant, souligne les défauts de sa mère n'arrangeait pas les choses. Nina poussa un soupir. Elle les aimait tellement, tous les deux. Pourquoi ne pouvaient-ils pas s'entendre ? Se disputer était devenu pour eux une façon de vivre. C'était écœurant. Ça lui donnait mal au ventre.

Nina entendit claquer la porte d'entrée. Elle s'approcha de sa fenêtre ouverte pour regarder dehors. Marsha Avery, la mine sombre, affublée de son vieux sweatshirt vert et chaussée de sneakers, traversait la pelouse. Elle trimbalait sa boîte de couleurs et son grand portfolio zippé. Nina savait où elle allait. Au Madison Creek Nature Preserve, au bout de leur rue. Une forêt domaniale, le lieu favori de sa mère pour peindre. Les bois s'étendaient sur les rives d'un ruisseau bouillonnant, sillonnés de sentiers ombreux, sinueux et herbeux. Nina faillit appeler sa mère, se ravisa. Ses frères et elle faisaient tous semblant de ne pas entendre les disputes de leurs parents. Elle ne voulait pas que sa mère devine qu'elle avait écouté.

Nina s'accouda au rebord de la fenêtre, le menton dans les mains, humant l'air embaumé d'avril. Hoffman, banlieue new-yorkaise du New Jersey, n'était jamais aussi beau qu'au printemps, et Madison Street était particulièrement jolie avec ses vieilles demeures grandes et confortables, ses arbres couverts de bourgeons, de feuilles tendres, et qui paraissaient tout frisottés. Quand on tournait à droite en sortant de l'allée des Avery, on était à quelques minutes à pied du quartier commerçant, suranné, au centre de Hoffman. À gauche, on allait vers le parc. Ce n'était pas le quartier le plus chic de la ville. Le secteur le plus chic, c'était celui des propriétés et des haras qu'on appelait le vieil Hoffman. Mais Nina adorait sa rue, ses ormes immenses, ses jardins luxuriants et ses réverbères.

Aujourd'hui cependant, au lieu de l'égayer, le charme de son quartier la rendait plus mélancolique que jamais. Mélancolique et esseulée. Ses pensées revinrent vers Brandon Ross.

– Il ne m'aimera jamais, marmonna-t-elle.

Elle tourna la tête et se regarda dans le miroir au-dessus de son bureau. Elle avait de longs cheveux noirs, ondulés, une peau laiteuse sans boutons d'acné – touchons du bois. On lui répétait souvent qu'elle était belle quand elle souriait. Mais sourire pour quelle raison ? Si Brandon pensait éventuellement à elle, il se disait certainement qu'elle était ennuyeuse comme la pluie.

Nina entendit une voiture s'arrêter et se pencha de nouveau à la fenêtre. Une Jeep rutilante, au toit ouvert, se garait dans la large allée à côté de la voiture de son père. Cette Jeep appartenait à Lindsay Farrell, une superbe fille aux cheveux raides, platine. Son père était un gros bonnet à New York, et ils vivaient dans le vieil Hoffman. Nina n'avait jamais vu des dents aussi étincelantes que celles de Lindsay, ni des yeux aussi bleus. Lindsay sortit de la voiture, imitée par son passager, Patrick, le frère aîné de Nina. Patrick, avec ses boucles brunes et son corps d'athlète, était beau à faire rêver. Le sosie de leur père, en plus jeune. Quand ils étaient ensemble, Lindsay et lui avaient l'air d'une publicité de *Vogue*.

Patrick s'approcha de Lindsay et, d'un doigt, lui

souleva le menton. À cet instant, la porte d'entrée claqua de nouveau. Nina vit son père sortir dans l'allée ; il semblait furieux et faisait cliqueter ses clés.

Patrick et Lindsay sursautèrent, s'écartèrent l'un de l'autre.

– Salut, papa, dit Patrick, circonspect.

Le père de Nina marmonna un « bonjour » et se dirigea vers sa voiture.

– Papa, le facteur est passé ?

– Je ne sais pas, regarde dans la boîte à lettres. Je retourne au cabinet.

Il s'installa au volant, démarra et fit une marche arrière dans l'allée.

Soupirant, Nina se détourna de la fenêtre. Elle s'étendit sur le lit, repoussa son texte qui tomba sur le sol, et contempla le plafond. Elle n'avait pas envie d'apprendre ses répliques. Elle se fichait du spectacle. Elle était dégoûtée, elle avait les nerfs en pelote, elle n'en pouvait plus. Elle ferma les yeux.

– La vie est nulle.

Le téléphone, près du lit, sonna. Elle décrocha.

– Nina... C'est Brandon, le voisin.

Comme si elle n'avait pas déjà reconnu sa voix ! Elle se redressa d'un bond, s'assit en tailleur. Elle tremblait de partout, heureusement qu'il ne pouvait pas s'en rendre compte.

– Salut. Comment va ?

– Ça va, ça va bien.

Il parlait à toute allure, comme s'il voulait se débarrasser au plus vite d'une corvée.

– Nina, j'ai pensé que... tu aimes... euh... Julia Roberts ?

– Évidemment. Qui n'aime pas Julia Roberts ?

– Il y a son nouveau film qui passe en ville. Ça te dirait qu'on aille le voir, ce soir ?

Nina n'en croyait pas ses oreilles. On était vendredi.

Il l'invitait au cinéma un vendredi soir. Elle voulait qu'il lui répète ça.

– Ce soir ?

– Si tu n'as rien prévu d'autre.

Voilà comment ça arrivait, se dit-elle. En une fraction de seconde, grâce à une simple question, votre vie était complètement transformée.

– Non, je n'ai rien prévu.

– Je ne connais pas les horaires, je vais téléphoner.

– Je regarderai dans le journal, je l'ai, s'empressa-t-elle de proposer.

Elle promit de le rappeler, raccrocha. Elle était tout engourdie. Elle avait un rendez-vous. Un vrai rendez-vous. Avec le garçon qu'elle aimait le plus au monde. Cette journée, qui lui avait paru tellement triste, semblait maintenant magique. Bien sûr, elle devait demander la permission à ses parents, mais sa mère dirait oui. C'était obligatoire.

Le journal, pensa-t-elle. Il faut que j'aille chercher le journal et que je rappelle Brandon. Elle dévala bruyamment l'escalier, repéra la *Hoffman Gazette* sur la table basse du salon. Elle jeta un coup d'œil à la légende sous la photo d'un visage familier, à la une, puis parcourut le sommaire. Ses mains tremblaient toujours lorsqu'elle trouva la page des horaires des films. À ce moment, elle entendit un cri de guerre dans la cuisine. Reposant le journal, elle alla voir ce qui se passait.

Patrick tenait Lindsay enlacée, les doigts serrés sur une lettre. Une enveloppe déchirée était abandonnée sur la table. En apercevant Nina, il brandit la lettre.

– J'entre à Rutgers ! brailla-t-il. J'ai été admis.

Nina adressa un grand sourire à son frère.

– C'est génial, Patrick.

À présent, c'était sûr et certain. Il partirait pour

l'université à l'automne. Parfois, même si cette idée la hérissait, elle pensait qu'il lui manquerait.

Comme pour lui rappeler qu'elle était trop sentimentale, Patrick émit un rot retentissant.

– Patrick, vraiment, grimaça Lindsay.

Il la lâcha pour soulever Nina dans ses bras.

– Maman est au courant ? demanda-t-elle.

– Pas encore.

– Ils vont être drôlement contents.

Nina espéra, égoïstement, que cette bonne nouvelle réconcilierait peut-être ses parents, ne fût-ce que momentanément.

Patrick la reposa par terre, regarda sa lettre.

– Je n'en reviens pas.

– J'ai toujours su que tu serais reçu, dit Nina.

Ce n'était pas tout à fait vrai. L'admission de Patrick dans une université n'était pas gagnée d'avance. Il n'était pas particulièrement studieux.

– Il faut que j'appelle l'intello ! s'écria Patrick, comme s'il avait une illumination soudaine.

Nina comprit à qui il faisait allusion. À Gemma Johnstone, la fille la plus brillante de terminale qui faisait office de tuteur auprès de Patrick. C'était la photo de Gemma recevant le prix Delman, attribué au meilleur élève du lycée, que Nina venait juste de voir à la une du journal. Gemma avait été admise à Princeton des mois auparavant. Grâce à son soutien, Patrick avait travaillé dur et décroché son diplôme.

Lindsay savait aussi de qui il parlait. Elle secoua sa chevelure blonde, pareille à un rideau chatoyant.

– Aujourd'hui, elle n'était pas au lycée.

– Elle était où ? demanda Nina.

Lindsay haussa les épaules.

– Toujours malade, je suppose. Hier, elle a dû s'en aller avant la fin des cours.

Patrick avait déjà composé le numéro et laissait un message sur le répondeur.

– Gemma, c'est Patrick. J'ai une super nouvelle à t'annoncer. Rappelle-moi.

À cet instant, la porte de derrière s'ouvrit, et Marsha Avery entra, encore plus renfrognée qu'elle ne l'était en quittant la maison.

– Bonjour, madame Avery, dit poliment Lindsay.

– Maman, regarde ! s'exclama Patrick en agitant la lettre. Je suis admis.

Marsha fronça les sourcils, puis soudain son visage s'éclaira.

– Fais-moi voir !

Elle prit la lettre, la parcourut. Sa mélancolie s'envola.

– Oh Patrick, c'est merveilleux, mon chéri. Absolument merveilleux. Je suis si fière de toi. J'étais convaincue que tu y arriverais.

Radieuse, elle étreignit son fils.

– Tu as prévenu ton père ?

– Il est retourné au cabinet.

– Tu devrais l'appeler.

Patrick emporta le téléphone dans le salon, Lindsay lui emboîta le pas.

Nina eut envie de protester, elle avait besoin de l'appareil pour parler à Brandon, mais le succès de Patrick était prioritaire, elle en convenait. Marsha entreprit de ranger son matériel dans le placard, baissa la fermeture éclair de son sweatshirt taché de peinture, que tous surnommaient sa « tenue de camouflage ».

– Comment ça se fait que tu reviennes si tôt ? s'étonna Nina.

Marsha se rembrunit de nouveau.

– J'ai été obligée de partir. Il y avait trop de remue-ménage. La police partout, les reporters de la télé. Un vrai cirque.

– La police ? Pourquoi ?

– Tu te souviens de ce bébé qui a été kidnappé ? Le petit Kilgore ?

Même Nina, qui ne s'intéressait guère aux informations, savait à quoi sa mère faisait allusion. Tout le monde ici le savait. April Kilgore, une barmaid, et son bébé avaient emménagé chez le nouvel ami d'April, un certain Travis Duffy qui lors de son premier mariage avait été accusé de sévices sur enfant. Une nuit, pendant qu'April travaillait, le bébé avait disparu. Duffy affirmait qu'il était endormi sur le canapé lorsqu'on avait enlevé le bébé. Il y avait maintenant deux mois environ que la police enquêtait.

– Oui, et alors ?

– Quelqu'un a dit qu'on l'avait retrouvé.

– Le bébé ? Il était dans le parc ?

– Enfin, disons plutôt qu'on a retrouvé son corps. Apparemment, un chien l'a déterré...

– Les kidnappers ont tué le bébé ? demanda Nina, déroutée.

– Non..., répondit Marsha avec un haussement d'épaules. En réalité, il n'y a jamais eu de kidnapping. Personne n'a cru une minute à cette histoire. Le petit ami mentait comme un arracheur de dents. Mais, maintenant, ils vont le pincer. Maintenant qu'ils ont retrouvé le corps. Moi, c'est la mère que je blâme. Avoir laissé son bébé seul avec ce type. Elle connaissait pourtant son passé. Qu'est-ce qu'elle avait dans le crâne ?

Nina ne comprenait pas très bien et, franchement, ne jugeait pas ça passionnant. Comparé à ce qu'elle avait à l'esprit...

– Maman, j'ai quelque chose à te demander...

Elle n'acheva pas sa phrase, on frappait à la porte-moustiquaire de la cuisine. La mère et la fille pivotèrent.

– Excusez-moi. Patrick est là ?

– Salut, Gemma, répondit timidement Nina. Oui, il est là. Entre.

Gemma s'avança dans la pièce.

– Il m'a téléphoné, je n'ai pas eu le temps de décrocher. J'ai essayé de rappeler, mais...

Ses grands yeux bruns contrastaient avec son teint pâle, ses cheveux noirs semblaient huileux. Comme d'habitude, elle était accoutrée d'une salopette trop grande et d'un T-shirt informe. Nina éprouvait le désir de protéger cette fille introvertie et studieuse, souvent en butte aux moqueries des lycéens.

Patrick revint dans la cuisine, raccrocha le téléphone. En voyant Gemma, il se précipita vers elle et la souleva dans ses bras ainsi qu'il l'avait fait avec Nina.

– Devine, Gemma ! Je suis admis à Rutgers.

Quand il la reposa sur le sol, Gemma avait les joues roses.

– C'est fantastique, Patrick.

– Tu es prêt, Patrick, on y va ? s'impatienta Lindsay.

Il s'étira, sa chemise remonta sur son abdomen bronzé et musclé.

– Ben, oui.

– Une petite minute, intervint Marsha. Vous allez où ?

Patrick enlaça les épaules de sa mère, la serra contre lui.

– Fêter l'événement, sans doute nous balader un peu, manger un morceau quelque part.

– Pourquoi vous n'emmenez pas Gemma ? dit Marsha. N'oublie pas que sans son aide...

– Oh non, non, coupa Gemma en rougissant. C'est Patrick qui a travaillé.

– D'ailleurs, elle est encore patraque, dit-il avec insouciance. Regarde comme elle est pâle. Elle manque les cours depuis deux jours. Mais je vais lui acheter un cadeau.

Il se tourna vers Lindsay.

— Tu n'auras qu'à m'aider à lui choisir quelque chose.

— Peut-être un bon shampoing, susurra Lindsay.

Gemma toucha ses cheveux, gênée. Nina lança un regard noir à Lindsay. Aucune réplique suffisamment cinglante ne lui vint à l'esprit.

— Bon, on se tire, décréta Patrick. Gemma, on te déposera au passage.

— Si tu vois Jimmy..., dit Marsha d'un ton anxieux.

— Je n'ai pas l'intention de le chercher dans tous les coins.

Il se radoucit devant l'expression douloureuse de sa mère.

— Pourquoi tu ne téléphones pas chez Calvin ? Peut-être que sa petite conne de mère saura où ils sont.

Marsha secoua la tête d'un air écœuré.

— Cette femme est tellement indigne. Elle se moque éperdument de ce qu'ils font.

— Bon, si je le croise, je te le renverrai à la maison. Gemma, tu viens ?

Elle opina mollement. Patrick franchit le seuil avec Lindsay, Gemma à la remorque.

Marsha les regarda s'éloigner, pensive.

— Si cette fille mincit encore, il ne restera plus rien d'elle. Tu sais, je l'ai aperçue hier dans le parc pendant que je peignais. Je me demande pourquoi elle a prétendu être malade.

— Je n'en sais rien, répondit Nina, exaspérée. Mais elle vient juste de recevoir le prix Delman, donc ça m'étonnerait qu'elle fasse l'école buissonnière. Maman, j'ai quelque chose à te demander.

Marsha consulta sa montre, saisit la télécommande.

– Voyons si le bulletin d'informations a commencé. Ils parleront peut-être du bébé Kilgore.

Elle alluma la télé dans l'angle de la pièce, au-dessus de l'évier, et zappa jusqu'à ce qu'elle tombe sur les nouvelles locales.

– Qu'est-ce que tu voulais, au fait ?

– Est-ce que je peux aller au ciné ce soir avec Brandon...

Sa mère détourna son regard de l'écran.

– Avec Brandon ? C'est un rendez-vous galant ? À quatorze ans, tu es un peu jeune pour ça.

– On va juste au ciné, protesta Nina.

– Tu as intérêt. Parce que si je découvre qu'il y a autre chose...

– Il n'y a rien d'autre, rétorqua Nina en roulant des yeux.

– Le cinéma et, ensuite, tu rentres directement à la maison. Tu m'entends ?

– Je t'entends.

Nina était décontenancée par la réaction de sa mère. C'était son premier vrai rendez-vous. Elle s'attendait à ce que sa mère en soit tout excitée. Qu'elle lui pose des questions, au moins. Mais elle était concentrée sur les infos, elle fixait toute son attention sur l'écran de la télé.

– On a retrouvé le corps du bébé dans un sac-poubelle noir, déclarait le reporter en veste bleue. Nous savons désormais de source sûre que l'enfant a été étouffé et enterré dans un trou...

Marsha laissa échapper une exclamation horrifiée.

– Quand nous avons demandé s'il pourrait s'agir du bébé Kilgore, le porte-parole de la police a répondu...

C'était bien triste, pensa Nina. Mais, franchement, elle ne se sentait pas concernée. Ce soir, elle avait un rendez-vous. Oui, elle sortait avec Brandon Ross. Comme si elle flottait sur un nuage, elle grimpa l'escalier pour le rappeler, lui donner les horaires, et réfléchir à ce qu'elle allait mettre.

Lorsque le film s'acheva, que Nina et Brandon eurent quitté le cinéma avec les autres spectateurs, le ciel nocturne était parsemé d'étoiles. Nina aurait voulu agripper les gens qui passaient auprès d'elle, les secouer, leur faire toucher du doigt l'inimaginable qui se produisait là, juste sous leur nez. Nina Avery sortait avec un garçon.

En tout cas, elle supposait que c'était bien ça. Car, jusqu'ici, il ne lui avait même pas tenu la main. Quand on rentrera à la maison, se disait-elle. C'est là qu'il le fera. Ça paraîtra naturel de se tenir la main en marchant.

Mais à présent ils remontaient Madison Street, ils se rapprochaient de leur destination, et il ne l'avait toujours pas effleurée. Il lui parlait sans contrainte de ses projets pour l'été, de sa vision du lycée, cependant il gardait obstinément ses mains dans ses poches. Il veut peut-être qu'on soit seulement copains, songea-t-elle avec désespoir. Peut-être avait-il simplement besoin de quelqu'un pour l'accompagner au cinéma. En apercevant leurs maisons, elle eut le moral dans les chaussettes. Oui, c'était sans doute ça. Pas de flirt. Juste deux amis qui allaient ensemble voir des films.

– Nina, il y a quelque chose qui ne va pas ?

Elle secoua la tête, fit un effort pour ne pas avoir l'air tragique.

– Non, rien, dit-elle, plaquant un sourire sur son visage. C'était sympa. Je suis très contente.

Brandon lança un coup d'œil à sa maison.

– Je t'inviterais bien chez moi, mais la voiture de mon père est là, et ma mère est montée s'allonger avant que je m'en aille, elle avait la migraine. Avoir de la visite, ça risque de ne pas leur plaire.

Nina bâilla, comme si l'idée de passer une minute de plus avec lui l'assommait.

– Moi aussi, il vaut mieux que je rentre. À plus, Brandon.

Il la regarda, il semblait troublé. Un instant, elle crut qu'il allait se pencher vers elle et l'embrasser, mais il recula et descendit les marches du perron.

– D'accord, à plus.

Elle ouvrit la porte, pressée de lui échapper. C'était un désastre, décréta-t-elle. Il n'y avait pas d'autre mot. Mentalement, elle avait répété ce qu'elle raconterait à sa mère. Sa maman s'intéressait toujours à la vie de Nina, dans ses moindres détails. Tout à l'heure, quand Nina était partie au cinéma, sa mère ruminait et lui avait à peine dit au revoir. Elle se tracassait pour Jimmy, ça lui prenait la tête, Nina le savait. Et il y avait eu cette dispute avec son père. Mais à présent, elle serait plus détendue, les joues colorées par le vin qu'elle buvait le soir, elle aurait son petit sourire habituel. Elle serait disposée à écouter.

Nina pénétra dans le hall et s'étonna qu'il soit plongé dans l'obscurité. L'inquiétude la saisit, elle en oublia son chagrin, sa soirée loupée. Personne dans cette maison ne se couchait si tôt. D'ailleurs, sa mère n'aurait pas éteint la lumière avant le retour de Nina. Et il y avait autre chose. Une odeur bizarre. Il y avait forcément quelqu'un. Les deux voitures de ses parents étaient dans l'allée.

– Maman ? appela-t-elle. Papa ?

Le salon était éclairé. Apparemment, une seule lampe était allumée – peut-être le lampadaire à côté de la bibliothèque. Elle suivit ce rai de lumière et entra dans la pièce. Il lui fallut une bonne minute pour accommoder, pour que son regard enregistre ce qu'il voyait. Elle poussa un cri étranglé.

– Nina, dit son père.

Il était accroupi sur le tapis d'Orient, près de la table basse. Son large visage aux traits parfaitement ciselés était blême et laqué de sueur. Il était ébouriffé, il avait retiré sa veste mais pas sa cravate. Le devant de sa chemise était souillé. Sur le tapis gisait la mère de Nina, elle agrippait le journal, comme si elle l'avait entraîné dans sa chute. Les yeux de Marsha étaient ouverts, figés, ils reflétaient une expression de panique. Le devant de son pull à col roulé était déchiré, une large tache noire s'étalait sur sa poitrine. Son jean et même ses chaussettes blanches étaient constellés de taches noires. Près de sa tête, sur le tapis, il y avait un couteau. Nina le reconnut. Il venait du bloc à couteaux de la cuisine. La lame aussi était tachée.

– Maman, oh mon Dieu !

Nina s'élança vers sa mère. Lentement, son père se redressa, agita les mains.

– Non, Nina. Ne t'approche pas.

– Maman, cria-t-elle d'une voix rauque. Maman. Qu'est-ce qu'elle a ?

– Chérie, ta maman... c'est fini. Je suis rentré et je l'ai trouvée comme ça.

– Tu veux dire que...

– Elle est morte. Oui.

Il s'avança doucement, comme si Nina était un cheval susceptible de se cabrer.

– Non, elle n'est pas morte ! Ne dis pas ça.

Elle s'élança de nouveau vers sa mère, mais il l'attrapa et la retint.

– Tu ne peux rien faire. On l'a poignardée.

– Non, c'est dingue. Lâche-moi ! cria-t-elle, hystérique. Maman !

– Chérie, arrête. Elle est morte. Crois-moi, je suis

24

médecin. Je sais quand quelqu'un est mort. Viens, ne reste pas là. Je ne veux pas que tu la voies comme ça.

– Maman, sanglota-t-elle.

– Ne t'approche pas d'elle, murmura Duncan en l'étreignant. Viens, allons dans la cuisine. Il faut appeler la police. Viens avec moi.

Il l'éloigna du corps de sa mère, même si Nina ne pouvait détacher son regard de ce spectacle atroce, inconcevable. Se soutenant mutuellement, ils titubèrent jusqu'à la cuisine, qui n'était éclairée que par une lampe au-dessus de la cuisinière. Nina glissa sur quelque chose – c'était humide, visqueux. Elle baissa les yeux à l'instant précis où Duncan allumait le plafonnier. Nina vit son pied, sa chaussure dans une flaque cramoisie. Elle releva la tête. Le sol, la tapisserie si pimpante, ornée de guirlandes de fruits, étaient éclaboussés de sang.

– Oh, mon Dieu, dit Duncan.

Nina se mit à hurler.

1

NINA s'assit sur une chaise pliante, métallique et froide, au fond de la salle d'audience de la commission d'application des peines. Elle était l'une des premières à arriver. Le train de New York l'avait déposée en gare de Trenton avec une heure à tuer. Elle lissa le jersey bordeaux de sa robe, du même ton que ses boucles d'oreilles en grenat. Ce magnifique rouge sombre flattait son teint crémeux et sa longue chevelure noire. En choisissant sa tenue, ce matin, elle avait voulu se mettre en valeur, trancher avec le groupe terne qui constituait la commission d'application des peines. Elle voulait que son père la remarque dès son entrée dans la salle, afin qu'il lise dans son regard qu'elle le soutenait.

La porte s'ouvrit derrière elle, et Nina pivota sur son siège. Était-ce Patrick ? Non, c'était un couple âgé, la femme s'appuyait sur une canne. Nina se retourna vers la longue table à l'autre bout de la salle. Cette année, peut-être que Patrick s'abstiendrait. Elle l'espérait. Mais elle craignait qu'il vienne. Ni l'un ni l'autre ne pouvait évidemment oublier.

Ses pensées dérivèrent vers cette nuit épouvantable, quinze ans plus tôt, les images cauchemardesques, enchevêtrées, dont elle ne se délivrait pas. Elle se rappelait s'être jetée dans les bras de Patrick lorsqu'il était rentré à la maison ce soir-là, bouleversé et hagard, escorté par les policiers qui étaient partis à sa recherche. Elle voyait encore son frère de dix-huit ans, sanglotant sur l'épaule de leur père comme un petit garçon, répétant que non, ça ne pouvait pas être vrai. Puis leur révolte, leur horreur, à tous les trois, tandis que les inspecteurs leur montraient le sac et le portefeuille de Marsha, vidés de leur contenu, qu'ils avaient trouvés par terre dans la chambre. Ensuite, l'interrogatoire, l'interminable interrogatoire. L'inspecteur Hagen, aux cheveux gris et au regard acéré, insinuant, inlassablement, que Duncan avait tardé à alerter les secours. Vraiment tardé. Et l'expression de Patrick qui changeait peu à peu. La colère qui commençait à poindre dans ses yeux.

La porte derrière la table s'ouvrit, les douze membres de la commission apparurent sans se presser, brassant des documents et bavardant entre eux. Impassible comme à l'accoutumée, le groupe comportait plus d'hommes que de femmes, plus de Blancs que de Noirs ; tous étaient solennels, vêtus d'une sombre palette de bleu, gris et noir. Certains de ces visages étaient familiers à Nina, deux ou trois étaient nouveaux. Année après année, ces séances se ressemblaient. En principe, elles se soldaient par une déception. Parfois, en attendant dans le couloir où le moindre bruit résonnait, Nina avait vu de la joie, lorsqu'on offrait à un détenu, plus tôt que prévu, une deuxième chance. Elle se disait qu'elle n'était pas irréaliste en espérant que, cette fois, ce serait son tour de se réjouir. Aujourd'hui, elle avait une raison d'espérer.

Quelqu'un chuchota son nom et, levant les yeux, Nina découvrit Patrick qui entrait dans la salle, suivi de sa femme. Son cœur se serra. Elle avait tant souhaité qu'il accorde un répit à leur père, compte tenu de tout ce qui s'était passé récemment, mais non. Il était là, comme toujours. Le regard rivé droit devant lui, Patrick gagna le milieu de la rangée de sièges de l'autre côté de l'allée. Il lança un coup d'œil à Nina, la salua d'un hochement de tête. Gemma se pencha en arrière, articula silencieusement « Bonjour, Nina », tandis qu'ils s'asseyaient. Nina adressa un pâle sourire à sa belle-sœur.

Et voilà. Comme d'habitude Patrick était là et, comme d'habitude, Jimmy était absent. Pour être honnête, Jimmy avait accompli de grands progrès dans sa vie depuis la nuit où leur mère avait été assassinée. Cette nuit où il était rentré défoncé à la maison, en compagnie d'un Calvin Mears dans le même état. Leur père avait flanqué Calvin dehors, et soutenu Jimmy qui vomissait après avoir vu la cuisine tout éclaboussée du sang de leur mère. Nina pensait souvent, même si son père ne l'avait jamais admis, que s'il avait refusé de se rendre au commissariat cette nuit-là, s'il avait insisté pour avoir un avocat avant que la police ne le soumette à un nouvel interrogatoire, c'était parce qu'il redoutait que Jimmy n'ait des embêtements à cause de la drogue. Mais cette hypothèse faisait ricaner Patrick. Les actes de son père, cette nuit-là, avaient étayé le soupçon – ensuite confirmé par le verdict d'un jury – que Patrick avait eu d'emblée : Duncan était l'assassin de leur mère.

Nina se redressa lorsque le président de la commission, Arnold Whelan, ordonna à l'huissier d'introduire le détenu, matricule 7796043. L'huissier franchit la porte latérale et revint au bout d'un moment dans la salle avec un homme mince, aux cheveux et au teint gris, vêtu d'une combinaison orange et menotté. Nina fut transpercée par la douleur familière de voir son père ainsi entravé, comme s'il était capable de violence.

Sans un regard pour ce qui l'entourait, Duncan Avery s'assit face aux membres de la commission.

– Le greffier voudrait-il donner lecture du dossier du détenu ? dit Arnold Whelan.

Le greffier s'éclaircit la gorge.

– Duncan Patrick Avery, condamné pour meurtre avec préméditation le 18 août 1988, dans la ville de Hoffman, comté de Bergen, New Jersey.

Le greffier lut ensuite l'historique des requêtes déposées par Duncan pour bénéficier de la libération conditionnelle anticipée, et les refus y afférents. Quand on lui demanda si tous les éléments du dossier étaient exacts, Duncan répondit oui d'un ton brusque.

M. Whelan annonça alors que la commission entendrait la déposition de deux nouveaux témoins en faveur du demandeur. Il appela Stan Mazurek, un homme jeune et costaud qui portait l'uniforme bleu marine des gardiens de prison. Il était dans un fauteuil roulant que poussait une jeune femme aux cheveux brun terne, vêtue d'un pantalon en stretch et d'une tunique décolletée en V, ornée sur le devant d'un gros pin's rond plastifié sur lequel était imprimée la photo de deux fillettes souriantes en robe rouge qui posaient devant un sapin de Noël. Elle arrêta le fauteuil, mit le frein, donna un rapide baiser à Mazurek avant de s'asseoir dans la première rangée de sièges, loin de Duncan Avery.

– Monsieur Mazurek, déclara Whelan en consultant ses documents, si je ne me trompe pas, vous êtes l'un des surveillants de la prison du comté de Bergen où M. Avery est actuellement détenu.

Dr Avery, corrigea mentalement Nina.

Le gardien acquiesça.

– Et vous êtes ici aujourd'hui pour appuyer la requête du demandeur ?

Mazurek, gêné, bougea dans son fauteuil, pressa une main protectrice sous sa cage thoracique.

– J'ai reçu un coup de couteau et le docteur m'a sauvé la vie.

– Vous faites référence au détenu, dit Whelan avec un regard, par-dessus ses demi-lunettes, à la sténographe installée à l'extrémité de la table.

– Absolument. Le Dr Avery est dans mon bloc. Il n'est pas comme les autres. C'est un détenu modèle. Il reste dans son coin, tranquille, il ne fait d'ennuis à personne.

– Si je ne me trompe pas, il y a eu une mutinerie dans ce bloc, dit Whelan.

– C'est exact, la semaine dernière. Je suis sorti de l'hôpital aujourd'hui pour venir ici. Les docteurs m'ont dit que je devais me ménager mais... je voulais venir.

– D'accord. Expliquez-nous, s'il vous plaît, ce qui s'est passé.

– Oui, monsieur. Deux ou trois caïds se sont procuré des surins et, quand ils ont donné le signal, ç'a été l'enfer. Ils m'ont fait prisonnier.

– Vous étiez leur otage, dit Whelan.

Mazurek opina, baissa la tête.

– Oui monsieur, ils me tenaient. Et ils prenaient leur pied à me donner des ordres. J'ai supporté ce que je pouvais, et puis j'ai mis le holà, alors il y en a un qui m'a tailladé. Sunshine. Il voulait me tuer. Je l'ai bien compris. C'était pas une... broutille, vous voyez.

– Et le demandeur... ?

– Le Dr Avery. Ouais, ben, il se la ferme toujours, parce qu'il sait comment ils sont, ces gars. Mais là il intervient, il cause direct à Sunshine, il lui dit : "Hé, tu sais que Mazurek va saigner à mort." Il faut que tu me laisses stopper l'hémorragie.

« Ces salopards, ils braillaient tous, "Ouais, on le laisse saigner", et le Dr Avery, il leur parlait calmement, mais fermement, en disant que s'il stoppait pas l'hémorragie, j'allais mourir et qu'ils se retrouveraient tous sur la chaise électrique. Certains ont eu l'air de piger, et ils l'ont laissé passer pour s'occuper de moi. Il s'est servi de sa chemise pour en faire un bandage. Le Dr Quinteros, qui est là, m'a dit que je serais mort si le docteur n'avait pas fait ça.

Whelan l'interrompit d'un geste.

– Nous entendrons le témoignage du Dr Quinteros sur la gravité de votre blessure.

Mazurek haussa les épaules.

– D'accord. Je veux juste vous dire que ma femme, mes filles et moi, on est reconnaissants au docteur. Je lui dois la vie.

Mazurek s'était exprimé avec conviction. À présent il se tournait pour regarder Duncan Avery. Nina sentit les larmes lui monter aux yeux, tant la sincérité se lisait sur le visage dur de cet homme.

– Je le pense vraiment, docteur, dit-il doucement. Je n'oublierai jamais ce que vous avez fait pour moi.

Duncan répondit par un imperceptible hochement de tête.

Whelan demanda aux membres de la commission s'ils avaient des questions à poser. Deux d'entre eux interrogèrent le témoin sur sa situation d'otage, tandis que Nina observait son père. Il écoutait avec une extrême attention. Nina eut envie de lui crier : Tu as été un héros. Ils t'ont enfermé dans une cage pendant toutes ces années, mais ils ne t'ont pas transformé en animal.

– Monsieur Mazurek, dit Whelan, nous tenons à vous remercier d'avoir porté ces informations à notre connaissance. Maintenant nous allons entendre le Dr Quinteros.

Au deuxième rang, un jeune homme aux cheveux noirs se leva et gagna l'allée centrale. Mazurek fit signe à sa femme qui le rejoignit pour pousser le fauteuil roulant hors de la salle. Le médecin leur adressa à tous deux un salut discret et amical, tout en prenant place sur le siège réservé aux témoins.

Lorsque Mazurek et sa femme passèrent près de la table où Duncan était assis, les deux hommes se saluèrent gravement. Il n'y eut entre eux aucun contact physique, mais la femme, impulsivement, tendit la main pour la poser sur l'épaule de Duncan.

– Madame Mazurek, fit Whelan d'un ton de reproche.

Les gardes dans la salle s'avancèrent d'un pas, puis reculèrent quand elle retira vivement sa main.

Whelan attendit que Mazurek ait franchi la porte de la salle d'audience avant de reprendre :

– Docteur Quinteros, dit-il, feuilletant ses documents.

Le jeune médecin avait les bras sur les accoudoirs du fauteuil des témoins. Il était en chemise noire et cravate, sans veste. Le regard de ses yeux noirs fendus en amande était à la fois vif et distant. Son visage évoquait celui d'un chef aztèque, tout en angles et en méplats. Ses cheveux d'un noir de jais avaient manifestement été coiffés en arrière, mais un épi les partageait au milieu et deux mèches frôlaient ses hautes pommettes saillantes.

– Vous êtes le Dr André Quinteros, déclara Whelan, et vous exercez à l'infirmerie de la prison du comté de Bergen. C'est bien exact ?

– C'est exact.

– Pouvez-vous nous parler de la blessure infligée à M. Mazurek lors de la mutinerie dans la prison ?

Quinteros se pencha en avant et expliqua, en termes techniques, la gravité de la blessure du gardien.

– Sans intervention immédiate, une lésion artérielle de ce genre peut être fatale, conclut-il.

– Donc, vous considérez que M. Avery ici présent a effectivement sauvé la vie de M. Mazurek ?

Quinteros regarda Duncan d'un air grave.

– Absolument.

– Merci, docteur.

– Monsieur Whelan, je voudrais ajouter, si vous me permettez... ?

– Oui ?

– Eh bien, Duncan... le Dr Avery... m'assiste souvent à l'infirmerie. J'ai de l'estime pour lui et son avis m'est précieux. Je... regretterai son aide, mais j'espère que vous jugerez bon de lui accorder la libération conditionnelle.

– Docteur, merci d'être venu aujourd'hui. Vous avez du travail, nous ne vous retiendrons pas plus longtemps.

Le jeune médecin se leva et sourit à Duncan, qui hocha la tête. Nina, emplie d'une muette gratitude, observa le séduisant docteur qui s'avançait dans l'allée. Quand il fut à sa hauteur, il darda soudain les yeux sur elle. Nina avait l'habitude d'attirer l'attention des hommes séduisants, néanmoins elle rougit lorsque leurs regards se rencontrèrent. Il lui fit un signe d'encouragement, comme s'il l'avait reconnue et savait pourquoi elle était là. D'abord, elle fut trop stupéfaite pour réagir. Lorsqu'elle se fut ressaisie, elle pivota et voulut lui sourire, mais Quinteros était déjà sorti de la salle d'audience.

Whelan se remit à tripoter ses papiers.

– Nous avons plusieurs témoignages confirmant le rôle joué par M. Avery durant cette mutinerie. Nous avons aussi les rapports habituels sur son comportement irréprochable. Le dossier ne signale aucune sorte d'infraction aux règlements.

Nina savait ce qui allait suivre, et elle le redoutait.

– Bien sûr, la victime du meurtre pour lequel vous avez été condamné ne peut se défendre, mais nous avons ici une personne qui parle en son nom.

Whelan fouilla des yeux la rangée de sièges.

– Monsieur Avery ?

Patrick se leva et alla s'installer dans le fauteuil des témoins. Il portait un costume gris à fines rayures, superbement coupé, une chemise d'un blanc éblouissant et une cravate en soie grise, son uniforme de banquier d'affaires à Wall Street. Patrick touchait un énorme salaire et aimait faire étalage de son opulence. Il dépensait beaucoup d'argent pour ses vêtements, conduisait une Jaguar et avait rempli son immense demeure d'antiquités et de peintures ruineuses. Depuis l'université, il s'était épaissi mais restait athlétique. Ses cheveux bouclés avaient grisonné prématurément, son visage était bronzé, son expression sévère.

– Vous êtes..., dit Whelan, qui ne l'ignorait pourtant pas.

– Je suis Patrick Avery. La victime était ma mère, Marsha.

– Et le détenu est votre père...

– En effet.

– Monsieur Avery, pouvez-vous nous donner votre opinion sur l'éventualité que votre père soit libéré, à la lumière de votre expérience, de la disparition de votre mère ?

Patrick lissa sa cravate, le sang colora ses joues.

– J'y suis toujours catégoriquement opposé. Je ne crois pas que Duncan regrette ce qu'il a fait, ou se sente en quoi que ce soit responsable. Qu'il ait aidé ce gardien, M. Mazurek, et l'ait empêché de mourir d'une hémorragie, est admirable. Je déplore qu'il n'ait pas eu ce geste-là avec ma mère. Il a détruit notre famille et tué ma mère. Elle n'a jamais vu nos...

La voix de Patrick se mit à trembler, il s'interrompit pour reprendre le contrôle de soi. Il inspira à fond.

– Nos enfants ont été privés de leur grand-mère. Ma sœur, mon frère et moi avons été privés de notre mère. Je vous demande respectueusement de refuser toute clémence à cet homme. Il n'en a pas fait preuve à notre égard. Notre perte est irréparable.

Comme toujours, il y eut des murmures parmi les membres de la commission après la déclaration de Patrick. Il était un témoin de poids. Whelan rétablit le silence, puis remercia Patrick. Celui-ci ne regarda pas Duncan. Il regagna son siège et s'assit près de Gemma qui lui saisit la main.

– Maintenant, nous aimerions interroger le détenu. Monsieur Avery, nous avons votre requête sous les yeux. Il y est précisé que, si vous étiez remis en liberté conditionnelle, vous seriez logé chez votre fille Nina. Est-ce exact ?

Duncan opina et, pour la première fois, tourna la tête vers Nina. Elle lui sourit.

Whelan fixa son attention sur Nina.

– Est-ce exact, mademoiselle Avery ?

– Oui, monsieur. J'ai un trois-pièces à Manhattan, Upper West Side. Il y a largement assez de place pour l'accueillir.

– Il faudrait vous accorder une autorisation spéciale pour vivre hors des limites du New Jersey, mais vu la proximité de Manhattan, ça ne poserait sans doute pas de problèmes et ne vous empêcherait pas de remplir vos obligations, en l'occurrence vous présenter à votre conseiller de probation. Mais en ce qui concerne le travail... Monsieur Avery, vous avez perdu le droit d'exercer en tant que médecin.

Duncan toussota. Quand il parla, sa voix était faible, presque inaudible.

– Un ancien... confrère, le Dr Nathanson, dirige une clinique à Newark où je serais employé comme infirmier. Il y a beaucoup de postes que je peux occuper là-bas et qui n'exigent pas d'être inscrit au Conseil de l'Ordre.

– Oui, je vois que nous avons une déclaration sous serment du Dr Nathanson, qui va dans ce sens. Les membres de cette commission ont-ils des questions pour M. Avery ? Mademoiselle Davis ?

Une femme noire, aux lunettes à monture noire et aux cheveux plaqués sur son crâne et tirés en chignon, prit la parole.

– Merci, monsieur le président. J'ai effectivement une question. Monsieur Avery, ainsi que votre fils l'a déclaré, vous avez toujours, malgré votre condamnation, nié toute responsabilité dans ce crime. Et par conséquent, vous n'avez jamais exprimé le moindre remords. Ce manque de remords m'amène à demander si vous relâcher dans la société serait sans danger. Qu'avez-vous à répondre à cela, monsieur Avery ?

Duncan soupira.

– Ce que j'ai toujours dit, mademoiselle Davis. Je ne peux endosser la responsabilité d'un crime que je n'ai pas commis. Fût-ce pour obtenir la libération conditionnelle.

– C'est tout ?

– Je le crains.

– Vous avez été jugé coupable, monsieur, lui rappela-t-elle d'un ton âpre.

– C'était une erreur.

La femme fit un petit bruit avec sa langue, secoua la tête tout en griffonnant une note sur la feuille posée devant elle.

– J'en ai terminé, dit-elle.

– D'autres questions ? demanda Whelan.

Les autres membres de la commission se turent.

– Très bien, nous avons besoin de quelques minutes pour délibérer, annonça Whelan. Je vous prie tous d'attendre dans le couloir. Huissier, veuillez emmener le prisonnier.

Duncan tourna les yeux vers Nina qui lui sourit avec une confiance qu'elle n'éprouvait pas. On aboutissait invariablement à la même conclusion – son père refusait de reconnaître sa culpabilité. Mais comment pouvait-il l'admettre, même pour être libéré ? Il n'avait rien fait. Il ne pouvait pas s'avouer coupable. Tandis qu'on emmenait Duncan, Nina sortit dans le couloir.

Elle se dirigea vers la fontaine à eau pour se désaltérer. Patrick s'approcha par-derrière. Nina but, se redressa.

– À toi, dit-elle à son frère.

Patrick but à son tour. Puis il la considéra d'un air triste.

– Comment tu vas ?

– Bien.

– Et Keith ? demanda-t-il – il parlait de l'homme avec qui Nina partageait un appartement. Toujours à Los Angeles ?

– Oui. HBO a commandé quatre épisodes supplémentaires après avoir vu le pilote.

– Super. Et toi ? Tu joues toujours cette pièce d'Inge ?

– Non, c'est fini. Mais je viens de reprendre un Eugene O'Neill, off Broadway.

Patrick esquissa un faible sourire.

– Encore un spectacle hilarant, j'imagine.

Il ne partageait pas le goût de sa sœur pour les œuvres dramatiques sérieuses, sur le thème de la famille.

Gemma les rejoignit. Elle était toujours d'une minceur incroyable et uniquement vêtue de couleurs ternes, même si ses vêtements étaient à présent coûteux et portaient la griffe de couturiers. Des ridules marquaient sa peau aussi fine que du papier de soie, mais elle ne prenait pas la peine de se maquiller. Ses cheveux étaient coupés court, dans le style ébouriffé à la mode. Elle avait encore l'air d'une étudiante, bien qu'elle soit à présent professeur, épouse et mère de famille. Les bagues qu'elle tripotait nerveusement étaient le seul signe évident de la richesse du couple. Elle avait toujours eu des bagues, mais celles-ci s'ornaient de pierres précieuses étincelantes. Nina la prit dans ses bras pour l'embrasser et sentit ses omoplates qui saillaient sous le sweater en cachemire gris.

– Comment vont les enfants ? demanda Nina.

Patrick et Gemma avaient des jumeaux, Simon et Cody, âgés de sept ans.

– Ils se bagarrent sans arrêt, répondit Gemma en haussant les épaules.

– Embrasse-les pour moi. Tes horaires de cours sont satisfaisants, cette année ?

Gemma regarda Nina, puis son mari. Patrick, les mains enfoncées dans ses poches, faisait cliqueter des pièces de monnaie.

– Nous perdons vraiment le contact, dit Gemma. Tu ne savais pas que j'ai démissionné ?

– Tu as quitté l'enseignement ?

– Oui, il y a quelques mois. L'une des collègues de ma mère m'a envoyé tout le travail de recherche qu'elle avait accompli avant sa mort. J'ai décidé de le structurer et de le commenter pour en faire un livre. Et d'essayer de le publier.

Nina savait que la mère de Gemma était décédée alors que sa fille avait environ cinq ans. Scientifique, spécialisée dans la génétique, elle travaillait dans un village perdu des Andes, où elle était morte accidentellement au cours d'une randonnée. Gemma était venue vivre à Hoffman avec son père, pilote de ligne, et sa seconde femme qui possédait une boutique de robes de mariée baptisée « Votre Plus Beau Jour ». Cette union était rompue depuis longtemps, et le père de Gemma, remarié pour la troisième fois, habitait à présent l'Arizona.

– Gemma, c'est merveilleux, dit Nina. Quelle formidable façon d'honorer la mémoire de ta mère.

– C'est ce que j'ai pensé, dit Gemma qui coula un regard circonspect vers son mari. Mais je ne crois pas que Patrick soit de cet avis.

Patrick fit sauter impatiemment les pièces de monnaie dans ses poches.

– Je m'en fiche. Si c'est ce qu'elle veut, parfait.

– Quoique je ne puisse pas abattre énormément de travail avec les garçons...

– Tu as quelqu'un pour t'aider, à plein temps, dit-il sèchement. Je paie Elena pour quoi ?

Gemma tressaillit et fouilla des yeux le couloir bondé.

– Tu as des nouvelles de Jimmy ? demanda-t-elle pour changer de sujet.

– Il a dit qu'il viendrait peut-être, mais tu connais Jimmy et le stress, dit Nina.

Gemma hocha la tête.

– Il semble tenir le coup.

– Parce qu'il vit toujours chez les Connelly, objecta Patrick avec irritation. Il a trente ans. Il faudrait qu'il se prenne un logement.

– On a parlé l'autre soir et il paraissait bien, dit Nina.

Jimmy avait dû combattre sa dépendance à la drogue et à l'alcool. Grâce à l'aide constante de la famille qui l'avait accueilli, il s'était remis d'aplomb. À présent, il pratiquait le bodybuilding avec acharnement et avait un emploi stable dans un magasin qui vendait des revêtements de sol. Il était aussi devenu plutôt religieux et assistait à l'office jusqu'à trois fois par semaine. Nina estimait que le jugement de Patrick était comme d'habitude d'une sévérité excessive, mais elle ne fit pas de commentaire.

Le silence s'instaura entre eux. Malgré leurs différends à propos de leur père, les deux frères et la sœur avaient maintenu des liens au fil des ans. Ce n'était jamais facile. Ils avaient été séparés après la mort de leur mère et l'incarcération de leur père. Patrick était parti à l'université, Jimmy était allé vivre chez leur facteur, George Connelly, à qui Duncan avait demandé de veiller sur son fils, et Nina avait été recueillie par la tante de sa mère, Mary. Pour payer l'avocat de Duncan, on avait vendu la maison de Madison Street. Leur père était un sujet qu'ils évitaient tout simplement d'aborder, chaque fois que c'était possible. Aujourd'hui, cependant, ce n'était pas possible.

— Écoute, dit Nina, je ne sais pas ce qui va se passer, mais...

Patrick prit une profonde respiration, contempla le plafond.

— Mais si, cette fois, ils prennent une décision... en sa faveur..., enchaîna Nina.

— Un « si » on ne peut plus hypothétique, rétorqua Patrick avec brusquerie.

— S'ils prennent cette décision, poursuivit Nina, je veux que nous tous, ses enfants, chacun de nous, essayions de faire la paix. Patrick, il n'a jamais vu ses petits-enfants...

— Espérons qu'on n'en arrivera pas à ça, dit-il d'une voix glaciale.

— Patrick, s'il te plaît. Tu ne peux pas essayer ?

Il darda sur elle un regard noir, secoua la tête.

— Je ne te comprendrai jamais, Nina. Comment

peux-tu encore le croire ? Qu'est-ce qu'il faut pour que tu voies la vérité en face ?

— Et toi, comment peux-tu ne pas le croire ? s'écria-t-elle. Comment peux-tu le juger de cette façon ? S'il s'agissait de moi, tu me condamnerais de la même manière ?

— C'est différent. Tu es quelqu'un de bien, Nina. Je sais qu'il ne l'est pas, c'est un fait. Tu as assisté à son procès et tu n'as aucun doute ? Bon Dieu, il couchait avec la voisine...

Nina, le cœur serré, songea à la mère de Brandon, Sheila. Quand les journaux avaient révélé la liaison, la famille Ross avait déménagé aussitôt. Sheila était revenue témoigner au procès, en tant que témoin à charge, et avait déclaré que, la nuit du meurtre, Duncan était dans sa chambre, dans la maison d'à côté. D'après elle, une demi-heure au moins s'était écoulée entre le moment où Duncan s'était faufilé hors de la chambre et celui où elle avait entendu les sirènes des voitures de police. Elle avait certifié que Duncan lui disait souvent que son mariage ne lui apportait plus aucune satisfaction.

— D'accord, dit Nina. Il est coupable d'adultère. Personne ne le nie. Mais ce n'est pas un meurtrier.

Patrick secoua de nouveau la tête.

— Tu as tenu mordicus à ce qu'on dépense tout ce qu'avait rapporté la vente de la maison, jusqu'au dernier sou, pour engager des avocats, leurs détectives, et tenter de l'innocenter. Et où est-ce que ça nous a menés ? Voyons voir. On a découvert qu'il consultait un avocat derrière le dos de maman pour obtenir le divorce.

— Ce n'est pas une preuve. Ça ne signifie pas qu'il l'aurait tuée.

— Tu te voiles la face, Nina. Je vais t'exposer un fait. Nous savons, avec certitude, que lorsque Duncan a

« trouvé » sa femme agonisante, il n'a même pas appelé le 911. Il n'a pas tenté d'alerter les secours.

– Il allait le faire quand je suis arrivée, objecta Nina. Et l'argent qu'elle avait dans son sac ? On ne l'a jamais retrouvé.

– Il était probablement dans la poche de Duncan, ricana Patrick. Cette théorie du cambriolage n'a pas abusé le jury. Il avait mijoté ça pour donner l'impression qu'un voleur s'était introduit dans la maison. Nina, il y avait ses empreintes sur le couteau, ce jour-là ils s'étaient violemment disputés, et elle avait dit à une femme de l'Association des Arts qu'il l'avait menacée de la tuer. Avec tout ça, comment peux-tu le croire ? Il te manipule, pour que tu sois de son côté. Tu ne t'en rends même pas compte. Et pour ça, je le hais encore plus.

Un huissier ouvrit la porte de la salle d'audience et jeta un regard circulaire. Les repérant près de la fontaine à eau, il fit signe à Nina, Patrick et Gemma d'approcher. Sans répondre à son frère, Nina rentra la première. Ils regagnèrent leurs places respectives, séparées par l'allée, tels des boxeurs regagnant leur coin du ring. Les paroles cinglantes de Patrick résonnaient toujours aux oreilles de Nina comme des uppercuts. Réussirait-elle jamais à le convaincre ? Naturellement, elle avait eu ses moments de doute à propos de Duncan. Naturellement, elle s'était interrogée. Elle était humaine. Mais elle ne persuaderait pas Patrick de croire en leur père, il n'y avait pas moyen, parce que c'était une question de foi.

Arnold Whelan attendit qu'ils soient assis, puis on ramena Duncan Avery. Whelan se tourna alors vers lui et le scruta par-dessus ses demi-lunettes. Nina avait la sensation qu'un étau lui comprimait le cœur. Elle s'efforçait de déchiffrer l'expression des membres de la commission, mais ils étaient impassibles. Pitié, Seigneur, pria-t-elle. Pitié. Il a tellement souffert. Je vous en supplie, rendez-lui sa vie. Rendez-le-moi avant qu'il ne soit trop tard.

— Monsieur Avery, dit Whelan.

Nina retint son souffle.

— La commission a décidé de vous accorder la libération conditionnelle anticipée...

Nina réprima une exclamation, son cœur éclata. C'était fini. Il était libre. Elle n'en revenait pas. Elle allait pouvoir l'emmener à la maison, lui permettre de revivre. De l'autre côté de la salle, elle entendit un gémissement et vit Patrick qui pressait une main sur son front, comme pour calmer une migraine ou étancher le sang d'une blessure.

2

Nina disposa le bouquet de fleurs au centre de la table, et recula pour admirer l'effet produit. Tout semblait fin prêt. Si la vaisselle, les verres et les couverts de l'appartement étaient strictement fonctionnels, les fleurs et les sets coupés dans un joli tissu, achetés pour l'occasion, donnaient à l'ensemble un air de fête. On serait certes un peu à l'étroit – elle avait dû emprunter deux chaises à la voisine du 8-C – mais on arriverait à caser tout le monde. Elle regarda sa montre puis, par la fenêtre, le ciel sinistre de novembre. On était samedi, et elle avait demandé à sa belle-sœur d'amener ses frères et les enfants vers cinq heures. Gemma avait promis de faire le maximum. Ils viendront, se dit Nina avec une confiance que niaient ses crampes à l'estomac. Tout ira bien, arrête de t'inquiéter. Mais comment ne pas avoir des doutes ?

La veille, elle était allée chercher son père à la prison du comté de Bergen et l'avait amené ici, dans ce confortable appartement. Jusqu'à une date récente, elle le partageait avec Keith Ellender, un réalisateur rencontré trois ans plus tôt, lorsqu'il l'avait engagée dans *L'Eventail de Lady Windermere*, off Broadway. Il y avait six mois de ça, on avait proposé à Keith de venir à Los Angeles tourner le pilote d'une série pour HBO.

Il n'imaginait pas rester absent aussi longtemps, beaucoup de pilotes ne débouchaient sur rien. Mais la chaîne avait apprécié son travail, et Keith vivait toujours à L.A. Par chance, il ne voyait pas d'inconvénient à ce que Nina continue à occuper l'appartement.

Entre ses apparitions dans des soaps, les pubs et ses rôles au théâtre, Nina ne chômait pas, cependant elle ne gagnait pas assez d'argent, très loin de là, pour s'offrir un logement comme celui-ci. Keith, qui était gay, sans attaches et avait dépassé la quarantaine, possédait ce trois-pièces depuis vingt ans et n'avait pas l'intention de le vendre. Par conséquent, Nina restait là. Le bureau pourvu d'un canapé-lit était disponible, et Keith lui avait donné sa bénédiction pour y installer provisoirement son père.

C'était un luxe d'avoir de l'espace, un luxe de pouvoir offrir à son père un endroit où il se sente chez lui. Elle n'avait même pas les moyens de louer un studio à Manhattan, vu les loyers actuels. Comment se serait-elle débrouillée, une fois Duncan libéré ? Elle n'avait pas prévu ça. Espéré, oui. Mais, au fil du temps, cet espoir s'était évanoui.

— De quoi j'ai l'air ?

Nina pivota et découvrit son père sur le seuil de la cuisine. Il portait une chemise neuve, un pull et un pantalon qu'elle lui avait achetés alors qu'il était encore en prison. Elle avait dû choisir les tailles au jugé, il avait tellement maigri. Manifestement, son intuition laissait à désirer. Le pantalon, serré à la taille, évoquait le haut d'une jupe plissée.

— Oh, papa. Je t'ai pris des vêtements trop grands.

— Ça n'a pas d'importance, ma chérie. Ils sont très bien, crois-moi. Tu les attends à quelle heure ?

— D'un instant à l'autre.

— Ça sent bon.

— J'espère que ce sera bon.

Hier soir, elle avait préparé tous les plats que Duncan aimait autrefois. Il avait poussé des exclamations enthousiastes, mais avalé seulement quelques bouchées de nourriture. Quand elle lui avait demandé si quelque chose n'allait pas, il avait répondu avec conviction que tout était parfait. Il s'efforçait simplement de la rassurer. Il ne paraissait pourtant pas angoissé ni déprimé. Il semblait... distant.

La sonnette retentit, Nina sursauta. Elle pensait que le portier la préviendrait de l'arrivée de leurs visiteurs. Il devait pourtant les avoir reconnus. Patrick et Gemma étaient déjà venus ici. Elle se regarda dans la glace. Ça va... Elle avait coiffé ses longs cheveux noirs en queue de cheval, et revêtu une chemise moulante bleu roi sur un pantalon noir. Une tenue suffisamment décontractée pour un dîner familial, mais élégante. Après tout, c'était une soirée spéciale. Elle avait habilement dissimulé les cernes sous ses yeux, fardé ses lèvres de rouge et ravivé ses pommettes à l'aide d'une touche de blush. Prête, se dit-elle.

Elle se dirigeait vers la porte lorsque le téléphone sonna. Son père lui lança un coup d'œil interrogateur.

– Si tu allais ouvrir, papa ? suggéra-t-elle gentiment.

Duncan prit une grande respiration, opina.

– D'accord.

Nina passa dans le salon et décrocha le combiné.

– Allô ?

– Nina...

La voix douce de Gemma. Nina sentit son cœur se pétrifier.

– Où es-tu ?

– Nina, je suis infiniment navrée de devoir t'annoncer ça, mais nous ne pourrons pas venir.

Nina se tut, le combiné tremblait dans sa main.

– Un ancien collègue de ma mère est à Philadelphie pour une conférence, et il retourne en Amérique du Sud demain. Si je veux lui parler du livre, il faut que j'aille le voir là-bas ce soir.

– Pourquoi pas demain matin ?

– Parce qu'il tient à ce qu'on se rencontre ce soir. Demain, il partira très tôt. Écoute, ce n'était pas prévu. Je ne savais même pas qu'il était aux États-Unis. Je suis vraiment désolée.

– Mais j'ai tout préparé. Qu'est-ce que je vais dire à papa... ? Tu avais promis.

Gemma demeura un instant silencieuse.

– Je suis désolée, je t'assure.

– Et Patrick, et les garçons ? s'insurgea Nina. Il ne pouvait pas les amener ?

– Patrick campe sur ses positions. Il ne veut pas que les garçons s'approchent de ton père, admit Gemma.

– En fait, c'est pour cette raison que tu ne viens pas, dit tristement Nina.

– Non, Nina, rétorqua Gemma d'un ton patient. Dans un instant, je prends ma voiture pour aller à Philadelphie.

Parfois, Nina jugeait l'inflexibilité de sa belle-sœur exaspérante. Elle s'efforça de se calmer.

– Bon, tant pis.

– Je suis sincèrement navrée.

– Et je suppose que Jimmy ne viendra pas tout seul...

– Il a appelé hier soir pour dire que ça lui était impossible. Il a des obligations ce soir, il organise une réunion pour son patron.

– Évidemment.

– Je suis persuadée que ton père comprendra.

– Oh, il comprendra parfaitement.

– Les garçons... ça suffit ! ordonna sèchement Gemma. Nina, il faut que je te quitte. Transmets nos... mes excuses à ton père.

– Je n'y manquerai pas.

Nina raccrocha et se laissa aller contre le dossier du fauteuil. De là, elle voyait le coin salle à manger, les assiettes et les verres sur la table, les bougies déjà allumées. Elle aurait voulu pleurer, ou hurler, mais une part d'elle reconnaissait qu'elle avait cherché le bâton pour se faire battre. Il fallait être d'un optimisme imbécile pour s'imaginer qu'une joyeuse réunion de famille pouvait avoir lieu.

Duncan revint dans la pièce, l'air soucieux.

– Qu'y a-t-il, ma chérie ?

Nina leva les yeux vers lui. Inutile de tourner autour du pot.

– C'était Gemma. Ils ne viennent pas.

Duncan détourna le regard, pinça les lèvres mais garda le silence.

– Je suis tellement désolée, papa. Gemma doit se rendre à Philadelphie pour rencontrer quelqu'un qui a connu sa mère. Je t'ai dit qu'elle reprenait les recherches scientifiques de sa mère pour en faire un livre ?

– Non, répondit-il, visiblement peu convaincu.

Nina soupira.

– Je me sens vraiment mal.

– Ne t'inquiète pas pour ça. Ce n'est pas ta faute, chérie.

Il ne demanda pas ce qui empêchait Patrick ou Jimmy de venir. Il ne paraissait même pas surpris.

C'est ma faute, songea Nina. Je l'ai exposé à cette déception. Jamais je n'aurais dû organiser cette soirée.

– Je me sens quand même affreusement mal.

Duncan montra le vestibule d'un geste.

– N'y pense plus. Nina, il y a quelqu'un qui veut te voir.

Engloutie dans son dépit, Nina avait oublié qu'on avait sonné à la porte.

– Qui ?

Le dos de Duncan se voûta.

– Un de tes voisins.

Un homme aux cheveux gris argent, en chemise Ralph Lauren, un sweater jeté sur les épaules, entra. Il habitait effectivement l'immeuble. Nina, les sourcils froncés, se redressa.

– Mademoiselle Avery ?

– Oui ?

– Je suis Paul Laird, j'occupe l'appartement 10-A. Je suis le président du conseil syndical de l'immeuble. Pourrais-je vous parler un instant, en tête à tête ?

– Je vais dans ma chambre, dit Duncan.

– Non, papa, tu peux rester, répondit Nina, mais il s'était déjà retiré. Asseyez-vous, monsieur Laird. Que se passe-t-il ?

L'homme se posa au bord d'un des fauteuils du salon.

– C'est délicat, mademoiselle Avery, alors j'irai droit au but. Vous occupez l'appartement de Keith Ellender qui vous offre l'hospitalité.

– C'est exact, dit-elle, circonspecte.

Dans la mesure où Keith et elle n'étaient pas mariés et où il était propriétaire des lieux, le conseil syndical n'ignorait effectivement pas leurs arrangements.

– Le conseil a appris que vous aviez installé votre père ici, et qu'il est un criminel incarcéré à la prison du comté de Bergen, qu'on a remis en liberté conditionnelle.

Nina le dévisagea sans répliquer.

– Le règlement de copropriété, pour un problème de cette nature, est d'une extrême rigueur. Nous ne pouvons absolument pas tolérer cette situation.

– Qui vous l'a dit ? Keith ? s'exclama-t-elle.

– Non, quoique M. Ellender aurait dû nous prévenir, s'il était au courant. Dois-je en déduire qu'il connaît la situation ?

49

Nina réalisa aussitôt qu'elle risquait d'attirer des ennuis à Keith. Ils avaient découvert le pot aux roses d'une manière ou d'une autre. En fait, peu importait comment.

– Non, je... ce n'était pas prévu. Mon père ne... il ne restera ici que quelques jours, le temps de se remettre. Il... il est en quelque sorte un invité. Je ne pensais pas que je devais... demander l'autorisation d'avoir un invité.

– Votre père a-t-il un autre logement ? interrogea Laird d'un ton abrupt.

– Non... pas pour l'instant, avoua Nina.

– Alors, dans ce cas, il vit bien ici. Je suis certain que M. Ellender comprendra, quand il sera informé. Naturellement, nous lui communiquerons notre décision. Nous ne pouvons pas tolérer dans l'immeuble la présence d'un homme condamné pour meurtre.

– Je n'en reviens pas. Vous n'avez pas le droit de faire ça. Il y a forcément une loi contre ce genre de discrimination.

Laird l'interrompit d'un geste, se leva.

– Écoutez, mademoiselle Avery. Je ne suis pas là pour discuter de notre règlement de copropriété. Ce n'est pas votre appartement. Dans cette affaire, vous n'avez aucun droit. Soit votre père trouve un autre logement, soit vous serez tous les deux contraints de le faire. Vous avez une semaine pour résoudre ce problème. Bonsoir, mademoiselle Avery.

Il pivota brusquement et se dirigea vers la porte. Abasourdie, Nina lui emboîta le pas.

– C'est vraiment injuste, s'insurgea-t-elle, tandis qu'il attendait l'ascenseur dans le couloir. Mon père ne représente pas un danger, ni pour vous ni pour quiconque.

– Je comprends que vous soyez ennuyée, dit-il posément.

– Ennuyée ! s'écria-t-elle.

– Nina, dit son père, derrière elle. Ferme cette porte.

Elle se retourna pour le regarder.

– Ferme cette porte.

Elle foudroya des yeux l'homme dans le couloir, claqua violemment la porte.

– Maintenant, viens et assieds-toi, dit Duncan.

Nina alla dans la cuisine, éteignit le gaz sous les casseroles qui gargouillaient sur la cuisinière. Puis elle retourna au salon. Son père s'était installé sur le sofa. Il tapota le coussin, à son côté. Un geste étrangement réconfortant, comme s'il retrouvait son ancienne identité de père. Nina s'assit, croisa les bras. Elle se rendit soudain compte qu'elle avait cessé de le considérer comme son père. Pour elle, il était devenu une espèce d'invalide qui avait constamment besoin de son aide. Et elle l'avait traité comme un invalide. À présent, cependant, elle se sentait très jeune, effrayée et reconnaissante qu'il soit de nouveau auprès d'elle.

– J'ai tout entendu, dit-il. Je suis désolé que ce soit si difficile. C'est bien ce que je craignais.

– Ce n'est pas grave, papa, ça n'a pas d'importance, répondit-elle avec une assurance qu'elle était loin d'éprouver.

– Si, au contraire.

– Non, insista-t-elle. On trouvera un autre logement. Il faut juste que je cherche un peu.

– Non, Nina, répondit-il en lui tapotant le genou. Écoute-moi. Tu ne peux pas t'offrir un appartement comme celui-ci. J'ai peut-être séjourné longtemps en prison, mais je ne suis pas aveugle. Je vois combien coûte la moindre bagatelle par ici. Tu es bien dans cet appartement, il est agréable. Et tu vas y rester.

– Non ! s'écria-t-elle comme une enfant en colère. Je ne resterai pas.

51

– Oh si, tu ne bougeras pas d'ici, et moi je me trouverai un logement.

Nina soupira.

– Papa, ne sois pas naïf. Tu n'as pas les moyens de
louer quoi que ce soit. C'est impossible. Un placard à
balais coûte les yeux de la tête...

– Je n'ai pas dit que j'allais vivre ici.

Il s'interrompit, prit une profonde inspiration.

– À la vérité, je ne souhaite pas vraiment m'installer
dans cette ville. Elle est trop démesurée pour moi, je
n'y ai pas ma place.

– Qu'est-ce que tu lui reproches ? Elle est immense,
mais les gens sont formidables. La plupart d'entre
eux...

– Je ne lui reproche rien. Ici, tu es chez toi. Et je
veux que tu restes là.

– Mais tu iras où ?

– Chez moi, évidemment.

– Chez toi ? répéta-t-elle, incrédule. Tu veux dire...

– Je retourne à Hoffman.

– Après ce qui s'y est passé ? Mais c'est impossible !
Personne n'aura oublié...

– Nina, il faut que j'y retourne. C'est là-bas que j'ai
vécu. C'est ma ville. D'ailleurs, il y a beaucoup de...
questions auxquelles on n'a pas répondu.

Tout à coup, Nina comprit ce qu'il avait à l'esprit.
Il voulait découvrir qui avait commis le crime pour
lequel on l'avait emprisonné durant toutes ces années.
Évidemment.

– À propos de maman, n'est-ce pas ? De son
assassin ?

Duncan fronça les sourcils.

– Je dois être réaliste, Nina. Tout ça ne date pas
d'hier. Et même ces détectives que nous avions enga-
gés à l'époque n'ont pas été en mesure de... de nous
aider.

– Oh..., murmura-t-elle, dépitée. Je croyais que tu voulais...

– J'aimerais découvrir quelque chose, naturellement. J'ai passé les meilleures années de ma vie à payer pour le crime d'un autre. Quant à toi et tes frères... vous avez perdu votre mère. D'une certaine manière, il n'y a rien de plus essentiel pour moi. Mais je dois regarder la réalité en face. Ça remonte au déluge.

Nina, les yeux étrécis, le dévisagea.

– Tu as une théorie ? Tu suspectes quelqu'un ? Tu connais son assassin ?

Duncan poussa un soupir.

– J'y ai tellement réfléchi. J'aimerais pouvoir dire que je sais, mais ce n'est pas le cas. Néanmoins, j'ai le sentiment qu'il me faut être sur les lieux où ça s'est produit. Sinon, je n'ai aucune chance. Et ce n'est pas tout. Mes garçons sont là-bas. Ainsi que mes petits-enfants, ajouta-t-il.

– Papa... après ce qu'ils ont fait aujourd'hui ? Moi, je ne veux même plus les revoir...

– Ne parle pas comme ça. Pendant toutes ces années, toi et tes frères, vous avez réussi à préserver votre affection. Je refuse que vous vous fâchiez à cause de moi. Pas maintenant. Ce soir, tu... nous avons exigé beaucoup trop d'eux. Il faudra du temps. C'est pour ça que je dois repartir là-bas. Je dois être là où je peux les voir. Être près d'eux, éventuellement. Tenter de les habituer à l'idée de mon retour dans leur existence.

Il entrelaça ses doigts, joignit les mains, très fort.

– Je dois essayer.

– Jimmy voulait venir, dit-elle pour le rassurer – son père semblait si chagriné. Seulement, c'est difficile pour lui. Le moindre changement le déstabilise. Mais il n'est pas... contre toi.

– Ce qui n'est pas le cas de Patrick, rétorqua Duncan, la mine sombre.

– Il n'y a pas moyen d'ébranler ses certitudes, admit-elle.

– À force, peut-être, ils reviendront vers moi. Tant que je suis ici, il n'y a aucune chance. J'ai soixante ans, Nina. Ma famille est le seul bien qui me reste. Que puis-je faire d'autre ?

– Oh, papa...

Elle s'était efforcée d'empêcher ça, des larmes de frustration lui montaient aux yeux. Duncan lui massa le dos.

– Calme-toi.

– J'ai l'impression d'avoir tout fait de travers. Je n'ai pas compris que tu souhaitais retourner là-bas. Moi, je déteste y aller. J'évite ça comme la peste. Alors je ne t'ai jamais demandé ce que tu voulais. Je me suis bornée à supposer que...

– Parce que tu as un cœur d'or, coupa-t-il. Tu t'es évertuée à me faciliter les choses. Mais il n'existe pas de chemin facile pour moi, Nina. Je le sais. Je l'accepte.

– C'est trop injuste !

Duncan sourit.

– Ça, j'ai l'habitude.

Ils gardèrent un instant le silence.

– Bon, d'accord, dit-elle. Puisque tu as pris ta décision, je viendrai avec toi.

– Certainement pas. Je te le répète, il n'est pas question que tu quittes cet appartement. Je n'endosserai pas cette responsabilité. La discussion est close, Nina.

Il y avait dans sa voix un écho de son autorité paternelle qui la fit sourire.

– Tu m'as tellement manqué, balbutia-t-elle en essuyant ses yeux.

– Toi aussi, tu m'as manqué.

– D'accord, très bien. On fera comme tu veux. Je t'accompagnerai seulement pour... t'aider à t'installer. À trouver un logement. Tu me le permettras ?

Duncan acquiesça et l'entoura de son bras. Elle se blottit contre lui, mouillant son sweater de ses larmes. Elle préférait ne pas exprimer son véritable sentiment, lui dire qu'elle redoutait ce qu'il devrait affronter à Hoffman. Les gens étaient persuadés qu'il avait tué Marsha, il ne serait pas le bienvenu. L'idée de le laisser seul là-bas l'effrayait. Au fil des ans, certaines personnes lui avaient déclaré qu'elle était folle de croire en son innocence. D'autres, plus simplement, la plaignaient. Mais lui n'aurait droit à aucune clémence.

Ne pars pas, pria-t-elle en silence. Reste ici, dans l'anonymat, sans témoins du passé. Mais le lui dire était inutile, elle le savait. Elle pressait sa joue contre la poitrine de son père, et elle entendait, tel un écho montant d'un puits, le battement puissant et obstiné de son cœur.

3

L E LENDEMAIN, avec son père muet à son côté, Nina
acheta deux billets de bus pour Hoffman. Puis,
sa sacoche en bandoulière, elle recommanda à son
père de rester près d'elle et se mit à naviguer, en
pilote chevronné, dans le dédale de halls et d'escala-
tors du terminal de Port Authority, qui les mena enfin
au quai d'où partirait leur bus. Ils prirent place dans
la file de passagers qui attendaient de monter à bord
du véhicule.

– Heureusement que tu connaissais le chemin. Je
me serais perdu, dit Duncan.

Nina lui sourit.

– Ce n'est pas un exploit. D'ici, on a une ligne
directe pour Hoffman. Dans cette ville, avoir une voiture est beaucoup moins pratique que de circuler en
bus.

Duncan opina, sans paraître convaincu. Il serrait
contre sa poitrine son sac marin en toile grossière,
comme s'il craignait qu'on ne le lui arrache s'il le
tenait par la poignée.

– Tu vas souvent à Hoffman ? Pour voir les garçons ?

Elle haussa les épaules.

– Quelquefois, pour les fêtes. Bien que Patrick soit

franchement agaçant. Il veut que les plats sur la table, les décorations de Noël aient l'air de sortir d'un magazine. Gemma n'est pas comme ça. Je crois que ça lui rappelle Didi. Tu te souviens de Didi, sa belle-mère, qui avait la boutique de robes de mariée ? Elle pouvait passer des heures à se creuser les méninges pour choisir la couleur des lettres à imprimer sur un faire-part. Bref, Gemma est complètement stressée. Et, en principe, Jimmy reste chez les Connelly. Je ne peux pas vraiment le lui reprocher. Et puis, bien sûr, je rends visite à tante Mary. Pour l'instant, elle est dans une maison de repos, elle se remet d'une arthroplastie de la hanche.

Duncan rougit en entendant Nina mentionner sa grand-tante, la sœur de la mère de Marsha.

– C'était une femme pleine de bonté, dit-il.

– Elle l'est toujours. Voilà le bus.

Nina le précéda dans le véhicule imprégné d'odeurs de gaz d'échappement, de graillon et de désinfectant. Elle se dirigea vers le fond, indiqua à son père un siège près de la fenêtre. Duncan s'assit, docile, serrant son sac sur ses cuisses. Il appuya son front contre la vitre, scrutant l'obscurité de Port Authority. Nina prit son épais *New York Times* dominical, le feuilleta à la lueur de la lampe, au-dessus d'elle. Dès que tous les passagers furent installés, le chauffeur referma les portières et, dans un grondement, le bus démarra pour entamer sa descente vers le Lincoln Tunnel.

Nina lut pendant une demi-heure, jusqu'à ce que le véhicule atteigne les faubourgs de Hoffman. Alors elle replia son journal et contempla le paysage. Les arbres au feuillage caduc qui bordaient les rues de cette banlieue du New Jersey étaient embrasés par l'automne ; Duncan, en les voyant, étouffa une exclamation de plaisir.

– Tu as l'impression que ça a changé ? lui demanda Nina.

– J'ai l'impression de n'être jamais parti.

Le bus s'engagea lentement dans Lafayette, la rue principale du centre, s'arrêta à plusieurs reprises.

– Ici, c'est différent, dit Duncan. Il n'y avait pas toutes ces boutiques.

– Hoffman est devenu très chic. C'était une ville agréable, mais maintenant...

– Regarde ça. Banana Republic. Tommy Hilfinger. Gap. Où est passée la vieille quincaillerie ?

– Maintenant, papa, tout le monde va au Lowe's ou au Home Depot.

– Home Depot ? C'est quoi ?

Elle se contenta de sourire.

– Et là, il y avait la pharmacie. Maintenant, c'est un antiquaire.

– Eh oui, dit Nina, tandis que le bus stoppait, que les portières s'ouvraient. Qui vend uniquement des antiquités européennes. Très chères. Tu sais à qui appartient cette boutique ? Lindsay Farrell. Tu te souviens d'elle ? Elle sortait avec Patrick.

– Oui... Une jolie fille. Sa famille avait de l'argent.

– Effectivement.

Nina n'en dit pas plus, pour ne pas le blesser. Gemma lui avait confié naguère que Lindsay avait rompu avec Patrick après l'arrestation de Duncan. Ses parents, horrifiés par le scandale, avaient expédié leur fille dans une pension en Suisse. Elle avait fini par s'installer dans le pays, s'y était mariée puis avait divorcé. Elle était rentrée à Hoffman l'année dernière et avait ouvert cette boutique dans Lafayette. Nina y avait mis les pieds une fois, avant de réaliser que Lindsay en était propriétaire. Depuis, elle évitait cet endroit.

– Une belle boutique, dit-elle vaguement.

58

Mais Duncan ne s'y intéressait déjà plus. Nina savait pourquoi. Non loin de là se dressait le bâtiment qui abritait autrefois son cabinet. Elle préférait ne pas imaginer sa réaction quand il le verrait. Deux architectes avaient repris le local et complètement refait la façade. L'ensemble ne ressemblait plus du tout au cadre où il avait exercé si longtemps. On aurait cru qu'il ne l'avait jamais occupé. Il risquait même de ne pas le reconnaître.

– C'est mon... ? bredouilla-t-il, éberlué.

– On l'a transformé, dit-elle avec douceur, comme si elle s'excusait.

Duncan opina, mais il semblait soudain las et... diminué. Ils demeurèrent silencieux un moment.

– Nina, où allons-nous ? demanda Duncan d'un ton anxieux. L'agence immobilière Harris n'est pas dans ce pâté de maisons ?

– Plus maintenant, papa, murmura-t-elle. Nous allons au bout de Lafayette et ensuite jusque après le parc.

– Mais pourquoi ?

Il paraissait presque effrayé, comme un enfant.

– Fais-moi confiance, dit-elle sans le regarder. J'ai un plan.

Quelques minutes plus tard, le bus stoppait devant la maison de repos Milbank Manor.

– On y est, annonça Nina. Viens.

Duncan la suivit, mais s'immobilisa, les sourcils froncés, quand Nina se dirigea vers l'entrée de l'établissement.

– Qu'est-ce qu'on fait ici ? C'est bien ici qu'est ta grand-tante ?

– Oui.

Duncan secoua la tête, cloué au sol.

– Viens, papa. Écoute. Soyons réalistes, on ne trouvera pas un logement en claquant des doigts. Et le seul hôtel est à l'extérieur de la ville, en bordure d'autoroute. On n'a même pas de voiture. Tante Mary a subi une opération de la hanche, elle doit suivre une rééducation. Je vais lui demander la permission d'utiliser sa maison et sa voiture en attendant que tu sois installé quelque part.

– Tu ne peux pas faire ça, Nina ! Allons, voyons. Ta mère était sa nièce. Elle doit me haïr.

– Non, papa, elle ne te hait pas. Viens. Tu n'es pas obligé de la rencontrer, tu n'as qu'à rester dans le hall. Il faut juste que je lui parle.

Duncan regarda autour de lui, l'air désemparé, comme s'il ne savait plus comment diriger sa vie dans cette ville qu'il connaissait pourtant si bien. Nina l'observa avec angoisse. En prison, les changements physiques étaient apparus graduellement, aussi les avait-elle à peine remarqués. Mais à présent, dans ce décor où ils avaient autrefois formé une famille, ces changements lui sautaient aux yeux. Au lieu de l'homme assuré et solide dont elle gardait le souvenir, elle avait devant elle un être décharné et pâle, aux cheveux gris, au regard affolé.

– Papa, il faut que tu me fasses confiance. J'essaie de trouver la meilleure solution. Tout ira bien.

Duncan, avec un soupir, la suivit dans l'allée menant à l'entrée de l'établissement. Dans le hall de l'accueil, Nina lui indiqua des fauteuils recouverts de damas.

– Attends-moi là, je reviens tout de suite.

Duncan s'assit pesamment.

Nina signa le registre des visiteurs, poussa la porte à deux battants et longea le couloir où s'alignaient des chariots chargés de pansements et de médicaments, s'excusant auprès des personnes qu'elle dépassait et qui se déplaçaient à l'aide de déambulateurs. Bloquant sa respiration pour ne pas emplir ses poumons de l'odeur de décrépitude qui semblait imprégner l'atmosphère, elle frappa à la porte de la chambre qu'occupait sa grand-tante. Une petite voix la pria d'entrer.

Sa grand-tante était alitée, le dos calé par de gros oreillers, et regardait distraitement la télévision – une chaîne d'informations permanentes. En voyant Nina, son visage s'éclaira ; elle éteignit le poste.

Nina s'approcha, étreignit les frêles épaules de Mary et l'embrassa sur la joue.

– Comment vas-tu, chérie ? demanda Mary.

– Bien, répondit Nina qui posa son sac et s'assit au chevet de sa tante. Et toi ?

– Je progresse. Ça prendra du temps.

– Tu es quand même superbe, dit Nina en souriant.

– C'est toi qui es superbe. Ce sweater émeraude te va à ravir, j'adore.

– Tu as intérêt, c'est toi qui me l'as offert, la taquina Nina, baissant les yeux sur son cadeau d'anniversaire, un pull de mérinos décolleté en V, à la coupe parfaite.

Les cadeaux de tante Mary, comme ses conseils, témoignaient toujours de sa perspicacité, de son respect pour la personnalité de sa petite-nièce. Quinze ans plus tôt, emménager sous le toit d'une grand-tante veuve, qu'elle connaissait à peine, avait été pour Nina un choc terrible. Pourtant il n'y avait pas d'autre solution. Sa famille était en lambeaux. À l'époque, cette dame sexagénaire lui avait paru bien vieille. Mary avait proposé d'accueillir également Jimmy, mais tout le monde était tombé d'accord : l'adolescent était trop difficile à gérer pour une femme de cet âge. Duncan avait tenu à ce qu'il vive chez George et Rose Connelly. Même s'ils n'étaient pas de véritables amis, George éprouvait de la gratitude envers Duncan qui avait sauvé son fils, Anthony, il s'estimait en dette. George s'en était acquitté en aidant Jimmy à se remettre sur le droit chemin. Quant à Nina, après une pénible période d'adaptation, elle avait mené une existence paisible auprès de sa grand-tante. Mary avait été professeur, elle aimait les enfants, bien qu'elle n'en ait jamais eu. Elle était gentille et juste à l'égard de Nina, et celle-ci pensait souvent que c'était grâce à la tendresse de Mary que sa propre vie n'avait pas sombré dans le gouffre.

Plus important encore à ses yeux, malgré l'amour que Mary avait pour la mère de Nina, et quelle qu'ait pu être son opinion intime, elle n'avait jamais dit du mal de Duncan ni tenté d'empêcher Nina de visiter son père en prison.

– Bon, ne parlons plus de mes infirmités, ça n'a rien de palpitant pour toi. Raconte-moi ce que tu fais.

– J'ai une faveur à te demander, rétorqua Nina sans autre préambule.

– Vas-y.

Nina hésita.

– Je t'ai expliqué pour papa, au téléphone. Il a obtenu sa libération conditionnelle anticipée.

Mary acquiesça, dévisageant sa petite-nièce.

– Eh bien, je n'ai pas tout dit. Le conseil syndical de mon immeuble s'oppose à ce qu'il reste chez moi. Et ensuite j'ai appris... par lui... qu'il voulait revenir ici. À Hoffman.

– Je ne sais pas si c'est une bonne idée, dit Mary d'un ton sévère. Beaucoup de gens d'ici le détestent cordialement.

Nina la regarda droit dans les yeux.

– Je ne pense pas non plus que ce soit une bonne idée, pour être franche. Mais c'est ce qu'il veut. Pour se rapprocher des garçons. Il est déterminé.

– Je vois.

– J'ai promis de l'aider à trouver un logement, à s'installer, tout ça. Ce qui m'amène à te poser la question : pour l'instant, il n'y a personne à la maison, n'est-ce pas ?

Mary la considéra d'un air abasourdi.

– Tu veux qu'il vive dans *ma* maison ?

– Non. Il n'y vivra pas, non. On a seulement besoin d'un toit jusqu'à ce qu'on lui déniche un logement. Tout est cher dans le coin. Ça prendra peut-être un moment.

Mary opina sans répondre.

– Je sais que je demande beaucoup, mais je n'ai vraiment pas d'autre solution. Et puis, tu n'as jamais paru être... contre lui. Il ne m'a jamais semblé que tu le jugeais responsable, pour maman... tu ne paraissais pas croire à sa culpabilité.

– Je n'ai jamais dit ça, objecta Mary.

Nina plissa le front.

– Mais tu ne croyais pas que... ?

Mary fixa sur elle un regard empli de tristesse.

– J'ai respecté tes sentiments, Nina. À l'époque, j'estimais que c'était le plus important. Quant à ton père, eh bien...

– Il n'a rien fait, tante Mary. Sinon, je ne l'aimerais pas.

– Oh, ma chérie...

– Je ne vois pas d'autre solution ! Moi non plus, je ne voulais pas qu'il revienne ici, mais il n'en démord pas. Je n'ai aucun droit d'exiger quoi que ce soit de toi, j'en suis consciente. Tu as tant fait pour moi...

– Nina, l'interrompit gentiment Mary. Arrête. Je sais que tu as foi en lui. D'ailleurs, autrefois, Duncan était un jeune homme charmant. Tu tiens de lui.

– Il n'est plus jeune. Et il a vraiment besoin qu'on lui tende la main.

Mary soupira.

– Si tu veux loger dans la maison et te servir de la voiture... Ma foi, c'est aussi ta maison, Nina. Pour moi, tu le sais bien, c'est une évidence.

Nina se jeta sur sa grand-tante pour l'embrasser.

– Merci.

– Hé, doucement !

– Je lui demanderai de faire un peu de bricolage. Promis. Il n'y aura pas de problèmes. Et on partira dès que je l'aurai installé chez lui. Tu ne regretteras pas de m'avoir donné ton autorisation.

Mary prit une inspiration, lissa la couverture sur ses cuisses.

– Tu penses qu'il est capable d'accorder un piano ? interrogea-t-elle d'un ton mi-figue mi-raisin.

– Je vais lui poser la question, répondit Nina avec un sourire radieux. Il attend dans le hall. Il a refusé de m'accompagner. Il a dit que tu ne tiendrais pas à lui parler.

– Bon, c'est une affaire entendue. Mais, Nina, je veux que tu te dépêches de l'installer. Et qu'ensuite tu t'éloignes de lui. Tu ne peux pas passer ta vie à mener des batailles qui sont les siennes. Il ne faut pas.

– Je ne le ferai pas. Et nous serons partis avant même que tu t'en rendes compte. Promis.

– Tu dois vivre ta propre existence, Nina. Tu dois songer à fonder ta propre famille. Qu'est devenu ce jeune homme que tu fréquentais ? Hank. Ce cadre supérieur qui travaillait dans le transport maritime et qui venait sans cesse t'applaudir au théâtre.

– Hank Talbot, soupira Nina. Je le vois toujours...

– Nina...

– Il ne pense qu'à l'argent, se défendit-elle. Il me rappelle Patrick.

– Tu disais pourtant qu'il était drôle.

– Il l'était, au début. Écoute, ne t'inquiète pas pour

64

moi, je vais bien. Je ne pourrais pas aller mieux. Tante Mary, il faut que je te quitte. Papa...

– Vas-y, va.

Nina embrassa de nouveau sa tante, empoigna son sac et se rua hors de la chambre, pressée d'annoncer la bonne nouvelle à son père. Quand elle se retrouva dans le hall, elle avisa un vieil homme blafard mais à la mine réjouie, dans des vêtements confortables, quoique passablement élimés. Il était assis face à Duncan.

– Harry, voici ma fille Nina, dit Duncan.

Le vieil homme la dévisagea.

– Bonjour, Nina, coassa-t-il – il était pratiquement édenté. Je connais votre papa depuis longtemps. Il me soignait, dans le temps.

– Enchantée de vous rencontrer, répondit-elle avec un sourire.

Les portes s'ouvrirent soudain, livrant passage à un homme en blazer et nœud papillon. Il avait les yeux rivés sur un graphique.

– Hé, docteur Farber !

Celui-ci regarda par-dessus ses lunettes.

– Bonjour, Harry. Comment allez-vous ?

– Vous vous souvenez du Dr Avery ? demanda le vieil homme, désignant Duncan d'une main tremblante.

Le sourire du Dr Farber s'évanouit, ses yeux s'arrondirent.

– Bonjour, Bill, dit Duncan.

– Duncan, rétorqua gravement son interlocuteur. J'ai appris qu'on vous avait libéré.

– Le docteur me donnait une petite consultation gratis, intervint Harry, jovial.

– Il n'est plus médecin, déclara le Dr Farber. Il s'est déshonoré et a déshonoré sa profession. Il n'a pas à donner d'avis médical à quiconque. Vous devriez retourner dans votre chambre, Harry.

Le vieillard protesta, mais le Dr Farber alpagua une aide-soignante qui passait et lui désigna Harry.

– Reconduisez ce patient à sa chambre.

– Je n'ai pas besoin d'aide, grommela Harry qui accepta néanmoins le bras qu'on lui tendait.

Sans un mot pour Duncan, le Dr Farber pivota et s'éloigna. Nina dut déployer tout son talent de comédienne pour masquer son embarras et son chagrin lorsqu'elle regarda son père. Il était impassible. Une faculté, songea-t-elle, qu'il avait sans doute développée au fil des ans, à force de subir les humiliations de la vie en prison. Mais les deux taches rouges qui coloraient ses joues le trahissaient, pareilles aux traces laissées par la mèche d'un fouet.

4

ILS AVANÇAIENT avec peine dans l'amas de feuilles qui tapissaient le jardin de Mary et crissaient sous leurs pas.

– On pourra peut-être ratisser tout ça, suggéra Nina. J'ai dit à tante Mary qu'on ferait quelques petits travaux dans la maison.

Duncan acquiesça en silence. Il se pencha pour ramasser des journaux, encore sous blister, qui avaient atterri à côté des marches du perron et étaient camouflés sous les feuilles mortes. Nina déverrouilla la porte de la demeure biscornue qu'elle avait considérée comme son foyer durant ses années de lycée. Elle eut des difficultés à pousser le battant, à cause du courrier glissé dans la boîte à lettres et qui s'amoncelait sur le sol.

– Entre, dit-elle à son père.

Ça sentait le renfermé, les tentures tirées créaient une atmosphère lugubre. Dans le salon trônait le piano droit noir, terni et éraflé. Mary aimait jouer du piano, quand Nina habitait ici. Elle promena les doigts sur les touches poussiéreuses ; sa tante avait raison, l'instrument était effectivement désaccordé. Tandis que Duncan pénétrait dans la pièce et posait son sac, elle ouvrit les rideaux, fenêtres et volets. Des ronds de lumière ambrée se dessinèrent sur la moquette usée.

– Voilà, c'est mieux. On va tout aérer.

– Où veux-tu que je mette ça ? dit Duncan, montrant les journaux qu'il avait ramassés.

– Il y a une poubelle spéciale à côté de la porte de derrière.

Duncan alla dans la cuisine, jeta un coup d'œil circulaire.

– C'est dehors, précisa Nina.

Duncan s'exécuta puis revint dans le salon.

– Tu vas prendre mon ancienne chambre, celle de droite en haut de l'escalier. Je dormirai dans celle de tante Mary, en bas.

Bien que son ancienne chambre soit plus petite et tapissée de guingan rose qui faisait très jeune fille, elle était un peu plus gaie que celle de Mary qui n'avait pas été repeinte ni redécorée depuis des lustres. En outre, Nina se demandait si sa tante apprécierait que Duncan occupe sa chambre.

– D'accord, dit-il d'un ton indifférent.

Il détaillait le salon confortable mais vieillot. Le papier peint à rayures avait fané et se décollait par endroits. En revanche les aquarelles – des paysages – au-dessus du sofa étaient toujours ravissantes et n'avaient rien perdu de leur fraîcheur. Duncan observait les œuvres de sa femme défunte, et Nina ressentit une bouffée d'anxiété, mais le visage de son père ne reflétait aucune émotion.

Mary avait souvent insisté pour que Nina prenne quelques peintures de sa mère chez elle, mais la jeune femme n'avait que des adresses temporaires. Elle projetait d'avoir un jour une vraie maison, disait-elle à sa tante. Là, elle pourrait accrocher ces aquarelles au mur.

Duncan s'approcha du piano sur lequel étaient disposées des photos encadrées qu'il examina. Nina se campa à son côté.

– Tu te souviens de ces gens ?

Il hocha lentement la tête.

– Oh, oui. La famille de ta mère. J'ai connu la plupart d'entre eux. Tes grands-parents. Lui, c'est ton grand-oncle John. Et bien sûr...

Mary avait les photos de tous les enfants Avery. Duncan saisit celle où l'on voyait Nina lors de la remise de son diplôme du baccalauréat, un cliché plus grand que ceux de ses frères. Il y avait longtemps que Nina n'avait pas vraiment prêté attention à cette photo. Elle fut frappée par la tristesse que reflétaient ses yeux.

– J'ai celle que tu m'avais apportée en prison, dit-il. Je la regardais tous les jours.

Il la reposa précautionneusement et en saisit une autre, plus petite, prise lors d'une autre remise de diplôme. Elle était en noir et blanc, et la jeune fille qu'on y voyait avait des cheveux de jais semblables à ceux de Nina. Mais il n'y avait pas de chagrin dans ses yeux, un sourire éblouissant, malicieux, illuminait son visage.

– Elle était sans doute comme ça quand tu l'as rencontrée, murmura Nina.

Duncan contempla un moment la photo de sa femme, puis la reposa sur le piano.

– On va voir Jimmy ?

Nina fut quelque peu ébranlée par ce brusque changement de sujet.

– Euh... je ne sais pas. Il faut que je l'appelle.

– Il sait que nous arrivions aujourd'hui ?

– Non, tout est allé si vite, je n'ai pas eu le temps de lui téléphoner. Je le fais tout de suite.

– Je monte mon sac, dit Duncan en se dirigeant vers l'escalier.

– D'accord, répondit-elle, vaguement troublée.

Elle reporta son attention sur la photo de sa mère, une lycéenne qui souriait avec tant d'innocence et d'espoir, sans se douter qu'une mort violente, sanglante, l'attendait. Chaque être souhaiterait connaître son avenir, songea Nina. Eh bien, il valait mieux ne pas savoir. Combien d'entre nous auraient la volonté de poursuivre leur chemin s'ils savaient quelle en serait la fin ? Soupirant, elle regagna la cuisine et s'assit près du téléphone mural. Elle composa le numéro de son frère.

Jimmy avait sa réunion des Alcooliques Anonymes à l'église presbytérienne. C'est là qu'il avait donné rendez-vous à Nina. Duncan et elle s'assirent sur un banc de bois devant l'édifice. Il y avait près de ce banc un réverbère qui, à l'approche du crépuscule, s'allumait peu à peu.

– Comme ça, on le verra sortir, dit-elle.

Elle frissonna, fourra les mains dans les poches de sa veste molletonnée. Elle coula un regard vers son père qui ne portait qu'un coupe-vent gris. Il paraissait insensible à la température qui chutait pourtant à mesure que le soir tombait.

– Tu n'as pas froid ?

Duncan sursauta comme si elle l'avait tiré du sommeil.

– Quoi ? Non... Non, pas vraiment. C'est-à-dire, j'ai l'habitude. Il faisait toujours froid en... là-bas. Ils prétendaient qu'ils n'y pouvaient rien. Et en été, bien sûr, c'était une étuve. À force, on n'y fait plus attention.

– Oui, sans doute.

– Alors Jimmy arrive à rester sobre ?

Elle opina.

– Depuis maintenant presque... dix ans.

– Et il travaille ?

– Oui, dans un magasin de revêtements de sol. Il y est depuis un certain temps.

– Il a radicalement changé de cap. C'est incroyable.

– Par rapport à la situation d'autrefois, effectivement.

– Qu'est devenu le jeune Mears avec qui il traînait ?

– Je l'ignore. J'ai posé la question à Jimmy, il m'a répondu que les Mears avaient dû quitter la ville. À cause d'une gamine morte d'une overdose. Mears était plus ou moins impliqué dans cette histoire.

– Il a été inculpé ?

– Je ne sais pas vraiment. Il me semble que non. Je crois qu'il n'y avait pas de preuves suffisantes.

Duncan secoua la tête.

– Ce garçon avait le mal en lui.

– Oui. Les choses ont commencé à aller mieux pour Jimmy dès qu'il s'en est éloigné et qu'il a entamé sa désintoxication.

Nina vit les portes de l'église s'ouvrir.

– La réunion doit être terminée.

Ils se levèrent et traversèrent la rue, tandis que les participants sortaient de l'église. Une odeur de cigarette et de café les escortait dans l'air frisquet de cette soirée d'automne.

Nina joua des coudes pour pénétrer dans le hall de l'édifice. Un jeune homme à forte carrure, au cou de taureau, vidait les cendriers et ramassait les gobelets en carton.

– Jimmy, dit-elle. Tu viens ? Papa attend.

Jimmy lui jeta un regard gêné. Ses cheveux noirs naguère ébouriffés étaient à présent rasés à la façon des militaires. Les manches courtes d'un polo de golf fané moulaient des biceps impressionnants.

– Je finis juste de ranger.

– Il n'y a pas quelqu'un d'autre qui pourrait le faire, ce soir ?

– Je n'en ai que pour une minute, répondit-il, et elle eut la nette impression qu'il cherchait un prétexte pour s'attarder.

– Hé, c'est une réception privée ? lança une voix depuis le seuil.

Nina pivota ; son père était appuyé au chambranle de la porte.

Jimmy empila les cendriers vides sur la table, s'essuya les mains avec un torchon.

– Salut, papa, bredouilla-t-il.

Duncan s'avança vers Jimmy, les bras ouverts comme pour l'étreindre. Jimmy lui tendit une main que Duncan serra, à contrecœur. Jimmy hocha la tête et se hâta de détourner son regard.

– Comment vas-tu, fiston ?

– Je vais bien. Et toi ?

Nina vit les yeux de son père se mouiller.

– Bien, répondit-il.

Jimmy lâcha son souffle.

– Alors, Nina dit que tu es revenu pour chercher un appartement.

– Oui, je voulais être près de toi et de ton frère. Vous m'avez tellement manqué. Je veux essayer de rattraper un peu tout ce temps perdu.

– Ouais, rétorqua Jimmy avec un enthousiasme qui sonnait faux. Peut-être qu'on y arrivera.

– Si on commençait par dîner ensemble ce soir ? J'ai les moyens de vous emmener dans un restaurant chic, du genre McDo. À condition que vous ne commandiez pas de dessert, dit Duncan en souriant.

Jimmy grimaça.

– En fait, Rose m'a dit de... de vous inviter à la maison.

Duncan acquiesça, ses lèvres se pincèrent.

– C'est très gentil de sa part. Qu'est-ce que tu en penses, Nina ?

– Je suis d'accord, bien sûr...

Elle aurait pourtant préféré qu'ils soient seuls tous les trois. Elle lisait dans les yeux de son père qu'il était fatigué, et elle l'était aussi. Mais il ne déclinerait naturellement pas l'invitation.

– Alors, on te suit, dit-il.

George et Rose Connelly occupaient un modeste pavillon agrémenté d'un petit jardin bien entretenu et d'un lampadaire qui projetait un accueillant arc de lumière. Près du perron, une niche bleu ciel ornée d'étoiles abritait une statue de la Vierge Marie, haute d'une trentaine de centimètres. À ses pieds, un bouquet de roses artificielles rouges dans un vase jurait avec les feuillages roux de l'automne.

Nina se gara derrière la Saturn de Jimmy, puis Duncan et elle gravirent les marches du perron. Jimmy, qui les précédait, ouvrit la porte.

– Je suis là ! cria-t-il.

La véranda aménagée sur le devant de la maison, meublée de fauteuils en toile, était plongée dans la pénombre. Mais l'intérieur du pavillon était brillamment éclairé, et un fumet appétissant flottait dans l'air.

– Venez, dit Jimmy en se dirigeant vers le salon. Vous n'avez qu'à vous asseoir.

Il leur désigna un sofa et une causeuse assortis, couleur taupe, appuyés contre les murs, l'un perpendiculairement à l'autre. Au-dessus, une multitude de photos de famille – il y en avait beaucoup de Jimmy – et un assortiment de paysages à l'acrylique encadrés de baguettes en aluminium. On voyait aussi une gravure du Christ en gloire.

Malgré la suggestion de Jimmy, Nina et Duncan restèrent debout. Rose Connelly sortit de la cuisine en s'essuyant les mains avec un torchon. C'était une petite femme corpulente, aux cheveux blonds permanentés, vêtue d'une chemise en jean à la mode western, fermée par des boutons-pressions en nacre et à l'empiècement brodé de fleurs roses.

Jimmy lui entoura les épaules d'un bras protecteur.

– Bonsoir, mon chou, dit-elle.

– Maman, tu te rappelles mon père. Et Nina.

Rose sourit à Nina.

– Bonsoir, ma grande.

Puis elle salua Duncan d'un hochement de tête.

– Docteur Avery.

– Bonsoir, Rose. Vous êtes superbe.

– Ce que ça sent bon ! dit Nina, s'efforçant de ne pas voir le sourire crispé de Rose, et de chasser le malaise qu'elle éprouvait en entendant Jimmy appeler cette femme « maman ».

– J'ai mitonné un ragoût pour le dîner. J'espère qu'il sera réussi. Va chercher George, mon chéri, dit-elle à Jimmy. Il est dans son atelier. Mais asseyez-vous donc.

– C'est très gentil de nous avoir invités, dit Nina qui se débarrassa de son manteau et saisit la veste de Duncan. Où puis-je les mettre ?

– Tu n'as qu'à les poser dans la véranda. Docteur Avery, je vous sers un verre ? On a de la bière, ou du vin au frais.

– Je... non merci. Je ne suis pas autorisé à boire de l'alcool. Ce sont les conditions de la libération anticipée. Et appelez-moi Duncan, je vous en prie.

Rose acquiesça, cependant Nina perçut dans son expression une touche de raideur, de réprobation. Naguère, quand elle venait ici, Rose se montrait toujours chaleureuse et amicale à son égard. Aujourd'hui, l'atmosphère était nettement différente. Nina alla poser les manteaux dans la véranda puis retourna au salon où elle s'assit à côté de Duncan. Rose prit place dans un fauteuil en bois de style Windsor, à l'autre bout de la pièce, près du radiateur à gaz.

– Jimmy m'a expliqué que, tous les deux, vous logiez chez ta tante ? dit-elle poliment.

– Ce n'est que provisoire, répondit Nina. Il nous faut trouver un endroit où papa puisse s'installer. Vous connaissez quelqu'un qui a un appartement à louer ?

– Par ici ? Oh non, non..., dit précipitamment Rose, plissant le front comme si Nina demandait l'impossible. Il n'y a rien.

Rien ? pensa Nina. Rose Connelly vivait dans ce quartier depuis des années. Elle connaissait forcément une personne qui avait quelque chose à louer. Encore fallait-il qu'elle veuille les aider. Nina se morigéna, elle ne devait pas se vexer. Rose et son mari, George, avaient rendu à sa famille un immense service.

– Comment va Anthony ? questionna Duncan.

Le visage de Rose s'adoucit.

– Bien. Il a une santé de fer. Je touche du bois, ajouta-t-elle, tapotant l'accoudoir du fauteuil. Il a décroché son diplôme universitaire cette année. Il va entrer à la faculté de médecine, conclut-elle avec fierté.

– C'est merveilleux, rétorqua Duncan. Si je peux l'aider d'une manière ou d'une autre, lui donner quelques conseils pour organiser son travail...

Le sourire de Rose s'effaça.

– Ce ne sera pas nécessaire, dit-elle froidement.

Elle jeta un regard en direction de la salle à manger.

– Oh, les voilà, s'exclama-t-elle, manifestement soulagée.

George Connelly apparut, derrière Jimmy. Leur ancien facteur avait désormais des cheveux blancs, mais il était toujours coquet et n'avait pas perdu cette jovialité qu'il avait quand Nina se précipitait pour prendre le courrier, autrefois, et qu'il la saluait en l'appelant par son prénom.

Duncan se redressa et tendit la main.

– George...

Écartant la main de Duncan, George lui donna l'accolade et lui asséna une grande tape dans le dos.

– Ça fait plaisir de vous voir, docteur.

Duncan considéra Jimmy qui se dandina, gêné par ce regard, puis reporta son attention sur George.

– Je suis heureux de pouvoir vous remercier de vive voix pour tout ce que vous avez fait pour mon fils.

– Ç'a été un plaisir, docteur. Nous aimons ce garçon comme notre propre fils.

George regarda Jimmy qui sourit timidement, le nez baissé.

– Il abuse de votre hospitalité depuis longtemps. Je n'imaginais certes pas qu'il serait à demeure chez vous.

– Pour moi, personnellement, ce n'est vraiment pas un problème, intervint sèchement Rose.

– Jimmy sera toujours chez lui sous notre toit, dit George d'un ton apaisant. Rose, je sens une odeur drôlement alléchante. Si on mangeait ?

Rose servit le repas en silence, tandis que George et Duncan discutaient pêche. George possédait un canot qu'il remisait sur une remorque, au bord de la rivière. À l'époque où George était leur facteur, Duncan prétendait toujours ne pas avoir le temps de pêcher, néanmoins il avait avec lui d'interminables palabres sur les poissons et les mérites respectifs des diverses sortes d'appât.

– On a encore quelques jours avant qu'il faille mettre le bateau à l'abri pour l'hiver, dit George. On pourrait y aller tous les trois. Vous, Jimmy et moi.

Nina observa son frère. Il n'avait pas pipé mot durant tout le dîner ou presque, et l'angoisse crispait son visage. Il souffrait visiblement, comme elle, de la tension qui régnait autour de la table dès que la conversation s'essoufflait.

À peine eurent-ils reposé leurs fourchettes que Nina suggéra de lever le camp. Ils remercièrent Rose. Elle resta assise, répondit poliment qu'il n'y avait pas de quoi la remercier. George se redressa pour leur serrer la main, et Jimmy les escorta jusqu'à la porte. Tous trois se retrouvèrent dans la véranda obscure, embarrassés et muets.

– Bon, on ferait mieux d'y aller, dit Duncan.

Gauchement, il passa un bras autour des épaules de Jimmy.

– Je veux juste te dire que je suis fier de toi, Jim, déclara-t-il d'une voix enrouée. Je sais que l'addiction exige un dur combat. Je suis fier de la façon dont tu as pris ta vie en main.

– Je travaille dans un magasin de revêtements de sol, objecta Jimmy. Ce n'est pas comme si j'étais médecin.

– Mais c'est un travail honnête. Je trouve ça formidable. Je te trouve formidable.

Jimmy se dégagea.

– Arrête ça, papa. Arrête.

– Jimmy, intervint Nina d'un ton de reproche.

Malgré la pénombre, elle distinguait les yeux brillants de son frère, son expression douloureuse.

– Je ne peux pas gérer ça.

– Gérer quoi ? demanda Duncan, dérouté. J'ai simplement dit que j'étais fier de toi.

– Tu ne me connais même pas ! s'écria Jimmy.

Sans un au revoir, il pivota et se rua à l'intérieur de la maison.

5

Duncan, sur le siège du passager, était muré dans le silence. Nina, du coin de l'œil, observa son profil comme taillé dans la pierre ; l'attitude de son frère la mettait en rage.

– Cette scène avec Jimmy, je suis vraiment désolée. Il est tellement nerveux. Je suis sûre qu'il ne voulait pas être aussi...

– Arrête de t'excuser, Nina. Tu ne me dois aucune excuse.

– Voilà pourquoi je ne souhaitais pas que tu reviennes à Hoffman. Où que tu ailles, tu te heurteras à ce genre de chose. Les gens peuvent être si cruels.

– Tu ne sais pas à quel point, Nina, ironisa-t-il. Tu ne peux pas imaginer, même dans tes rêves les plus délirants, combien les gens peuvent être brutaux et inhumains entre eux, conclut-il d'une voix morne.

Nina comprit qu'il parlait de sa vie en prison.

– Comment le supportais-tu ? demanda-t-elle avec douceur. Surtout que tu étais innocent. Ce devait être atroce. Pour moi, ce n'est même pas concevable. Et après tout ce que tu as subi... Jimmy se comporte comme si c'était lui qui avait le plus souffert. Franchement, ça me donne envie de hurler.

Duncan ne réagit pas.

– Ton frère semble se sentir très bien chez les Connelly, reprit-il.

– Oui, peut-être trop. Patrick craint qu'il n'en parte jamais.

– Il l'appelle maman.

– J'ai remarqué. Papa, pourquoi Jimmy est allé vivre avec les Connelly ? dit-elle après un silence. Je... nous les connaissions à peine. M. Connelly était notre facteur. Je n'ai jamais vraiment compris comment Jimmy avait atterri chez eux.

Duncan ne répondit pas tout de suite. Nina se demanda même s'il avait entendu sa question. Elle jeta un coup d'œil à son profil.

– Papa ?

– Les Connelly voulaient nous aider à cause d'Anthony. Ils m'étaient reconnaissants, ils voulaient nous rendre service. Et j'ai pensé... c'étaient des gens solides, je n'en doutais pas. De braves gens. Je savais qu'il faudrait beaucoup de force d'âme pour le sortir de... de la drogue. J'ai considéré que je pouvais me fier à eux pour faire... ce qu'il y avait de mieux pour Jimmy.

– Eh bien, en toute honnêteté tu avais raison, admit-elle.

– Ta mère, vois-tu, m'a toujours rendu responsable des problèmes de Jimmy. Elle me reprochait d'être un père lamentable.

– Ce n'était pas vrai, dit-elle avec une indéfectible loyauté.

– Je ne sais pas, rétorqua-t-il d'un ton las. Peut-être que si.

Elle avait laissé les lampes allumées, la maison semblait toute pimpante et gaie, quand Nina gara la vieille Volvo de Mary dans l'allée. Elle sortit de la voiture, respira l'air de cette nuit d'automne.

– Ça sent bon, tu ne trouves pas ? dit-elle à son père.

– Tu n'imagines pas à quel point.

– Rentrons. Je suis fatiguée, pas toi ?

– Je crois que je vais me balader un peu.

Étrangement, l'idée qu'il se promène seul dans l'obscurité l'affola.

– Il est tard. Il fait nuit.

– Je n'ai pas peur du noir.

– Je m'en doute, mais...

– Nina, coupa-t-il. Ne sois pas mon garde-chiourme. S'il te plaît. Ça, j'en ai eu plus que mon compte.

– Je suis navrée, papa. Bien sûr. Je ne sais pas ce qui me prend.

Il enfonça ses mains dans les poches de son coupe-vent et redescendit l'allée, les feuilles mortes bruissant sous ses pas. Quand il eut disparu, Nina pivota et pénétra dans la maison.

Il y faisait froid et humide. Elle monta le chauffage et brancha la télé pour que le son lui tienne compagnie. Partout où ses yeux se posaient, il y avait du bricolage à faire. Manifestement, à cause de son âge et de sa hanche malade, Mary avait négligé d'entretenir sa demeure. Nina épousseta les touches du piano et rabattit le couvercle sur le clavier, rangea des magazines et alla jeter une pile de vieux journaux dans la poubelle réservée au papier. Elle ouvrit le réfrigérateur, vide, soupira – demain, il lui faudrait aller au supermarché. Mais les priorités d'abord. Elle devait écouter ses messages, au cas où son agent aurait du nouveau pour elle. Elle fouilla sa sacoche posée sur la table, à la recherche de son portable et appela sa boîte vocale.

– Nina, dit la voix rocailleuse de Len Weinberg, qui était son agent depuis le début de sa carrière. Tu es libre lundi et mardi, comme tu le voulais. Mais ensuite, tu as trois auditions. Mercredi matin, tu as un casting pour Seasons Cosmetics, tu dois y être à six heures.

Six heures. Elle serait obligée de prendre le bus mardi pour rentrer en ville, sinon elle n'arriverait jamais à temps. Tout en écoutant la suite du message de Len, elle revint au salon et s'écroula sur le canapé, regardant distraitement la télé et le présentateur des informations. Soudain, elle vit le visage de son père sur l'écran. Une photo récente, prise lors d'une interview en prison après qu'il avait obtenu sa libération anticipée. Elle posa le téléphone, saisit la télécommande et monta le son.

– Les autorités de Hoffman ont appris que l'homme condamné pour le meurtre de sa femme, qui fut autrefois un médecin respecté, était de retour au sein de leur communauté. Cette nouvelle préoccupe certaines personnes. Nous avons interrogé à ce sujet le commissaire de police.

Un homme roux et trapu apparut. Il portait une cravate au nœud bien serré sous un col d'un blanc éblouissant. Sous sa figure solennelle, était inscrit en légende « Commissaire Eugene Perry, police de Hoffman ». Nina ne le reconnut pas, il n'occupait pas ce poste à l'époque du meurtre de sa mère.

– Je connais l'histoire du Dr Avery, déclarait-il. Nos concitoyens n'ont aucune raison de s'inquiéter. Il ne représente pas un danger pour la collectivité.

Le reporter reprit la parole.

– Le commissaire affirme contrôler la situation. Mais ici, à Hoffman, tous ne partagent pas cet avis.

On questionnait ensuite une femme d'âge mûr qui faisait ses courses dans Lafayette Street.

– Et comment que je m'inquiète ! Un homme aussi violent, chez nous. Je ne le connaissais pas, mais je me rappelle ce qui s'est passé..

Oh mon Dieu, pensa Nina. Qui les a prévenus ? Nous

ne sommes là que depuis hier. Et déjà il fait la une du bulletin d'informations. Comment pourra-t-il trouver la paix ? Je savais qu'il ne devait pas revenir ici.

La caméra se braqua de nouveau vers le reporter.

– C'était Ed Fitler, en direct de Hoffman, New Jersey, où une ville se prépare avec anxiété au retour d'un homme reconnu coupable d'assassinat.

Furieuse, Nina éteignit la télé et alla se camper devant la fenêtre. Pourquoi n'y avait-il pas de loi contre ça ? Comment pouvait-on diffuser ce reportage ? Elle scruta la rue, aussi loin que les arbres le lui permettaient, mais elle n'aperçut pas son père.

Elle se le représentait, marchant seul, les mains dans les poches, foulant le tapis de feuilles mortes, savourant sa liberté. Et si quelqu'un le voyait, le reconnaissait ? Si on décrétait qu'on ne voulait pas de lui dans les parages ? Les gens étaient parfois si irrationnels et vicieux. Ils risquaient de le traquer. De le blesser. Les gamins étaient capables de faire ce genre de chose. Les adultes aussi. Elle ne pouvait pas le laisser seul dehors. Non. Saisissant ses clés et sa veste, elle sortit et courut vers la voiture.

Elle parcourut à faible allure les rues paisibles, éclairées, de Hoffman. Elle sillonna la ville, à la recherche d'un homme maigre vêtu d'un coupe-vent. Où pouvait-il être allé ? s'interrogeait-elle en fouillant des yeux les trottoirs et les allées des maisons. Une fois les joggeurs du soir, les chiens et leurs maîtres rentrés chez eux, plus personne ne se baladait dehors. Si on le voyait, on le prendrait pour un cambrioleur. Et si on le reconnaissait, ce serait sans doute pire.

Nina longea la partie nord du parc, puis s'engagea lentement dans leur ancienne rue. Elle eut l'intuition qu'elle allait le trouver là. Il serait là, ça lui semblait logique – même si cette logique était passablement tordue. Et de fait, elle distingua sa silhouette solitaire sur le trottoir, dans la lueur d'un reverbère, devant la maison. La maison où elle avait grandi. La maison où sa mère avait été assassinée.

Elle freina et baissa sa vitre. Duncan pivota d'un bond, sur le qui-vive.

– Nina... Qu'est-ce qu'il y a ? dit-il avec irritation en passant la tête par la vitre ouverte.

– Papa, il m'a paru préférable de venir te chercher.

– Pourquoi ?

Elle ne voulait pas lui parler du reportage télévisé. Ce serait probablement à la une du journal local, sur le perron de Mary, dès demain. Et ce serait bien assez tôt. Mais il la considérait d'un air impatient.

– Pourquoi ? répéta-t-il.

– J'étais juste... inquiète. Tu étais parti depuis un long moment. Qu'est-ce que tu fais ici ?

– Laisse-moi tranquille, Nina. Je sais que tu as les meilleures intentions du monde, mais tu es perpétuellement sur mon dos et je ne le supporte pas. Il faut que tu arrêtes ça. Je ne suis pas un enfant, je suis ton père. Je rentrerai quand je le déciderai.

Nina considéra la demeure où ils avaient vécu autrefois. Entre les branches des arbres, elle voyait les fenêtres éclairées. La vente avait pris beaucoup de temps. On savait ce qui s'y était passé, et dès qu'un acquéreur potentiel l'apprenait, il s'évaporait. Les nouveaux propriétaires l'avaient eue pour une bouchée de pain. Pourtant elle paraissait chaleureuse et douillette, comme si la famille qui l'habitait naguère n'avait pas été déchirée et éparpillée aux quatre vents à cause de ce qui s'était produit entre ses murs. Nina sentit les larmes lui monter aux yeux, mais elle les ravala.

– Très bien, dit-elle d'un ton froid. Fais ce que tu veux.

Elle remonta la vitre. Elle espérait malgré tout qu'il se raviserait, tenterait de la retenir, s'excuserait de se montrer brusque avec elle. Mais il n'en fit rien. Il recula sur le trottoir et la regarda redémarrer.

J'essaie seulement de t'aider, pensa-t-elle. Je n'aime pas être ici, figure-toi. Tout ici me rappelle... tout ça. Tout ce qui s'est passé. Si tu refuses mon aide, très bien. Tu peux te débrouiller seul, parfait.

Les idées noires assaillaient son esprit, lorsqu'elle se gara dans l'allée de Mary. Elle claqua la portière de la voiture et, d'un pas de grenadier, se dirigea vers le perron. Elle était au pied des marches quand elle remarqua sur la porte quelque chose qui n'y était pas tout à l'heure. Un bout de papier, scotché, aux coins soulevés par le vent. Son cœur se mit soudain à cogner, elle s'approcha lentement, scrutant les alentours, de crainte que celui qui avait mis là ce bout de papier soit encore à proximité.

Ne panique pas, se dit-elle. Ce n'est peut-être qu'une pub de traiteur ou bien alors quelqu'un est venu faire un petit travail quelconque pour tante Mary et lui a laissé un message.

Mais elle savait pertinemment qu'il ne s'agissait pas de ça. On ne distribuait pas des publicités à cette heure-ci. Et personne n'avait réparé quoi que ce soit. Elle gravit les marches. Sur le papier était écrit, en lettres capitales noires, faciles à déchiffrer : ASSASSIN. RETOURNE EN PRISON, C'EST TA PLACE.

Les joues en feu, Nina l'arracha. Elle pivota, scruta de nouveau l'obscurité, au cas où l'auteur du message serait tapi dans un coin, guettant leur réaction. Quelqu'un savait que son père était dans cette maison. Un individu cruel, vindicatif.

La rue était silencieuse, paisible, l'image d'une banlieue assoupie par une nuit d'automne, songea-t-elle amèrement. Le genre d'endroit où nul ne ruminerait de mauvaises pensées, n'envisagerait de nuire à son voisin.

6

Nina se coucha avant le retour de son père, sans pouvoir toutefois s'endormir.

Elle alluma la lampe de chevet et resta étendue dans le grand lit de sa tante, au matelas avachi, contemplant la chambre défraîchie. Depuis combien de temps n'avait-on pas décroché les tentures pour les laver, ou repeint cette pièce ? Je pourrais le faire pour elle. Oui, je vais nettoyer et repeindre ; quand elle reviendra, ce sera comme neuf.

Nina réfléchit à ce projet, pour s'occuper l'esprit, jusqu'à ce qu'elle entende la porte d'entrée s'ouvrir et se refermer. Elle se hâta alors d'éteindre la lampe, afin que Duncan ne pense pas qu'elle l'attendait.

Lorsqu'il descendit le lendemain pour le petit déjeuner, il paraissait exténué. Après une nuit de sommeil, Nina se sentait mieux et de nouveau prête à le soutenir. Elle avait caché le message dans sa chambre, pour qu'il ne le voie pas. Qui que soit le salaud, le malade qui l'avait placardé sur la porte, il n'était pas nécessaire que Duncan en soit informé.

– Nous avons quelque chose à faire, aujourd'hui ? demanda-t-il, tout en ingurgitant ses céréales avec difficulté.

– J'ai décidé de rafraîchir la chambre de tante

Mary. Ça sera une bonne surprise pour elle, à son retour. Donc, il faut que j'aille acheter de la peinture. Tu pourrais peut-être m'aider à déplacer les meubles et décrocher les tentures ?

– Bien sûr, répondit-il d'un air absent. Tu veux reprendre ta chambre ? Je dormirai sur le canapé du salon, ça ne me dérange pas.

– Non, non. Je m'installerai dans la pièce qu'elle réserve à ses travaux de couture. Il y a un convertible. Mais nous devons commencer à te chercher un appartement. Tu as d'autres projets ?

Duncan, qui mastiquait ses céréales, grimaça.

– Bon sang, j'ai besoin de consulter un dentiste. Mes dents sont dans un état lamentable.

– Aujourd'hui ?

– Non, aujourd'hui il faut que je me procure un permis de conduire provisoire et que je remplisse les formulaires pour obtenir un document en bonne et due forme.

– Tu y es autorisé ?

– Oh, oui. Je n'ai pas le droit de voter. Je n'ai pas le droit de boire. Mais je suis autorisé à conduire.

– D'accord. On va faire ça.

– J'espérais...

– Quoi donc ?

– Voir mes petits-enfants, si c'était possible.

Nina s'efforça de dissimuler son étonnement. Après l'humiliant boycott du dîner chez elle, pourquoi voulait-il si tôt s'exposer à un nouveau rejet ?

– Qu'est-ce qu'il y a ? dit-il, conscient des réticences de sa fille. Tu sais bien que j'ai envie de les voir. C'est l'une des raisons de mon retour ici.

– Je sais, mais... Gemma est sans doute en train de travailler. Ça m'ennuie de la déranger.

– Oh, je n'attends pas une invitation. Je pensais... juste apercevoir les enfants. Je n'ai même pas vu la maison de Patrick. On pourrait passer dans son quartier ? Peut-être que les jumeaux joueront dehors. Je veux seulement les voir.

– Je... oui, on peut, dit Nina, gênée par le ton implorant de son père. Et on devrait aller en ville pour t'acheter d'autres vêtements. Qui soient à ta taille.

– C'est toi le chef, rétorqua-t-il, et elle comprit que c'était sa façon de dire qu'il regrettait de l'avoir rudoyée la veille.

Elle-même ne lui dirait pas qu'elle ne lui gardait aucune rancune. Après tout ce qu'il avait enduré, il avait le droit d'être en colère, pensa-t-elle. Même s'il passait sa colère sur elle.

Ils accomplirent leur programme de la journée, puis prirent la direction du vieil Hoffman, où se trouvaient les haras et où résidaient les habitants les plus fortunés de la ville. En chemin, ils passèrent devant l'entrée du country club.

– Patrick en est membre ? demanda Duncan.

La question prit Nina de court. Lorsque Patrick avait emménagé dans ce quartier, on lui avait signifié qu'il serait exclu du club à cause du crime de son père. Et Patrick avait été furieux – non contre l'étroitesse d'esprit des membres du club, mais contre Duncan, qui le privait encore d'une chose à laquelle il tenait.

– Nina ?

– Euh... non.

– Non ? Il joue toujours au golf ?

– Oui, mais... je crois que... Gemma ne se sentait pas à l'aise. Elle n'est pas vraiment du style country club.

Ce n'était certainement pas un mensonge, se dit-elle.

Ils s'engagèrent dans la rue de Patrick, passèrent devant la demeure des parents de Lindsay Farell. Nina jugeait un peu bizarre que Patrick ait acheté la propriété voisine. Lindsay s'était-elle installée chez ses parents après son retour à Hoffman ? Était-elle à présent la voisine de Patrick ?

– La voilà, dit Nina. La prochaine sur la gauche. Derrière les arbres, on la voit mal.

La maison de Patrick, en pierre, se fondait dans le gris des troncs et des branches qui l'entouraient, en ce mois de novembre. Devant s'étendait un étang où évoluaient des colverts.

– Mazette, dit Duncan. Ton frère gagne beaucoup d'argent ?

– Beaucoup, à la pelle, répondit Nina qui se gara le long du trottoir et laissa tourner le moteur. L'intérieur aussi est magnifique. Patrick a tout choisi lui-même.

– Et sa femme ? Ce n'est pas la tâche d'une femme, en principe, de...

– Allons, papa, le taquina-t-elle. Les temps ont changé. De nos jours, chacun fait ce qui lui plaît. D'ailleurs, Patrick est très particulier. Très... exigeant. Il aime que tout soit... que tout ait une certaine classe.

– Ils forment un couple uni ? Ils sont heureux ensemble ?

– Patrick et Gemma... ?

Nina songea à son frère et sa belle-sœur. Après le meurtre de Marsha, lorsque Lindsay avait rompu, l'assurance de Patrick s'était effritée. Il s'était appuyé sur celle qui l'avait aidé pour ses études, et leurs liens avaient semblé se resserrer énormément. Malgré sa réserve confinant à la froideur, Gemma s'était montrée loyale. Elle était restée à son côté pendant le procès, puis ses années d'études universitaires, alors que tout le monde l'avait abandonné. Naguère, Nina trouvait leur mariage romantique. Elle s'imaginait que

Patrick avait été conquis par la fidélité de Gemma et qu'il avait finalement compris que l'indifférence de la jeune femme pour la mode ne l'empêchait pas d'être attirante. Mais les illusions de Nina s'étaient dissipées. À une époque, Patrick s'enorgueillissait de l'intelligence exceptionnelle de Gemma. Maintenant il paraissait la critiquer sans cesse. Et Nina savait qu'ils se disputaient souvent. Lors d'une des rares occasions où elle avait passé la nuit chez eux, elle les avait entendus et avait réalisé avec désarroi qu'ils se querellaient comme ses parents. Mais tous les couples se disputaient, se dit-elle, s'efforçant d'être positive.

– Je suppose qu'ils se débrouillent.

– Les voilà ! s'exclama Duncan.

Nina regarda dans la direction qu'il indiquait et aperçut deux garçonnets potelés qui se pourchassaient dans le jardin impeccablement entretenu.

Avant qu'elle puisse l'en dissuader, Duncan sortit de la voiture et courut vers la clôture ouvragée, en fer forgé, qui ceinturait la propriété. Il s'y appuya et contempla les jumeaux, derrière les arbres.

Nina le rejoignit.

– Papa, tu ne devrais pas te montrer.

– Comme ils se ressemblent. Tu es capable de les distinguer ?

Plissant les yeux, Nina les observa, hocha la tête.

– Celui qui a le pull vert sombre, c'est Cody. Il est un peu plus petit que Simon.

– Mes petits-fils, souffla Duncan, comme s'il avait du mal à croire qu'ils soient bien réels.

Des ombres s'étiraient déjà dans le parc, Nina consulta sa montre. Il était tard, et elle ne voulait pas que Patrick les trouve là en rentrant.

– Il vaudrait mieux ne pas nous attarder, papa.

Duncan, appuyé à la clôture, l'air mélancolique, s'imprégnait du spectacle des jumeaux qui jouaient.

Ils se poursuivaient en vociférant, caracolaient vers la maison. Simon piqua un sprint, rattrapa Cody, l'empoigna par la capuche de son sweatshirt et le fit tomber. Ils se mirent à se bagarrer, grognant et roulant l'un sur l'autre, comme des oursons bien dodus, en s'abreuvant d'insultes. Simon s'assit sur le ventre de Cody, ils eurent un bref et inaudible débat, après quoi Simon libéra son frère, et ils foncèrent en direction de l'étang.

– Ils sont trop près de l'eau, dit Duncan. On les laisse dehors tout seuls ?

– Ils ne risquent rien. Viens, papa. Tu les as vus. Il vaut mieux partir. Patrick ne sera pas content s'il te trouve ici.

Mais Duncan ne l'écoutait pas.

– Nina, regarde. Ils sont juste au bord de l'étang.

Nina scruta la route, guettant anxieusement la Jaguar bleu métallisé de son frère.

– Comment on entre ? marmonna Duncan.

À tâtons, il chercha une ouverture dans la clôture, trouva le loquet d'un portillon qu'il souleva.

– Papa, n'y va pas. Si Patrick arrive, il sera furieux. Je le connais.

Un éclaboussement d'eau et un hurlement épouvantable retentirent. Les colverts s'envolèrent dans un grand battement d'ailes, en criant. Duncan traversait déjà la pelouse au pas de course. Nina lança un coup d'œil vers l'étang et vit Cody dans l'eau, qui gesticulait et glapissait. Il avait la figure cramoisie, il sanglotait. Nina s'élança. Duncan, parvenu au bord de l'étang, tendit une main au petit garçon.

– Accroche-toi, ordonna-t-il.

– Hé ! protesta Simon. Qui vous êtes ?

La porte sur la façade arrière de la maison s'ouvrit à la volée, Gemma surgit, affolée. Elle était escortée d'une petite femme râblée au teint olivâtre, au visage rond et renfrogné. Gemma courut vers ses fils. Elle les atteignit à l'instant où un Cody couvert de boue, toujours en pleurs, repoussait la main que lui tendait Duncan et se redressait dans l'eau qui lui arrivait aux genoux. La femme qui suivit Gemma se campa au bord de l'étang, les poings sur ses larges hanches, en marmottant. Elle parlait espagnol.

– Cody ! s'écria Gemma. Ça va ? Qu'est-ce qui s'est passé ?

– Il m'a poussé, braila Cody, pointant un doigt accusateur vers Simon.

– C'est pas vrai ! protesta Simon. Il est tombé. Ce monsieur lui a fait peur et il est tombé.

Simon montra Duncan immobile, pâle et tremblant, dans son coupe-vent gris.

Gemma pivota, tressaillit en reconnaissant son beau-père.

– Docteur Avery...

– Bonjour, ma chère, dit Duncan.

– Dénonce-le à la police, insista Simon.

L'autre femme, plus âgée que Gemma, soupira et tendit une main brune à Cody qui s'y cramponna pour s'extirper de l'étang. Elle se mit à le gronder, en espagnol.

– Elena, vous deviez les surveiller, l'accusa Gemma. Je vous avais prévenue que j'allais travailler.

La femme sourcilla, secoua la tête d'un mouvement brusque. Furieuse, Gemma se lança dans un speech virulent, en espagnol. Elle avait passé ses premières années en Amérique du Sud et s'exprimait comme une autochtone. Elle interrogea son interlocutrice qui darda sur elle un regard noir et répondit d'un air offensé.

– Tous les deux, vous rentrez avec Elena, enchaîna Gemma. Cody, tu enlèves ces vêtements et tu ne les laisses pas traîner par terre dans ta chambre.

Ils s'éloignèrent. Soudain, Cody écarta Simon d'une bourrade et partit au galop. Avec un cri de sauvage, Simon sprinta pour le rattraper. Elena, foudroyant de nouveau Gemma des yeux, les suivit à petits pas.

– Voilà pourquoi j'ai tant de mal à rédiger ce livre, commenta Gemma. Elena était censée les surveiller.

Elle regarda ses fils s'engouffrer dans la maison. La porte de derrière claqua. Gemma reporta son attention sur Nina et Duncan ; elle semblait affreusement mal à l'aise.

– J'ignorais que vous viendriez nous rendre visite.

– Il ne s'agit pas vraiment de ça. Mon père voulait voir les jumeaux, dit Nina.

– Pourquoi vous n'avez pas sonné ?

À cause de Patrick, faillit répondre Nina.

– Papa avait juste envie de les apercevoir. Ils sont mignons, hein, papa ? Il avait hâte de... de les voir.

Un silence gêné s'installa.

– Bon, dit Gemma. Si on entrait ?

Nina ne tenait pas à la mettre dans une position délicate. À l'évidence, avec les jumeaux et son travail, elle était plus que débordée. En outre, Patrick serait là d'un instant à l'autre.

– Non, il nous faut partir.

Gemma eut un sourire crispé, tripota ses bagues.

– Alors, si vous y êtes obligés...

Nina regarda son père. Les mains dans les poches, il contemplait l'étang.

– Papa ?

– C'est dangereux de laisser les garçons jouer tout seuls si près de l'eau, dit-il.

Le sourire de Gemma s'évanouit.

– Je ne les ai pas laissés seuls, se défendit-elle. La gouvernante devait s'en occuper pendant que je travaillais. Elle est payée pour ça.

92

– D'ailleurs, l'eau leur arrive à peine aux genoux, renchérit Nina, irritée.

– C'est suffisant, insista Duncan en dévisageant Gemma. Une minute d'inattention, et votre vie est anéantie.

– Allons, papa, protesta Nina.

Elle lui tourna délibérément le dos pour s'adresser à sa belle-sœur.

– Maintenant, on s'en va. Nous t'avons dérangée, je suis navrée.

– Ce n'est pas grave, dit Gemma.

– Si, ça l'est.

Sans un mot pour son père, Nina se dirigea à grands pas vers la grille. Elle atteignait la voiture quand Duncan la rejoignit et ouvrit la portière d'un geste brusque. C'était lui, à présent, qui était fâché.

– Inutile d'être impolie avec moi, mademoiselle.

– Impolie ? C'est toi qui l'as été. Avec Gemma.

– Permets-moi de te dire une chose, Nina. Tu ne sais pas tout. J'ai compris leur petite discussion. Elle nous a affirmé que la gouvernante devait les surveiller, mais la gouvernante a fait remarquer que c'était son après-midi de congé.

– Elles ont parlé en espagnol, rétorqua sèchement Nina. Depuis quand tu parles espagnol ?

– Pour ton information, Nina, le médecin de la prison était d'origine hispanique. Il m'a appris sa langue. Le Dr Quinteros. Il a témoigné à l'audience, quand on m'a accordé la libération anticipée.

Une seconde, Nina se remémora le séduisant médecin qui cherchait son regard, pour la rassurer. Ça semblait si loin.

– Espagnol ou pas, c'était un malentendu. Pour quelle raison tu crois la gouvernante, plutôt que Gemma ? Le comportement de cette femme ne m'a pas plu.

– Elle a peut-être une raison de se comporter de cette manière. Écoute, Nina, ce sont mes petits-fils. Je ne veux pas qu'il leur arrive...

– Oui, ce sont tes petits-fils ! coupa-t-elle. Et, au cas où tu l'aurais oublié, leur mère est l'une des rares personnes à te témoigner de la gentillesse. Les gens corrects avec toi ne se bousculent pas. Tu devrais peut-être essayer de ne pas décourager ceux qui le sont.

– Ne me dicte pas ma conduite, rétorqua-t-il, pointant un doigt vers elle.

Ça dépassait les bornes, elle n'accepterait pas un sermon de son père. Pas après tout ce qui s'était produit.

– Très bien, papa. Tu arrêtes de me mettre dans l'embarras, et j'arrêterai de te dicter ta conduite, dit-elle brutalement.

Duncan la regarda avec tristesse.

– Tu sais, Nina, si je deviens un fardeau pour toi, tu n'as qu'à retourner à ta vie et ne plus t'inquiéter pour moi. Je me débrouillerai.

– Monte dans cette voiture, ne sois pas ridicule. Tu te débrouilleras, railla-t-elle. Oui, jusqu'ici, tu t'es drôlement bien débrouillé.

À la minute où elle eut prononcé ces paroles, Nina s'en repentit. C'était odieux, et elle ne le pensait pas. Elle était simplement fatiguée et angoissée pour lui. Mais à présent, à en juger par l'expression douloureuse du regard de Duncan, il avait le sentiment qu'elle aussi le trahissait.

Muet, il s'assit à son côté dans la voiture. Elle n'avait pas cherché à le blesser ou l'insulter. Elle aurait voulu le lui expliquer, mais elle savait qu'il refuserait d'entendre. Ces mots qui faisaient mal, elle les avait dits, et il était trop tard pour les effacer.

7

Ils passèrent une soirée pénible, ne s'adressant la parole que quand c'était indispensable. Le lendemain matin, cependant, lorsque Nina s'attaqua à la chambre de sa tante, Duncan la rejoignit et entreprit de pousser les meubles au centre de la pièce.

– Où est la peinture ? dit-il, tandis qu'elle roulait les tentures pour les mettre à la machine à laver.

Elle lui désigna le journal sur lequel elle avait posé le pot qu'il ouvrit pour en remuer le contenu à l'aide d'un petit bâton. Quand elle revint, il avait déjà peint l'encadrement des fenêtres.

– Merci, papa.

– De rien.

Ils travaillèrent côte à côte en échangeant des propos décousus. Puis Duncan demanda s'il pouvait mettre la radio. La musique, le soleil qui perçait à travers les nuages gris égayèrent la fin de la matinée.

Nina perdit la notion du temps. Quand elle consulta sa montre, elle s'aperçut qu'il était l'heure de faire sa toilette et de s'apprêter à partir. Depuis le matin, elle guettait la sonnerie du téléphone, un coup de fil des agents immobiliers qu'ils avaient rencontrés, dans l'espoir que l'un d'eux leur proposerait un appartement pour Duncan. Mais personne n'avait appelé. Ainsi qu'on le leur avait expliqué la veille, dans une agence, l'offre était limitée par rapport à la demande. Hoffman étant tout proche de New York, le moindre mètre carré semblait déjà loué, ou ce qui était disponible valait un prix exorbitant. À coup sûr, Nina devrait poursuivre ses recherches dès son retour de New York.

Il lui fallait attraper le bus, et cet après-midi Duncan devait commencer son travail à la clinique de Newark. Armé de son permis temporaire, il avait prévu d'y aller en voiture. Pour sa part, Nina devait réintégrer son appartement pour y prendre des vêtements, et se coucher de bonne heure afin d'être au mieux de sa forme pour les auditions qui débuteraient très tôt le lendemain matin.

– Tu es certain que tu n'as pas besoin d'argent ? demanda-t-elle à son père, une heure plus tard, alors qu'il se dirigeait vers l'arrêt du bus avant de se rendre à Newark.

Ça lui faisait bizarre de le voir au volant, d'être à son côté sur le siège du passager.

– J'en ai suffisamment. Seigneur, il y a beaucoup plus de circulation qu'avant.

Il conduisait prudemment, presque trop lentement.

– Avance, papa.

– Je sais, Nina.

– Pardon.

Ils roulèrent un moment en silence.

– Bonne chance pour tes auditions, dit-il.

– Merci. Je ne serai absente que quelques jours. Si quelqu'un téléphone pour un appartement, prends rendez-vous pour qu'on le visite ce week-end. Et n'oublie pas, tu dois voir ton conseiller de probation jeudi matin à dix heures. Il y a des provisions dans le réfrigérateur, et si tu as besoin de quoi que ce soit, tu as mon numéro de portable, je suis joignable en permanence...

– Arrête, Nina. Combien de fois faut-il que je te le dise ?

Ils s'étaient garés sur une aire de stationnement de Lafayette Street, près de l'arrêt du bus. Nina détestait que son père lui parle sur ce ton. Elle l'agaçait, d'accord. Mais elle essayait simplement de lui faire comprendre qu'elle était dans son camp. Or, maintenant, la paix qu'ils avaient conclue ce matin semblait soudain bien fragile. Elle jeta un coup d'œil au rétroviseur extérieur, vérifiant si le gros bus vert et argent arrivait.

– Tu vas me manquer, ajouta-t-il, pour s'excuser.

Aussitôt, elle se sentit mieux. Soulagée.

– Toi aussi, tu vas me manquer.

Elle regarda de nouveau dans le rétroviseur, puis la boutique de Lindsay Farrell de l'autre côté de la rue. Elle faillit sursauter. Une voiture familière était garée près du parcmètre, devant le magasin. Une Jaguar bleu métallisé. Combien y avait-il de Jaguar identiques dans cette ville ?

Duncan consulta sa montre.

– Chérie, il vaut mieux que j'y aille. Je ne veux pas être en retard pour ma première journée de travail.

Nina ne lui parlerait surtout pas de ses soupçons.

– Pas de problème, dit-elle. J'attendrai dans l'abri-bus. Ce ne sera pas long.

– Je suis navré de te planter là.

– Tout va bien, ne t'inquiète pas.

Nina se pencha et l'embrassa sur la joue. Il hocha la tête d'un air distrait, le regard rivé sur la carte de Newark. Il craignait de se perdre en route.

– Bonne chance pour ton travail, ajouta-t-elle.

Elle sortit, prit son sac sur la banquette arrière.

– Papa, je regrette ce que je t'ai dit hier chez Patrick. Je ne le pensais pas.

Il sourit tristement et lui étreignit la main.

– Nina, tu as été ma bouée de sauvetage. Aucun homme au monde ne pourrait avoir une meilleure fille que toi.

97

À son tour, elle lui étreignit la main, sans un mot – elle était trop émue. Elle claqua la portière.

– À bientôt. Vendredi au plus tard.

Avec un geste d'au revoir, il démarra, regarda à droite, à gauche, avant de se faufiler prudemment dans la circulation. Nina soupira et alla s'asseoir sur le banc de l'abribus.

Elle envisagea de parcourir ses répliques pour la lecture du lendemain après-midi, mais elle ne réussirait pas à se concentrer. Elle resta donc là, sur le banc, à observer l'animation de la rue. Et la Jaguar bleue. Au bout de cinq minutes, la porte de la boutique de Lindsay Farrell s'ouvrit. Un homme et une femme apparurent. Mince mais dotée de formes volupteuses, la femme portait une courte jupe en cuir pourpre et des escarpins assortis, un corsage en soie rouge chatoyante, de style kimono, brodé de papillons de couleurs vives qui étincelaient comme des joyaux. Lindsay Farrell. Elle avait toujours ses longs cheveux platine, mais coupés en dégradé, à la dernière mode. Elle était encore plus magnifique que la lycéenne d'autrefois.

L'une de ses mains fines effleurait la manche du veston de son compagnon – Patrick. Il lui parlait gravement, penchait vers elle sa tête grisonnante, si bien que leurs visages se touchaient presque. Elle acquiesça d'un air solennel. Ils s'embrassèrent sur la joue, puis Patrick se dirigea vers sa Jaguar. Quand il démarra, Lindsay lui fit un signe de la main.

Nina se courba vivement et farfouilla dans son sac. Elle demeura dans cette position jusqu'à ce que la Jaguar ait disparu. Mais quand elle referma son sac et se redressa, elle avisa Lindsay, devant sa boutique, qui braquait vers elle un regard intrigué.

Et soudain, elle entendit :

– Nina ?

Feignant la perplexité, Nina fouilla la rue des yeux,

comme si elle se demandait d'où venait cette voix. Finalement, elle tourna un visage dénué de toute expression vers Lindsay. Celle-ci attendit qu'une voiture soit passée, traversa la chaussée sur ses talons aiguilles et s'approcha de l'abribus. Deux conducteurs freinèrent pour lui laisser le passage et l'admirer. Chacun fut récompensé par un sourire éblouissant, encadré de fossettes. Lindsay atteignit le trottoir et s'immobilisa devant Nina.

– Nina... Tu ne te souviens pas de moi ? Lindsay Farrell.

Nina prit une mine ahurie, puis comme si elle la reconnaissait brusquement :

– Oh, oui, articula-t-elle. Lindsay.

– C'est ça. Et, en face, c'est ma boutique. Ton frère Patrick vient juste d'en sortir. Tu ne l'as pas vu ?

– Je n'ai pas fait attention, mentit Nina.

– Il adore les antiquités. C'est un grand amateur.

Pas seulement d'antiquités, songea Nina, écœurée.

– Que fais-tu ici ? Je croyais que tu avais quitté Hoffman, dit-elle d'un ton narquois.

– Effectivement. J'ai vécu longtemps en Europe. Mais j'ai dû rentrer au bercail. Un divorce épouvantable. Il a fallu que je me reconstruise. Bref, j'ai ouvert cette boutique. Une femme doit subvenir à ses besoins d'une manière ou d'une autre. Tu sais ce que c'est. Je crois que tu es toujours célibataire ?

Il y avait dans sa voix, dans ses grands yeux bleus, un brin de pitié qui hérissa Nina.

– Exact, répondit-elle avec un sourire froid.

– Patrick m'a dit qu'on avait libéré ton père. C'est à cause de ça que tu es là ?

Ce ne sont pas tes oignons, pensa Nina, furibonde. Patrick trompait-il Gemma avec cette insipide bimbo ? Ce n'était pas possible. Il avait eu de la chance d'en être débarrassé, autrefois. Il n'en était donc pas

99

conscient ? Même si Gemma manquait peut-être de chaleur, si elle n'était pas très sociable, elle faisait preuve d'une loyauté à toute épreuve. Comment pouvait-il ne fût-ce qu'envisager de la traiter aussi mal ?

– Nina ?

– Oh... oui, mon père. Je suis très heureuse qu'il soit de nouveau libre.

Lindsay rejeta en arrière sa chevelure platine qui brilla dans la lumière pâlissante de l'automne.

– Vraiment ? Patrick ne semble pas partager ton opinion.

Nina tourna la tête et, à son grand soulagement, vit le bus arriver. Elle se leva, empoigna la bandoulière de son sac.

– Il a le droit de penser ce qu'il veut. Excuse-moi, je suis pressée. Mon bus est là.

– Tu prends le bus ? compatit Lindsay.

– Je suis une New-Yorkaise. Une voiture ne nous est d'aucune utilité.

Si Lindsay répliqua, ses mots furent étouffés par le bruit des portières du bus qui s'ouvraient, tandis que le véhicule s'arrêtait le long du trottoir. Nina monta à son bord sans un regard en arrière. Lorsqu'elle eut donné son ticket au chauffeur et trouvé une place, il n'y avait plus trace de Lindsay Farrell dans la rue.

Le téléphone sonna alors qu'elle se préparait à se coucher et accomplissait tous les rituels de beauté qu'elle connaissait. Elle se hâta de décrocher, pensant que c'était Duncan.

– Nina, enfin je réussis à te joindre. C'est Hank.

Flûte. Hank Talbot. L'homme dont lui avait parlé sa tante Mary. Nina et lui avaient eu une brève aventure pendant l'été, après qu'il l'avait applaudie au théâtre et inondée de fleurs. Elle se rappelait avoir raconté leur rencontre à Mary avec enthousiasme. Car, au début, leur histoire semblait prometteuse. Il était séduisant, prospère, divorcé. Durant une brève période, elle avait apprécié sa compagnie. Peu à peu, cependant, elle s'était rendu compte que, si une conversation ne tournait pas autour de lui, il s'en désintéressait. Certains hommes donnaient à Nina l'impression d'être une extraterrestre tombée sur terre, or Hank Talbot était de ceux-là. Sa tante avait raison – elle voulait avoir quelqu'un à aimer, fonder une famille. Mais parfois elle se disait que jamais elle ne parviendrait à nouer un lien de cette nature avec quiconque. Elle ne pouvait pas feindre d'aimer un homme quand elle ne l'aimait pas. Même si Hank avait à peine remarqué qu'elle commençait à prendre du recul, elle avait malgré tout eu quelques remords. Et maintenant, en l'entendant, elle se sentait harcelée.

– Bonsoir, Hank.

– C'est difficile de t'avoir au bout du fil, ces temps-ci. Note que je n'étais pas là non plus. J'ai passé près d'un mois en Europe.

– Ah...

Après la pluie de fleurs, il s'était efforcé de l'épater, ce qu'elle détestait.

– Et tu étais où, en Europe ?

– Paris. Ils ne s'en sortaient pas, au siège parisien. Ils avaient besoin de moi pour les remettre d'aplomb.

– Paris, ma ville préférée, murmura-t-elle.

– Tu aurais dû venir avec moi.

Nina ravala un soupir.

– J'ai été très... occupée.

Quand ils sortaient ensemble, elle ne lui avait jamais parlé de son père. Elle n'allait certainement pas le faire maintenant.

– Bref, je suis de retour à New York pour un moment et, même si ce n'est pas la Tour d'Argent, on m'a recommandé un nouveau restaurant. Excellent, paraît-il. Ça te dit ?

Elle grimaça.

– Je ne suis là que pour quelques jours, ensuite... je repars.

– Tu joues au fin fond de la cambrousse ? questionna-t-il d'un ton plus sec.

Tout à coup, elle ne se sentit plus coupable de l'avoir laissé tomber. Elle perçut un déclic sur la ligne.

– Non, c'est... euh... personnel. Hank, écoute, j'ai un autre appel, il faut que je le prenne. Ce doit être mon agent. Merci pour... pour l'invitation.

Avant qu'il ait pu répliquer, elle enfonça la touche de double appel et fut soulagée d'entendre la voix de Keith à l'autre bout du fil. Elle l'imagina dans sa maison avec piscine de Westwood, avec ses vêtements et ses lunettes d'étudiant, son teint pâle de la côte Est et ses cheveux blonds qui se clairsemaient. Un poisson hors de son aquarium.

– Comment s'est passé le retour à Hoffman ?

– Plutôt mouvementé. Mon père est tellement vulnérable. Tout lui paraît si bizarre. Et les gens disent des horreurs sur lui. Ça m'effraie un peu.

– Je suis vraiment désolé pour le conseil des copropriétaires.

– Ce n'est pas grave. De toute façon, il veut s'installer là-bas.

– Pourquoi tu ne l'amènes pas à Los Angeles ? Il profiterait du soleil, des palmiers. On le sortirait dans des clubs, et au studio il aurait droit au traitement réservé aux VIP.

Nina en fut irritée. Elle connaissait bien Keith, sa capacité à comprendre les problèmes d'autrui était limitée.

– Keith, on lui a accordé la libération conditionnelle, il n'est pas en vacances. Il ne peut pas aller s'amuser où ça lui chante.

– C'est vrai, dit-il, penaud. Je n'y avais pas pensé.

Il y eut un silence à l'autre bout de la ligne, et Nina réalisa qu'elle avait réagi trop vivement.

– Merci quand même, dit-elle pour se racheter. Je sais que tu cherches seulement à m'aider. Bon, raconte-moi, comment ça se passe pour la série.

Cette question le requinqua aussitôt.

– Bien, mieux qu'on ne l'avait espéré. Ils veulent que je reste. La chaîne a commandé sept épisodes supplémentaires.

– Tu resterais longtemps ? demanda-t-elle avec anxiété.

– Eh bien, aussi longtemps qu'il le faudra. La série reçoit un très bon accueil. Ça pourrait devenir... permanent.

– Permanent ?

S'il emménageait à L.A., son amitié lui manquerait. Cependant elle devait s'avouer – et elle en avait honte – qu'elle s'inquiétait surtout pour l'appartement.

– Ne te tracasse pas, dit-il, comme s'il avait lu dans ses pensées. Je ne vais pas me débarrasser de l'appartement. Tu peux l'occuper aussi longtemps que tu en as besoin.

– Je ne pensais pas à ça, mentit-elle.

– Mais si... À ta place, j'y penserais aussi. N'empêche que tu devrais réfléchir sérieusement à l'éventualité de me rejoindre. C'est ici qu'il y a du boulot, et maintenant je suis en mesure de te donner un coup de main.

– Je sais... Et je sais que tu tiendrais parole.

– Tu dois le faire tant que tu es jeune. En plus, ce serait rigolo. On visiterait la ville ensemble, je te présenterais à une foule de gens.

– J'y ai réfléchi, crois-moi. Mais...

– Mais quoi ?

– Je ne peux pas partir maintenant, soupira-t-elle. Tout est trop... aléatoire.

– À cause de ton père, rétorqua-t-il sans ménagement.

– Pour l'instant, il a besoin de moi.

– Bon sang, Nina... Qu'est-ce que tu vas encore sacrifier pour lui ? Il ne t'a pas suffisamment gâché la vie ?

– S'il te plaît, protesta-t-elle, fâchée.

Puis elle se dit qu'il ne fallait pas prendre la mouche. En un sens, ce commentaire était typique de Keith. Il refusait de se laisser entraver par un quelconque lien. Comment exiger qu'il comprenne que Duncan était un homme sur la corde raide ? Comment lui expliquer qu'elle avait le devoir d'être là, les bras tendus, au cas où son père tomberait ?

Au matin, quand elle arriva à l'audition de Seasons Cosmetics, le directeur de casting sourcilla en voyant son visage décomposé. Elle avait mal dormi, ce qui produisait toujours un effet déplorable sur son aspect physique. Ses cernes étaient pareils à des taches bistre sur sa peau blanche, malgré tous ses efforts pour les estomper. Elle s'assit dans le fauteuil, tandis que le directeur de casting et son assistant virevoltaient autour d'elle et la détaillaient.

– Superbes cheveux, dit-il, soulevant une mèche brillante comme s'il examinait la crinière d'une pouliche.

L'assistant marmonna un acquiescement.

– J'aime bien ce pourpre, dit-il, glissant un doigt sous la bretelle de la courte robe moulante de Nina.

Le directeur de casting se baissa pour étudier ses traits – elle eut la sensation d'être une sorte de grande poupée.

– Jolies pommettes, très belle bouche.

Il se redressa, les mains sur les hanches.

– Mais, ma chère, je pense que vos yeux ont contemplé trop de couchers de soleil, si vous voyez ce que je veux dire. Les cosmétiques, c'est plutôt une affaire de jeune fille.

Nina était trop aguerrie pour s'offenser. Accepter un refus avec élégance était la première leçon qu'apprenait un acteur, même si ça ne cessait jamais d'être une épreuve.

– Merci de m'avoir reçue...

Je m'en fiche, se dit-elle en enfilant sa veste et en quittant le loft immaculé pour regagner l'ascenseur. Je ne suis pas mannequin, je suis comédienne. Malheureusement, les pubs télé pouvaient rapporter pas mal de royalties, et se convaincre que ça n'avait aucune importance n'était pas si simple. Cet argent lui rendrait service. Surtout maintenant que Keith envisageait de s'installer à Los Angeles. Un jour ou l'autre, il risquait de changer d'avis à propos de l'appartement. Ça lui ressemblerait bien de faire volte-face et, dans ce cas, comment s'y opposer ? Il ne lui devait rien. Si elle avait davantage d'argent, elle pourrait aider son père à trouver un logement agréable – peut-être assez grand pour eux deux.

Ce n'est pas ce que tu veux, se morigéna-t-elle. Tu es censée mener ta propre vie. Mais comment ? En ne tenant pas compte des problèmes de Duncan, de sa solitude ? Son père avait mérité un peu de bonheur, de confort après toutes ces années en prison.

Vers midi, elle se rendit à la lecture d'une nouvelle pièce, dans une église de Chelsea. Le spectacle serait monté off Broadway, et elle tomba aussitôt amoureuse du rôle que le metteur en scène prévoyait pour elle. Il parut satisfait de sa prestation, cependant il avait plusieurs comédiennes à auditionner. Il lui promit de l'informer de sa décision.

Ensuite, elle avait une autre audition pour une pub. Celle-ci se déroulerait à l'agence de publicité. Elle fonça à l'appartement pour se changer, enfila un tailleur-pantalon gris qui portait la marque d'un grand couturier et qu'elle avait acheté à moitié prix dans une boutique de vêtements dégriffés. Il lui donnait une allure de femme d'affaires, mais lui allait à la perfection et mettait en valeur sa silhouette. Le spot publicitaire vantait les mérites de quelque nouveau produit pour nettoyer les sols, et elle aurait à interpréter une ménagère, ce qui ne nécessitait pas autant de glamour que les cosmétiques. Elle lut son texte pour le directeur, qui l'apprécia. Il appela le responsable du budget, et elle recommença. Les deux hommes cogitèrent de conserve, et opinèrent du bonnet.

S'il vous plaît, implora-t-elle en silence, donnez-moi cette pub.

– Mademoiselle Avery, dit le directeur, l'annonceur sera en ville demain à l'heure du déjeuner. Nous voulons qu'il vous rencontre avant d'arrêter notre décision.

Arrêter notre décision, voilà qui semblait de bon augure. Mais demain midi ? Elle ne serait pas de retour à Hoffman avant la nuit. Et si son père se sentait trop seul, s'il déprimait ? Si l'abruti qui avait mis ce papier sur la porte revenait le harceler ? Si on vandalisait la maison ou, pire, si on faisait du mal à Duncan ? Autant de scénarios qui se bousculaient dans son esprit.

Elle se sermonna. Il était resté quinze ans seul en prison. Il supporterait certainement une journée de liberté sans elle. D'ailleurs, s'il devinait qu'elle avait renoncé à cette opportunité pour rentrer dare-dare à Hoffman, il serait furieux.

– Bien sûr, je serai ravie de le rencontrer. À quelle heure faut-il que je sois là ?

8

Nina fit la connaissance de l'annonceur – un homme d'affaires jovial et pragmatique de Des Moines – au cours du déjeuner. Il décréta immédiatement qu'à son avis Nina serait parfaite pour présenter son encaustique, et le marché fut conclu par une poignée de main – Len Weinberg se chargeant des discussions concernant le contrat. On évoqua même la possibilité réjouissante de nombreux spots, si bien que Nina quitta la réunion joyeuse et pleine d'espoir.

Elle repassa en coup de vent à l'appartement, prit son petit sac de voyage, et réussit à être à Port Authority juste à temps pour attraper le bus de quinze heures. Elle avait hâte d'arriver, de voir comment allait son père. La veille, quand elle avait su qu'il lui faudrait s'attarder à New York, elle avait composé le numéro de sa tante, mais personne n'avait répondu. Elle s'était dit que, peut-être, Duncan avait retrouvé un vieil ami et dînait avec lui. Elle avait rappelé plusieurs fois, puis s'était refrénée. Elle ne devait pas le couver, il était intraitable sur ce point, et s'il finissait par décrocher le téléphone, il serait mécontent. Cependant, lorsqu'elle était loin de lui, elle avait la sensation de retenir son souffle. Aussi fut-elle infiniment soulagée quand le bus stoppa près de la maison de Mary et qu'elle en descendit enfin.

On pourrait dîner dehors, ce soir, se disait-elle tout en marchant sur le trottoir jonché de feuilles mortes. Dans un endroit agréable. Elle passa en revue les restaurants des environs qu'elle connaissait. Patrick les avait emmenés, Jimmy et elle, dans un grill très chic, mais où on servait des plats simples et réconfortants. Oui, pourquoi pas ? Seulement... comment Duncan allait-il s'habiller pour un établissement de ce genre ? Elle avait conservé une partie de ses vêtements quand ils avaient vendu la maison ; ses chemises, cravates et vestons étaient dans des cartons, rangés dans la cave de Mary. À présent, les vestes lui seraient trop grandes, mais il n'aurait qu'à porter son coupe-vent gris sur une chemise et une cravate.

Nina tourna l'angle de la rue, elle était tout près de la maison. Elle avisa une voiture inconnue dans l'allée, et constata que la vieille Volvo de sa tante n'était pas là. Elle vit aussi un homme sur le perron, qui sonnait à la porte. Un homme au teint olivâtre, aux yeux noirs, en veste bordeaux et chemise noire au col ouvert.

– Monsieur ? fit-elle, suspicieuse, en montant les marches.

– Vous êtes Nina Avery ?

– Oui. Pourquoi ?

– Duncan Avery est votre père ?

Nina fut aussitôt sur ses gardes.

– Pourquoi ? Qu'est-ce que vous voulez ?

– Je m'appelle Bill Repaci. Je suis le conseiller de probation de votre père.

Il extirpa de la poche intérieure de sa veste un protège-document et lui montra ses papiers officiels avec sa photo.

– Votre père avait rendez-vous avec moi aujourd'hui.

– Je sais.

– Il ne s'est pas présenté. Alors je viens le voir ici.

Nina ne voulait pas qu'il devine à quel point ses paroles l'affolaient. Elle fouilla dans son sac, y pêcha la clé de la maison. D'une main tremblante, elle déverrouilla la porte.

– Entrons.

Elle poussa le battant, alluma la lumière. Tout semblait normal. Comme quand elle était partie.

– Asseyez-vous, monsieur...

– Repaci, répéta-t-il, mais il resta debout.

Nina posa son sac sur le sol.

– J'ai passé ces derniers jours à New York, je rentre à l'instant. Mon père vous avait prévenu que nous... qu'il habitait ici ?

Repaci opina.

– Il m'a téléphoné pour m'en informer. Il m'a expliqué la situation et j'ai donné mon accord, après avoir consulté la commission, naturellement.

– Je suis très surprise qu'il ait oublié votre rendez-vous.

– Nous en avons parlé hier au téléphone. Avant de raccrocher, il m'a dit qu'il me verrait ce matin.

– À cette heure-ci, il est sans doute à son travail.

Repaci secoua la tête.

– Je m'y suis rendu, puisqu'il ne s'était pas présenté à mon bureau. Il ne s'est pas non plus présenté à son travail aujourd'hui. Et il ne les a pas appelés.

Nina le dévisagea.

– Vraiment ?

Repaci fixa sur elle un regard sévère.

– Oui. Il y est allé hier et avant-hier. Mais pas aujourd'hui.

Soudain, Nina sentit ses genoux se dérober sous elle.

– Excusez-moi, je...

Elle se laissa tomber sur un fauteuil. Repaci se décida enfin à s'asseoir sur le canapé.

– Ça ne va pas ?

– Avant de partir, je... je lui ai recommandé de ne pas oublier votre rendez-vous. Et il sait... il a besoin de cet emploi. Il le sait bien.

– Vous n'avez remarqué aucun signe indiquant qu'il pourrait ne pas... comment dire, qu'il envisageait de prendre la clé des champs... ?

– Non, absolument pas ! rétorqua-t-elle avec véhémence. Je suis convaincue qu'il ne s'est pas... enfui. Il y a forcément une autre explication.

– Écoutez, mademoiselle, j'exerce ce métier depuis longtemps. Je connais ce genre de situation. Certains individus goûtent à la liberté et alors... ça ne leur suffit pas. Ils ne supportent pas les restrictions.

– Il n'est pas comme ça, insista-t-elle. Il est très... rigoureux. C'est un médecin. Il... il est capable de gérer les choses.

– Il est resté des années en prison, objecta Repaci. Ça change une personnalité.

– Non, s'obstina Nina qui se leva pour se diriger vers la cuisine. Pas mon père. Il y a une explication, je vous assure. Laissez-moi appeler mon frère. Je peux ? Je peux appeler mon frère ? Il l'a peut-être vu.

– Allez-y. Mais je suis dans l'obligation de faire mon rapport à la commission et aux autorités locales.

Nina, qui cherchait son portable dans son sac, lui lança un regard paniqué.

– Oh non, non... S'il vous plaît, monsieur Repaci. Je suis certaine qu'il y a une explication logique.

– Si la liberté conditionnelle est assortie de restrictions, ce n'est pas par hasard, rétorqua-t-il d'un ton patient. On a déjà accordé à votre père une liberté de mouvement inhabituelle. Il a été autorisé à s'installer à New York. Puis ici. Et maintenant, il ne se présente pas à son deuxième rendez-vous. Et il lâche son travail. On n'offre pas une seconde chance à ceux qui ne respectent pas leurs obligations, mademoiselle. La libération anticipée est en soi une seconde chance.

— Mais il a attendu si longtemps. Si on lui enlève ça...

— Mademoiselle, je ne suis pas là pour discuter avec vous. Si vous voulez bien téléphoner à votre frère, j'attends, au cas où il saurait quelque chose.

— Oui, répondit Nina, hébétée.

Où pouvait être Jimmy ? Elle essaya de réfléchir à l'emploi du temps de son frère, mais impossible de focaliser son esprit là-dessus. Elle ne pensait qu'à son père, à sa négligence qui le renverrait peut-être en prison. Elle dénicha enfin son téléphone et sélectionna le numéro du magasin de revêtements de sol. À la troisième sonnerie, une voix familière annonça :

— Sols et Parquets, bonjour.

— Jimmy, bredouilla-t-elle, c'est Nina. Tu as vu papa ? Tu sais où il est ?

— Non, répondit-il avec méfiance. Il n'est pas à son travail ?

— Jimmy, son conseiller de probation est là. Papa ne s'est pas présenté à son rendez-vous et il n'est pas allé travailler aujourd'hui.

Il y eut un silence à l'autre bout du fil.

— Tu sais ce que ça signifie ? enchaîna-t-elle. On risque de le renvoyer en prison. Il faut essayer de le retrouver. Je n'ai même pas de voiture. Il l'a prise. Tu peux venir tout de suite ? S'il te plaît, Jimmy, j'ai besoin de ton aide.

Nouveau silence, qui se prolongea.

— Tu es où ? demanda-t-il. Chez tante Mary ?

— Oui.

111

– D'accord. Je ne sais pas où il est, mais je vais venir. OK ?

– Oui. Merci, Jimmy. Réfléchis à l'endroit où il aurait pu aller. Et dépêche-toi.

Elle raccrocha, se tourna vers Repaci.

– Mon frère ne l'a pas vu.

Il opina, sinistre. Une main sur chaque genou, il s'extirpa du canapé.

– Je vais retourner à mon bureau et prévenir qui de droit.

– Je vous en prie, laissez-nous un peu de temps. Mon frère et moi, nous le retrouverons. Pourriez-vous nous donner une petite marge de manœuvre ? Il a été si longtemps en prison. Je vous en supplie, monsieur Repaci.

Il la dévisagea intensément.

– N'a-t-il pas été incarcéré pour le meurtre de votre mère ?

– Il était innocent, répondit-elle, pointant le menton d'un air de défi.

– Vraiment ? ironisa-t-il.

Pour Nina, ce commentaire fut comme une gifle, cependant elle ne broncha pas. Elle devait faire attention à ne pas se mettre cet homme à dos, surtout pas.

– Accordez-nous simplement une heure ou deux. Ça ne va pas changer grand-chose, n'est-ce pas ?

Repaci haussa les sourcils.

– Écoutez, j'admire votre loyauté à l'égard de votre père. Mais il a été condamné pour un crime de sang. Une heure ou deux, ça peut tout changer.

Il consulta sa montre, puis tendit à Nina une carte de visite.

– Je retourne au bureau. Si vous avez du nouveau, téléphonez-moi. Vous réussirez peut-être à le retrouver avant la police.

112

Elle saisit la carte d'une main tremblante.

Il se dirigea vers la porte, s'immobilisa sur le perron, lança un regard à Nina.

– Je suis désolé que vous ayez tous ces problèmes. Je sais que vous faites le maximum. Certains de ces individus... il n'y a pas moyen de les aider.

9

Dès que le conseiller de probation fut parti, Nina appela la clinique. La réceptionniste lui confirma les dires de Bill Repaci. Duncan n'était pas venu et n'avait pas téléphoné pour s'excuser.

– Le Dr Nathanson n'est pas content du tout, déclara-t-elle d'un ton sévère. En engageant votre père, il lui accordait le bénéfice du doute.

Nina raccrocha et entreprit d'explorer la maison de fond en comble. Peut-être avait-il laissé un mot quelque part, ou noté quelque chose sur le calendrier. Mais non, il n'y avait là que l'écriture bien nette de Mary. Les rendez-vous du club de jardinage, les anniversaires, l'opération chirurgicale. Aucune annotation de Duncan, de son écriture nerveuse. Sur le bureau de Mary, rien ne semblait avoir été déplacé.

Peut-être dans sa chambre, se dit-elle. Elle grimpa quatre à quatre l'escalier menant à la pièce qui avait été son domaine à l'époque de son adolescence. Il y avait toujours les rideaux et le couvre-lit en guingan rose que sa grand-tante avait autrefois achetés pour elle. Sur le panneau de liège étaient toujours punaisés ses photos de classe, la fleur qu'elle portait à son corsage pour le bal de la promotion et qu'elle avait fait sécher, un fanion décerné aux Bulldogs du lycée de

Hoffman pour leur victoire dans le championnat. Le lit était soigneusement fait et, hormis un livre sur la table de chevet, quelques vêtements dans la penderie, rien ou presque n'indiquait que son père occupait cette chambre. Par terre, dans le placard, Nina découvrit le sac marin. Elle hésita à s'immiscer dans son intimité, à l'instar des surveillants de la prison – il lui avait suffisamment reproché de se comporter comme eux – mais il fallait réagir vite.

Je ferai très attention, se dit-elle, il ne s'en rendra pas compte. Elle s'accroupit, ouvrit le sac et le fouilla avec précaution. Sur les affaires personnelles de Duncan était posé le document qu'on lui avait remis, énumérant les conditions et les obligations de sa libération, des numéros de téléphone à appeler en cas d'urgence, ainsi qu'un agenda où étaient notées les dates de ses rendez-vous fixés par M. Repaci. Tout était dans un ordre parfait. La date d'aujourd'hui n'avait pas été biffée. Rien ne paraissait clocher. Pourtant il ne s'était pas présenté à la convocation.

Nina regarda autour d'elle, désemparée. Où es-tu ? gémit-elle intérieurement. Elle remit les documents dans le sac, exactement là où elle les avait trouvés, espérant qu'il ne remarquerait pas qu'elle y avait touché. Puis elle redescendit dans la cuisine naguère tapissée d'un papier peint aux couleurs gaies à présent fanées. À côté du téléphone mural, sur une étagère en formica s'entassaient des menus de traiteurs, un carnet d'adresses, un bloc de Post-it, un assortiment de stylos. Une corbeille à papier se trouvait sous l'étagère. Elle y repéra un Post-it jaune vif qu'elle ne se rappelait pas avoir jeté là. Ah... Elle s'en saisit. Des noms y étaient inscrits de la main de Duncan, impossibles à déchiffrer – une écriture de médecin qui avait rédigé des ordonnances pendant des années. En revanche, elle réussit à lire les numéros de téléphone.

Elle hésita, se demandant ce qu'elle raconterait si elle avait quelqu'un en ligne. Tu improviseras, décida-t-elle, et elle composa le premier numéro.

– Cabinet du Dr Bergman, annonça une voix agréable.

– Bonjour... Je suis Nina Avery. Je... euh... mon père, Duncan Avery... j'ai des difficultés à le joindre. J'ai trouvé les coordonnées du Dr Bergman et je me suis dit qu'il avait peut-être rendez-vous avec lui aujourd'hui.

– Non..., répondit son interlocutrice. Mais il doit venir lundi à dix heures. Pour un check-up et une série de radios.

– Des radios ? dit Nina, alarmée. Des radios de quoi ? Il est malade ?

– On doit lui radiographier les dents. Le Dr Bergman est dentiste.

– Oh oui, rétorqua Nina, soulagée. C'est exact. Il m'a dit qu'il avait les dents en très mauvais état.

– Eh bien, il a rendez-vous lundi.

Nina la remercia et raccrocha. Elle étudia de nouveau le Post-it, sans réussir à lire le nom qui était écrit. Mais il y avait un autre numéro de téléphone dont l'indicatif était celui de Hoffman. Le premier coup de fil s'était bien passé, elle devait tenter sa chance. Avec un peu de chance, celui ou celle qui répondrait aurait une piste à lui donner.

Elle tomba sur un message enregistré. « Le numéro que vous avez composé, 555-4726, n'est plus attribué. »

Le numéro de qui ?

Soudain, la sonnette retentit. Nina sursauta. Jimmy, se dit-elle, consultant sa montre. Eh bien, il ne s'était pas pressé. Elle raccrocha le téléphone et gagna le vestibule, prête à gronder gentiment son frère pour son retard.

Mais au lieu de Jimmy, quand elle ouvrit la porte,

elle découvrit sur le perron un policier en uniforme et un homme roux, corpulent, âgé d'une quarantaine d'années et vêtu d'un costume bien coupé. Il lui sembla vaguement l'avoir déjà vu.

– Madame Mary Norris ? interrogea-t-il.

– Ah non, Mme Norris est ma tante.

– Votre tante est là, mademoiselle ?

– Non, elle est hospitalisée. Puis-je vous renseigner ?

– Quel est votre nom, mademoiselle ?

– Je suis Nina Avery. Et vous, qui êtes-vous ?

Le visage de l'homme roux se colora.

– Mademoiselle Avery, je suis le commissaire Perry de la police de Hoffman.

Il sortit sa plaque, la lui montra.

Alors, Nina se souvint. Le commissaire qu'on avait interviewé au moment du retour de Duncan à Hoffman.

– Oh, oui...

– Votre tante possède une Volvo gris-vert de 1995 ?

– En effet. Pourquoi ?

– Seriez-vous, par hasard, une parente de Duncan Avery ?

Le cœur de Nina cognait, elle se cramponna à la poignée de la porte et s'efforça de paraître calme.

– C'est mon père.

Le commissaire poussa un soupir.

– Puis-je entrer ?

Nina opina, s'effaça pour le laisser passer. Les deux hommes allaient pénétrer dans la maison, lorsqu'une Saturn pila dans l'allée, derrière le véhicule de patrouille. Jimmy en sortit.

– Nina, qu'est-ce qu'il y a ? s'exclama-t-il.

– Qui est-ce ? demanda le commissaire.

– Mon frère, lui répondit Nina. Que se passe-t-il ?

117

Le commissaire Perry observa Jimmy qui s'approchait d'un pas pesant.

– Attendons votre frère. Ça le concerne aussi.

– Qu'est-ce qu'il y a ? répéta Jimmy en les rejoignant.

– Il serait préférable d'entrer et de vous asseoir, dit le commissaire.

– Ce n'est pas la peine, rétorqua Nina. Expliquez-nous la raison de votre visite.

Le commissaire Perry soupira de nouveau, considéra tour à tour Nina et Jimmy.

– Je regrette de devoir être le porteur de cette nouvelle. Il y a environ une heure, nous avons été contactés par un pêcheur. Il pensait avoir vu quelqu'un qui semblait inanimé dans une Volvo verte de 1995, garée au bord de la rivière. Il n'avait pas envie d'aller y regarder de plus près. Deux policiers se sont rendus sur les lieux. Lorsqu'ils ont ouvert la portière de la voiture, ils ont trouvé votre...

– Non, non ! s'écria Nina.

– Votre père. Je suis infiniment navré, mademoiselle Avery. Je crois savoir qu'il sortait tout juste de prison, et j'imagine que vous espériez...

– Qu'est-ce qui lui est arrivé ? demanda Jimmy.

– Il est mort d'une balle en pleine poitrine. Il avait une arme dans la main. Apparemment, il s'est suicidé.

– Mon Dieu, murmura Jimmy, brusquement pâle comme un linge.

– Non ! protesta Nina. C'est absurde. Vous vous trompez. Ça ne lui ressemble pas, pas lui. Il n'a même pas d'arme. Il n'a pas le droit d'en avoir une, il est en liberté conditionnelle.

Le commissaire hocha la tête.

– Effectivement. Mais s'il voulait s'en procurer une... vous devez comprendre qu'en prison, il s'est fait certaines relations. Il lui était interdit de fréquenter d'anciens détenus, ça faisait partie des conditions de sa libération. Cependant, s'il avait l'intention de trouver une arme... ce ne sont pas les armes qui manquent, mademoiselle Avery. Surtout quand on est déterminé à...

– Se suicider, souffla Jimmy.

– Ce n'est sans doute pas lui, s'obstina Nina. Qu'est-ce qui vous fait croire que c'est bien lui ?

– Son permis de conduire était dans son portefeuille, déclara le commissaire d'un ton ferme.

– Ce n'est pas vrai. On le lui a volé. C'est une erreur !

Le commissaire la dévisagea d'un air attristé.

– Je comprends que ce soit douloureux, dit-il, et son regard reflétait une sincère compassion.

– Où est-il ? Je veux le voir.

– Non, Nina, pas ça ! s'exclama Jimmy.

– Écoutez, dit le commissaire. Vous avez besoin de voir votre père, et de fait, nous devons vous demander de l'identifier. Le corps a été transporté à la morgue. Je vais vous y conduire. La voiture est toujours au bord de la rivière. Nous pourrons la faire remorquer jusqu'ici quand notre équipe de l'Identité judiciaire l'aura examinée. Si ça vous convient.

– Arrêtez de parler comme s'il était mort ! s'insurgea Nina.

– C'est ma faute, balbutia Jimmy. Je suis désolé, Nina.

Les larmes débordaient des yeux de Jimmy, roulaient sur ses joues.

– Calmez-vous, dit le commissaire. Vous êtes sous le choc, c'est normal. Venez, suivez-moi. Plus vite nous en aurons terminé avec...

– Arrête, Jimmy, dit Nina. Il y a une explication. Tout ça est une sinistre erreur.

Immobile dans le couloir glacial de la morgue du comté, Nina contemplait, hébétée, le store qui masquait la vitre, face à elle. Du trajet en voiture, de l'escalier qui répercutait le bruit des pas, des couloirs déserts du bâtiment, ne lui restait qu'une seule pensée : pourquoi avait-elle jugé tellement nécessaire de rentrer à New York, d'y passer ces deux derniers jours ? Si elle avait été là... si seulement elle avait été près de lui quand il avait besoin d'elle...

Elle secoua la tête, comme pour écarter la possibilité que le mort soit son père. Elle n'avait pas encore vu le corps. Il y avait encore une chance que ce ne soit pas lui. Il n'y avait pas encore de raison d'envisager le pire. Cependant elle ne pouvait nier, fût-ce pour se rassurer, que le suicide était l'une des peurs qui l'avaient le plus tourmentée. *Pourquoi suis-je partie ? Comment ai-je pu l'abandonner, alors que j'étais consciente des déceptions, du rejet qu'il subirait ? Comment ai-je pu me précipiter à New York, le laisser seul pour affronter tout ça ? Je vous en supplie, Seigneur, faites que ce ne soit pas lui. Si ce n'est pas lui, je le jure, plus jamais je ne le quitterai.*

– Vous êtes prêts ? demanda le commissaire Perry.

Jimmy, qui s'était ressaisi, effleura le bras de sa sœur.

– Nina, si tu t'épargnais ça ? Je m'en charge. Va t'asseoir.

Elle repoussa sa main.

– Je suis prête.

Le commissaire appuya sur une sonnette près de la vitre, dont l'écho retentit de l'autre côté du mur.

– D'accord, dit le commissaire. Ce sera bref.

On tira le store et Nina lâcha un cri étouffé, pressa une main sur sa bouche à la vue du mort gisant sur la table. Elle recula, bouscula Jimmy, mais ne détourna pas les yeux.

– Mon Dieu, murmura Jimmy.

Duncan avait le visage hâve, la bouche ouverte. Sa peau évoquait une matière caoutchouteuse ; la vie, les couleurs – hormis un soupçon de vert grisâtre – l'avaient désertée. Nina contempla les épaules nues de son père, juste au-dessus du drap qui dissimulait le reste de son corps et la blessure mortelle. Elles étaient blanches, la clavicule saillait et les biceps flasques, tendineux, le faisaient paraître frêle et vieux.

– Est-ce bien votre père, Duncan Avery ? interrogea le commissaire Perry.

Nina entendit cette voix qui semblait venir de très loin. Elle devait acquiescer. Elle devait admettre, face à eux, face à la terre entière, que c'était bien son père. Duncan Avery. Tant d'années d'attente, d'espoir et de souffrance, et tout ça pour quoi ? Pour ça. Elle aurait voulu dire que non, ce n'était pas lui, que ce n'était pas fini. Elle le voulait, plus que n'importe quoi au monde. Peut-être que si elle niait... Elle prit une inspiration pour répondre, et sombra dans les ténèbres.

Quand elle reprit conscience, elle était allongée sur un divan dans une petite salle aménagée pour les familles des défunts. Jimmy était assis près d'elle dans un fauteuil, le dos voûté, il l'observait avec anxiété. De l'autre côté de la pièce, le commissaire Perry, son portable vissé sur l'oreille, parlait à voix basse.

– Ça va, Nina ? demanda Jimmy.

L'image du visage de son père dans la mort assaillit l'esprit de la jeune femme. Elle referma les yeux. Si seulement elle pouvait gommer la réalité. Les larmes perlèrent sous ses paupières, coulèrent sur ses joues.

Le commissaire Perry conclut sa communication et glissa son téléphone dans la poche de sa veste. Il s'approcha, se campa derrière Jimmy, inclinant la tête pour scruter Nina.

– Vous nous avez fait peur.

Capitulant, Nina rouvrit les yeux. Elle était réveillée. Inutile d'agir comme si tout cela n'était qu'un cauchemar. Elle sentit ses larmes dégouliner le long de son cou, dans ses cheveux. Elle s'essuya la figure et se redressa péniblement sur son séant.

– Nina, maintenant il est en paix, dit gravement Jimmy. Cette pensée doit nous réconforter.

– Non, répliqua-t-elle d'un ton suppliant.

Jimmy l'entoura de ses bras, elle sanglota, blottie contre son torse puissant.

– Non, non...

Le commissaire Perry patienta respectueusement, jusqu'à ce que Nina s'écarte de son frère et cherche à tâtons un mouchoir en papier dans son manteau. Le commissaire lui en tendit un, en tissu blanc, soigneusement plié.

– Je suis vraiment navré.

– Merci, hoqueta-t-elle en séchant ses pleurs.

– Nous avons certains points à vérifier. Quand vous rentrerez à la maison, pouvez-vous regarder s'il a laissé une lettre ?

Nina renifla.

– Il n'y en avait pas dans la voiture ?

– Nous n'en avons pas trouvé.

Nina dévisagea son frère, puis le commissaire.

– Il n'y avait pas de lettre ?

– Ça arrive souvent.

– Et il n'avait pas d'arme, dit-elle.

– En fait, si, il en avait une.

– Non, il n'en avait pas. Ce n'est peut-être pas un suicide. On l'a peut-être tué, vous avez envisagé cette hypothèse ?

– Qui l'aurait tué ? rétorqua le commissaire sur un ton toujours aussi patient.

– Je n'en sais rien ! s'exclama-t-elle. Mais je ne peux pas croire qu'il aurait fait ça sans laisser un mot... une explication.

Le commissaire s'éclaircit la gorge.

– Je ne connaissais pas votre père, voyez-vous, mais...

– Il y a dans cette ville beaucoup de gens qui semblent le haïr. Partout où nous sommes allés, on a été cruel avec lui. On a placardé un message odieux sur notre porte, entre autres. Ça pourrait être quelqu'un comme ça. Et vous, vous acceptez tranquillement qu'il ait fait une chose pareille sans raison ?

– Il faudra que je voie ce message. S'il s'avérait que votre père ne s'est pas infligé lui-même cette blessure, l'autopsie nous le dira. Mais je dois vous prévenir, mademoiselle Avery, que j'ai examiné le corps. Je vous parle d'un coup tiré à bout portant.

– Il y a quand même une possibilité..., insista Nina. Quand aurez-vous les résultats de l'autopsie ?

– Dans les jours qui viennent.

– Et l'arme. N'oubliez pas l'arme.

– Nous aurons du mal à suivre cette piste. Il s'agit d'un vieux Colt automatique. Ce modèle a été mis en circulation il y a longtemps, à des milliers d'exemplaires. Il était destiné aux policiers et aux militaires.

– Attendez, il y a autre chose. Je viens juste de m'en souvenir. Il avait rendez-vous chez le dentiste lundi. Vous voulez me faire croire qu'un homme qui va se suicider prendrait un rendez-vous pour se soigner les dents ? Ça vous semble rationnel ?

– Peu importe, articula Jimmy. Ça n'a pas d'importance.

– Le suicide est un acte irrationnel, renchérit le

commissaire. On ne peut pas le considérer sous l'angle de la logique.

Il approcha un fauteuil, s'assit. Les sourcils froncés, il pinça les lèvres comme pour retenir les mots qu'il allait prononcer. Finalement, il laissa échapper un soupir.

– Écoutez, vous me semblez être des jeunes gens très bien et je conçois que ce soit terrible pour vous. Pour ceux qui restent, un suicide pose toujours des questions insolubles. Mais, dans un cas comme celui de votre père, ce n'est pas si surprenant. N'oubliez pas que, pendant quinze ans, votre père a vécu pour le jour où il serait libéré. Il a fait des projets, réfléchi à la façon dont il occuperait son temps. Mais les hommes dans cette situation découvrent parfois que la liberté n'est pas du tout ce qu'ils espéraient. Ce n'est pas vrai pour votre père, Nina ? Il n'a pas eu son lot de désillusions ?

Elle croisa les bras, détourna les yeux.

– Probablement.

– Leur ancienne vie n'existe plus, poursuivit-il avec douceur. Ils sont en butte à la suspicion, quelquefois à la haine. Ils n'ont pas le sou. Les meilleures années de leur existence sont derrière eux. Ils ne trouvent pas de travail parce qu'ils doivent expliquer où ils étaient pendant quinze ans. Or personne ne veut engager un ex-détenu. La famille, les amis d'autrefois les rejettent. Ils ont peur de faire de nouvelles connaissances, car on évoquera leur passé à un moment ou un autre. Ils ont tout perdu. Beaucoup de gens n'en supporteraient pas autant.

– Il n'était pas comme les autres, dit Nina. Il était fort.

– Non, rectifia le commissaire Perry. Il n'était pas comme beaucoup de prisonniers en liberté conditionnelle qui, au départ, n'avaient rien. Votre père avait un passé brillant. Il était médecin, il avait de l'argent, une famille. Pour lui, la chute n'en a été que plus abominable.

Nina refusait d'entendre ça. Elle ne voulait pas admettre ces arguments : ça équivaudrait à étouffer dans l'œuf toute possibilité de doute. Et quand elle aurait accepté l'idée que Duncan avait mis fin à ses jours, elle ne pourrait éviter d'en tirer la conclusion qui s'imposait.

– C'est donc ma faute. Je l'ai abandonné. Il me répétait qu'il allait bien, mais je voyais ce qui se passait pour lui.

– Oh, vous ne devez pas raisonner de cette façon, l'interrompit gentiment le commissaire. Vous le savez aussi bien que moi, même dans les meilleures circonstances, le quotidien peut être déprimant et frustrant. Alors, pour un homme comme votre père, vous imaginez... L'expérience a dû être très rude.

– Tu ne savais pas, Nina, bredouilla Jimmy. Comment tu aurais pu savoir ?

À cet instant, la porte de la salle s'ouvrit. Patrick entra.

– Qu'est-ce que tu fais là ? demanda Nina.

– Je l'ai prévenu, dit Jimmy.

– C'était mon père. Nina, ça va ?

Le commissaire se leva pour céder son siège à Patrick.

– Je vous laisse. Quand vous serez prêts à partir, l'agent Burrows est là, dehors. Il vous raccompagnera chez vous.

Tandis que Patrick s'asseyait, Nina darda sur lui un regard noir. Il plissa le front.

– Je suis désolé, Nina. Ça ne me surprend pas vraiment, mais, malgré tout, je suis désolé. Je suppose que c'était trop pour lui.

– D'autant plus que tu ne daignais même pas lui adresser la parole !

– Tu ne peux pas me le reprocher, Nina. Après ce que Duncan avait fait...

– Ne l'appelle pas Duncan. Sois un peu respectueux, bon sang.

– S'il vous plaît, ne nous disputons pas. C'est fini. On ne pourrait pas tourner la page ? implora Jimmy. Si on essayait de se réconcilier ? Papa voudrait qu'on s'entende bien.

Nina n'acceptait pas. Ce serait en quelque sorte trahir la mémoire de son père. Mais elle refusait aussi de se quereller avec eux. Pas avec ses frères. Pas maintenant.

Patrick posa une main sur celle de sa sœur.

– Jimmy a raison. Nous disputer ne mène à rien. Nina, j'aimerais juste te dire que j'admire que ce tu as fait pour... pour lui.

– Oh, à d'autres...

– Non, je suis sincère. Tu as fait tout ce qui était humainement possible. Tu lui as témoigné un amour inconditionnel. Il a eu beaucoup de chance de t'avoir...

Le chagrin, telle une lame de fond, la submergea enfin.

– Ça n'a pas suffi, balbutia-t-elle d'une voix étranglée.

– Sors-toi cette idée de la tête, dit Patrick. Tu ne méritais pas ça. Non. Aucun de nous ne le méritait.

10

L ES OBSÈQUES eurent lieu le lundi, dans la plus stricte intimité. Malgré les protestations de Jimmy, même les Connelly n'y furent pas conviés. Sur ce plan, pour une fois, Nina fut soutenue par Patrick. Elle ne voulait pas savoir qui viendrait rendre hommage à son père ni qui s'en abstiendrait. Elle refusait de parler aux journalistes, de répondre à la moindre question. Elle était soulagée qu'en dépit de tout Patrick accompagne Duncan à sa dernière demeure. Il s'opposa cependant à ce qu'on prononce une oraison funèbre et Nina, à contrecœur, capitula. Cette journée éprouvante eût été encore plus épouvantable sans la présence de Patrick. Après la brève cérémonie au cimetière, il invita sa sœur et son frère chez lui. Il avait commandé le déjeuner à un traiteur.

— Nous serons entre nous, dit-il.

La Volvo de Mary étant au garage où l'on nettoyait le sang sur le siège avant, Nina fit le trajet dans la Saturn de Jimmy. Lorsqu'ils s'engagèrent dans la rue où habitait Patrick, Nina observa la maison en pierre, encapuchonnée de nuages moutonnants couleur d'ardoise, qui annonçaient l'orage. Les arbres oscillaient, sur certains s'accrochaient encore quelques feuilles bronze ou pourpre que le vent d'automne n'avait pas emportées.

– Il désirait voir les jumeaux, alors je l'ai amené ici l'autre jour, murmura Nina.

– Oui, je suis au courant.

Nina pivota pour dévisager son frère.

– Ah bon ? Comment est-ce que tu l'as su ?

Il ne répondit pas.

– Tu as discuté avec papa ?

Jimmy se trémoussa sur son siège, embarrassé.

– Ouais.

– Quand ?

– Je suis allé le voir l'autre soir. Quand tu étais à New York.

– Pourquoi ? Je croyais que tu n'avais pas envie de lui parler.

– J'ai changé d'avis. Je me sentais mal à cause de... je voulais juste détendre l'atmosphère entre nous. C'est permis, non ?

– Bien sûr, rétorqua-t-elle sans s'offusquer de ce sarcasme. Simplement, tu n'as pas mentionné votre rencontre. Il a fait allusion à ce qu'il projetait ? Il était déprimé ?

– Comment le saurais-je ? dit Jimmy, sur la défensive, en bifurquant dans l'allée sinueuse de la propriété. Je ne suis pas psychiatre. Il n'a pas dit qu'il allait se suicider, si c'est ce que tu demandes.

– Mais il a dû te dire quelque chose.

Jimmy se gara derrière une fourgonnette blanche.

– On a discuté de certains trucs. C'est tout. Qu'est-ce que ça change, maintenant ?

Dès que Jimmy coupa le moteur de la Saturn, la portière de la fourgonnette s'ouvrit, et George Connelly descendit, en veste de tweed et cravate. Il adressa à Jimmy un sourire et un geste de la main. Rose Connelly contourna le véhicule, elle portait un plat à gâteau recouvert de papier aluminium. Jimmy se rua hors de sa voiture pour courir les embrasser.

Nina soupira, sortit à son tour et se força à sourire.

– Bonjour, George. Rose...

Celle-ci, maintenant son plat en équilibre, l'étreignit.

– Je suis vraiment désolée, ma grande.

– Merci.

– Patrick nous a invités à déjeuner. C'est gentil de sa part, non ?

– Très gentil.

Nina recula pour les laisser passer. Jimmy marchait entre eux, le bras protecteur de George autour de ses épaules. Un instant, Nina eut l'impression que Jimmy se servait des Connelly comme d'un bouclier. Pour éviter les questions de sa sœur, qui, manifestement, le perturbaient.

Gemma, tout en noir, était sur le perron pour les accueillir, elle tripotait nerveusement ses bagues étincelantes. Patrick se tenait derrière elle.

– J'ai apporté une bricole, dit Rose, montrant son gâteau.

– Merci beaucoup, dit Gemma.

– Ce n'était pas la peine, dit Patrick.

Il les précéda dans la salle à manger, leur montra la profusion de mets disposés sur une desserte ancienne. La pièce était éclairée par des dizaines de bougies, qui formaient un contraste réconfortant avec la lumière lugubre du dehors. Dans le petit salon, la télé braillait, et Nina aperçut les jumeaux à plat ventre sur la moquette, hypnotisés. Elena, installée sur le sofa, observait d'un air circonspect les invités qui arrivaient.

– Éteignez ce poste, les garçons ! ordonna Patrick. Venez manger. Allons-y, servez-vous.

– Patrick a commandé de quoi nourrir une armée,

commenta Gemma. Tiens, Nina, on a reçu ça pour toi.

Elle désigna un somptueux bouquet sur la table dont la surface luisait comme un miroir.

– Il y a une carte, ajouta Gemma.

Nina décacheta l'enveloppe. « Je pense à toi. Affectueusement, Keith. »

– Ça vient de qui ? demanda Gemma.

– De Keith.

Nina lui avait téléphoné à Los Angeles pour lui annoncer la nouvelle.

– Une délicate attention, dit Gemma.

– Oui...

Les jumeaux déboulèrent dans la pièce avec des cris aigus. Patrick s'accroupit, les prit dans ses bras, pressant son visage contre leur cou. Gemma se pencha et lui caressa les épaules.

Jimmy se remplit une assiette qu'il posa sur la table, entre Rose et George.

– Maman, papa, je vous sers ?

– Non, non, mon chéri. Assieds-toi et mange. On ira se servir, répondit Rose en tapotant la chaise, à côté d'elle, et en souriant tendrement à Jimmy.

Immobile et seule près de son bouquet, Nina sentit un début de migraine vriller son œil gauche. Alors, une main effleura doucement son bras. Elle pivota et découvrit Elena, affublée d'un sweatshirt Great Adventure sur un pantalon fuseau en stretch.

Timidement, Elena lui tendit une image pieuse plastifiée représentant un Christ auréolé. Elle dit quelques mots en espagnol. Nina n'en saisit qu'un : *padre*. Elle ne comprenait pas l'espagnol, mais quand elle plongea son regard dans celui de cette femme plus âgée qu'elle, elle y lut de la compassion.

– Merci... *Gracias.*

Nina lui sourit et serra dans la sienne la main rêche

d'Elena qui hocha la tête puis regagna le petit salon. Gemma rejoignit sa belle-sœur.

– Comme c'est gentil de sa part, dit Nina en lui montrant l'image pieuse.

– Elle en a aussi donné une à Patrick. En fait, nous sommes la seule famille qu'elle a ici. Elle en a une au Panama, bien sûr...

– À propos de famille, comment va la tienne ? Ton père ?

Gemma balaya des yeux l'élégante salle à manger éclairée aux bougies. Une fine ride s'imprima entre ses sourcils.

– Oh... j'ai eu de ses nouvelles... l'année dernière. À l'époque, son épouse était enceinte. Je présume qu'elle a eu son bébé. Didi me téléphone de temps à autre. Même si elle n'a jamais digéré que j'aie pris la fuite, dit Gemma avec un faible sourire.

– Tu m'étonnes, ironisa Nina, songeant à la belle-mère de Gemma et à son obsession du mariage et de tout ce qui va avec. Grandir dans cette maison, ça a dû être bizarre pour toi. Tu étais si brillante. Est-ce qu'au moins on appréciait tes facultés intellectuelles ?

Gemma sourcilla de nouveau, cette fois d'un air perplexe.

– Je ne sais pas. Mais ça n'a pas d'importance. Patrick m'appréciait, lui.

Nous récrivons tous l'histoire dans le sens qui nous convient, se dit Nina. Elle ne se rappelait pas que Patrick ait particulièrement apprécié Gemma avant son admission à Rutger. Mais si sa belle-sœur s'était fabriqué d'autres souvenirs, ça ne faisait de mal à personne.

– Heureusement, rétorqua-t-elle de bon cœur.

La sonnette retentit, Gemma tiqua.

– Il vaudrait mieux que j'aille voir. Nina, tu ne manges pas ?

Celle-ci opina et saisit une assiette. Elle n'avait pas faim, mais il aurait été discourtois de ne rien avaler, alors que Patrick et Gemma s'étaient donné tant de mal. En réalité, elle n'avait qu'une envie : ôter ses chaussures noires à talons et son élégante robe noire à col marin pour enfiler un peignoir confortable. Cependant, migraine ou pas, il y avait des rites à respecter. Tenant son assiette comme un bouclier, elle contempla sans le moindre appétit les plats exquis et choisit avec soin de quoi grignoter. Soudain, elle eut conscience qu'un silence s'était instauré dans la pièce. Quand elle se retourna, Lindsay Farrell était sur le seuil.

Lindsay semblait arriver tout droit de Sainte-Lucie, avec son long trench-coat en gabardine ivoire, ses joues roses et ses cheveux platine qui brillaient dans la lumière du lustre vénitien de Patrick. Derrière son épaule, Nina vit le visage étroit de Gemma, ses yeux écarquillés et pleins d'anxiété.

– Patrick..., dit Lindsay.

Ce dernier, qui engloutissait son déjeuner à la table tout en écoutant George Connelly, sursauta.

– Lindsay...

Il se leva pour l'accueillir, lissant sa cravate, et l'embrassa sur les deux joues.

– J'ai appris que les obsèques de ton père avaient lieu aujourd'hui. Comme nous sommes voisins, j'ai décidé de passer. Jimmy, Nina... Je vous présente mes condoléances. Comment vas-tu, Jimmy ? Il y a longtemps qu'on ne s'est pas vus.

Jimmy la dévisageait, bouche bée. Il ne bougea pas de sa chaise.

– Ça va, merci.

– Je suis content que tu sois là, dit Patrick d'une voix onctueuse. Tu restes déjeuner ? ajouta-t-il, désignant l'extravagant buffet.

– Oh, Patrick ! Je n'avais pas vu cette desserte provençale dans son décor. Elle est encore plus magnifique.

Un large sourire illumina le visage de Patrick.

– Viens dans le grand salon, je vais te montrer ce que j'ai fait de ces deux commodes italiennes que tu m'as trouvées.

Lindsay hésita.

– Je ne voudrais pas t'enlever à ta famille dans un moment pareil. Non, je suis juste passée vous présenter mes condoléances. Oh, et j'ai des chocolats, ajouta-t-elle, agitant un petit paquet-cadeau doré.

Elle se tourna vers Gemma.

– Je suppose que vos garçons aiment les chocolats.

Gemma considéra le paquet comme s'il était en flammes.

– Pas ceux-là.

– Gemma, bon Dieu..., marmotta Patrick, qui prit le cadeau pour le poser sur la table.

Gemma regarda son mari d'un air désemparé.

– C'est vrai, Patrick. Ils n'aiment que les barres de chocolat.

Lindsay jeta un coup d'œil vers le petit bureau, fit un signe aux jumeaux qui n'y répondirent pas.

– Je comprends, dit-elle.

– Viens, je te montre les commodes, insista Patrick en la prenant par le coude et en l'entraînant hors de la pièce.

– Continuez à manger, dit Gemma à ses autres invités, d'une voix où vibrait une note hystérique.

Chacun se concentra docilement sur son assiette, en évitant de regarder Gemma. Elle se mit à rassembler les plats, à les empiler pour les emporter dans la cuisine.

Alerté par le bruit, Patrick reparut.

– Gemma, qu'est-ce que tu fabriques ?

Lindsay, dans l'encadrement de la porte, les observait avec curiosité.

Gemma se pétrifia, les bras chargés d'un échafaudage de plats encore pleins, et qui vacillait périlleusement.

– Je range, balbutia-t-elle.

– Ce n'est pas l'heure de ranger, articula-t-il entre ses dents. Quand ce sera l'heure, je te le dirai.

Le silence régnait dans la salle à manger, Nina et Jimmy ne levaient pas le nez de leur assiette. Ils étaient accoutumés à feindre de ne pas prêter attention aux disputes conjugales, même si elles tournaient au vinaigre. Néanmoins ce différend entre Patrick et Gemma avait ruiné le semblant de camaraderie qui s'était tissé entre les convives.

Brusquement, Rose Connelly repoussa sa chaise et se leva.

– Gemma a raison. Il ne faut pas laisser traîner toute cette nourriture, elle risque de se gâter. Je vous aide à débarrasser, Gemma.

Patrick lui décocha un regard noir, qui ne la démonta pas le moins du monde. Elle prit un plat de tomates et de mozarella agrémentées de basilic ciselé en fines lanières, se dirigea vers la cuisine. Nina s'engouffra dans la brèche et se redressa à son tour.

– Je vais vous donner un coup de main.

Dédaignant Patrick et le marteau-piqueur qui résonnait dans son crâne, elle imita Rose, saisit un autre plat. Elle n'avait qu'une idée en tête : s'en aller au plus vite.

11

Il n'était que seize heures quand Nina regagna la maison de Mary, pourtant il lui semblait que cette journée avait été interminable. Qu'ai-je en commun avec mes frères, désormais ? se demandait-elle. Nous sommes les survivants de ce qui était autrefois un foyer. Nos existences ont été bouleversées par les mêmes effroyables événements. Chacun remémore constamment aux autres comment notre famille a quitté la route, s'est écrasée dans le ravin et a explosé.

Elle n'alluma qu'une seule lampe dans le salon. Elle se sentait passablement nauséeuse et même cette lumière douce lui faisait mal aux yeux. Elle s'écroula sur le canapé, pressa ses doigts sur ses paupières. Gemma avait insisté pour qu'elle prenne le bouquet de Keith, mais elle avait refusé sous prétexte qu'elle ne saurait pas où le mettre. En vérité, elle n'en voulait pas. C'était une attention touchante de la part de Keith, mais qui avait pour seul résultat de lui rappeler combien elle se sentait seule, maintenant que son père avait disparu. Un bouquet ne remplaçait pas une épaule sur laquelle s'appuyer. Ce dont elle avait besoin, dans un moment aussi triste qu'aujourd'hui, c'était de quelqu'un qui lui tiendrait compagnie, irait lui chercher dans la salle de bain un gant humide pour soulager sa migraine, lui préparerait du thé.

Elle repensa aux relations amoureuses qu'elle avait eues. Des aventures, et deux histoires qui avaient duré plus longtemps. En réalité, elle semblait toujours refuser une part d'elle-même aux hommes à qui elle tenait. Parfois les problèmes qui tracassaient l'autre l'agaçaient, ce qui annonçait invariablement la rupture. Mais comment pouvait-elle s'apitoyer sur un contrat qui n'était pas reconduit ou une promotion qui n'arrivait pas, quand elle songeait à son père, un innocent enfermé dans une cellule de la prison du comté de Bergen ? Paul, qui avait partagé sa vie pendant deux ans, lui avait dit un jour, avec une amère ironie, que ses problèmes n'étaient jamais à la hauteur de ceux de Nina.

La migraine lui taraudait le crâne. C'était insupportable. Il lui fallait dormir et attendre que ça passe. Elle se débarrassa de ses escarpins noirs et se traîna jusqu'à la salle de bain du rez-de-chaussée. Elle avala deux antalgiques supplémentaires et, sans prendre la peine d'enlever sa robe pour enfiler un vêtement plus confortable, retourna au salon où elle s'effondra en travers du canapé, priant de trouver l'oubli et le repos.

La sonnette la réveilla. Elle s'assit, désorientée par la pénombre qui régnait dans la pièce, ensommeillée. Elle jeta un coup d'œil à sa montre : sept heures. Une seconde, elle se demanda si c'était le matin ou le soir. Puis elle se rappela. Les obsèques. Le déjeuner chez Patrick. La migraine. Elle fronça les sourcils, bougea précautionneusement la tête. Ça semblait aller... un peu mieux. Dieu merci. En revanche, elle avait faim et soif. Et on venait de sonner à la porte. Par réflexe, elle se leva pour aller ouvrir, se ravisa. À quoi bon ?

Elle ne voulait voir personne. Elle ne voulait pas qu'on lui exprime des condoléances du bout des lèvres, elle refusait d'entendre une quelconque homélie pontifiante sur ceux qui sont punis par où ils ont péché. Elle avait déjà vu tout ça dans le journal et à la télévision. Elle se rassit sur le canapé. Fiche le camp, qui que tu sois.

La sonnette retentit une deuxième fois.

Patiente, se dit-elle, ça finira bien par s'arrêter.

Nouveau coup de sonnette. Le visiteur était opiniâtre. Peut-être l'avait-on aperçue à travers le fin voilage du salon. Inutile d'espérer qu'on la laisse tranquille. On savait qu'elle était là et on ne s'en irait pas. Elle se releva, remit ses escarpins et se dirigea vers le vestibule tout en rajustant sa robe en jersey noir.

— Une minute ! lança-t-elle d'un ton irrité.

Elle s'examina dans le miroir. Elle était livide. Pour les obsèques, elle avait coiffé ses cheveux en un chignon qui était maintenant défait. Des mèches jais ébouriffées lui tombaient dans le dos et balayaient son visage. Elle les repoussa du bout des doigts, se pinça les joues pour y ramener un peu de couleur, inspira profondément et ouvrit la porte.

L'homme qui se tenait sur le perron contemplait la rue éclairée par les réverbères. En entendant la porte s'ouvrir, il se retourna. Un inconnu.

— Nina ?

Elle fronça les sourcils. Il lui semblait effectivement l'avoir croisé quelque part, mais où ? Deux mèches noires frôlaient ses pommettes saillantes, sa peau avait l'aspect de l'ambre poli. Ses yeux noirs la scrutaient.

— Nous nous connaissons ?

Il lui sourit.

— Non, mais j'ai l'impression de vous connaître. Je m'appelle André Quinteros. Je suis un... j'étais un ami de votre père.

– Oh mon Dieu, bien sûr, bredouilla-t-elle en rougissant. Je savais que je vous avais déjà vu. Vous avez témoigné devant la commission. Vous êtes le médecin de la prison. Le Dr Quinteros.

Il acquiesça.

– J'ai appris la mort de Duncan. Je suis infiniment navré.

– Merci.

– Je sais que c'est une terrible journée pour vous, mais... vous accepteriez de m'accorder quelques minutes ? Il y a une chose dont je souhaiterais vous parler.

– Je ne suis pas... au mieux de ma forme.

– Je m'en doute. Je m'excuse de vous déranger, surtout aujourd'hui, mais vraiment... je crois que c'est important.

Ceux qui avaient défendu Duncan étaient rares, se dit-elle, et cet homme était venu lui rendre un dernier hommage.

– D'accord, entrez.

Elle s'effaça pour le laisser passer.

– Comment avez-vous trouvé mon adresse ?

– Votre père m'a téléphoné quand vous vous êtes installés ici.

– Ah bon ? s'étonna-t-elle.

Elle avait surveillé Duncan de si près qu'elle croyait savoir tout ce qu'il faisait. Manifestement, elle s'était trompée. Elle ne se doutait pas qu'il avait vu Jimmy. Ni qu'il avait gardé contact avec ce médecin. Sur bien des plans, elle avait tout ignoré de ses intentions.

– Je n'étais pas au courant.

– Nous avons discuté un moment.

– Qu'est-ce qu'il vous a dit ? Est-ce que vous...

Elle s'interrompit.

– Excusez-moi, je suis impolie. Asseyez-vous, je vous en prie. Je suis encore dans le brouillard, je viens juste de me réveiller. J'ai eu une migraine infernale après les obsèques, et je... il a fallu que je me couche.

– Comment vous sentez-vous, à présent ?

– Moins bien qu'à mon réveil. Ça recommence, apparemment.

– Vous avez mangé ?

– Oh... non. Je... je me trouverai bien de quoi grignoter, tout à l'heure. Je ne sais même pas ce qu'il y a dans cette maison.

– Vous êtes probablement à jeun depuis ce matin.

– Au déjeuner, je n'ai rien pu avaler, avoua-t-elle.

– Moi aussi, j'ai l'estomac vide. Venez, je vous invite à dîner.

Nina faillit refuser, puis elle changea d'avis. Cet homme n'était pas un étranger quelconque. Il avait été l'ami de son père. Soudain, il lui semblait que c'était exactement ce dont elle avait besoin – être auprès de quelqu'un qui avait connu et apprécié son père.

– Avec plaisir, dit-elle. Je vais chercher ma veste.

Nina se glissa dans le box, face à Quinteros. La serveuse qui passait leur tendit deux immenses menus pareils à des livres reliés en similicuir aux dos ornés de glands dorés. Nina ouvrit le sien et secoua la tête.

– Les ronds-points et les restaurants comme celui-ci. Deux grandes institutions du New Jersey.

– J'espère que ce commentaire n'est pas une critique, plaisanta-t-il.

– Absolument pas. Je suis un pur produit du New Jersey. Seigneur, je ne sais pas quoi choisir.

– Leur pastrami me tente.

Nina lui décocha un regard réprobateur.

– Vous êtes bien médecin ?

Quinteros sourit.

– Il faut que j'en profite tant que j'en ai la possibilité. Quand je retournerai à Santa Fe, ça me manquera. Là-bas, il n'y a pas de delicatessen.

– Vous comptez partir ?

– Ma fiancée vit là-bas, ainsi que la majeure partie de ma famille.

Une fiancée, songea-t-elle, surprise d'éprouver un brin de regret à l'idée qu'il n'était pas libre.

– À ce qu'il paraît, la région de Sante Fe est magnifique.

– Oui...

La serveuse revint et les considéra d'un air interrogateur, prête à noter leur commande.

– On me dit que le pastrami est fameux, déclara Nina qui lui sourit. Avec des pickles.

Elle s'aperçut dans l'un des innombrables miroirs de la vaste salle. Elle semblait terne, fanée. Une apparence qui correspondait exactement à ce qu'elle ressentait.

Tandis que Quinteros annonçait à la serveuse ce qu'il avait choisi, Nina l'observa attentivement. Il n'avait sans doute pas plus de la trentaine, mais son visage n'était pas celui d'un homme jeune – il avait le visage d'une vieille âme. Même quand il souriait, il baissait les yeux comme s'il était habité par une profonde tristesse.

La serveuse s'éloigna, Nina s'adossa à la banquette rembourrée.

– Alors, docteur Quinteros...

– André, je vous en prie.

– André et Quinteros. C'est plutôt exotique.

– Ma mère est originaire du Québec.

– Et vous exercez à la prison.

Il plissa les paupières, calcula.

– Oui, depuis maintenant trois ans.

– Pourquoi en prison ? Si ce n'est pas indiscret. Je

140

veux dire que... non seulement c'est loin de la région où vous prévoyez de vivre, mais j'y ai longtemps bourlingué et... c'est un lieu déprimant.

André acquiesça.

– Oui, lugubre. Je ne serai pas mécontent d'en partir. Mais, à la fin de mon internat, j'étais idéaliste. J'ai pensé pouvoir faire un peu de bien. Soigner les détenus, mieux qu'auparavant.

– Un projet très noble, rétorqua Nina, sans parvenir à dissimuler totalement son scepticisme.

– Non, ça n'a rien de noble. J'avais un frère dans cette prison. Hervé, le benjamin.

– Vous aviez ? Il est dehors, à présent ?

– Non, il est mort en détention. Il y a six ans environ.

Nina tressaillit, stupéfaite.

– Je suis navrée, dit-elle sincèrement.

Il avait parlé d'un ton détaché, comme si prononcer ces mots ne le blessait pas. Elle comprenait, elle aussi avait peaufiné cette façon de s'exprimer.

– Il vivait à Newark, il était tombé pour trafic de stupéfiants. Il s'est battu avec un autre détenu et, au cours de la bagarre, il a eu un éclatement de la rate, mais personne ne s'en est aperçu. Son abdomen était complètement distendu. Le toubib de la prison l'a examiné et a décrété qu'il avait des gaz. Il lui a administré un laxatif.

– Des gaz ? Ce médecin ne s'est rendu compte de rien ?

André haussa les épaules.

– Il était nul. Il s'en fichait. C'était un fossoyeur. Un alcoolique. Tout ça n'avait pas beaucoup d'importance pour lui. Hervé est décédé la nuit suivante dans son sommeil.

– Oh mon Dieu... quelle horreur.

Il hocha la tête.

– Il se trouve que votre père a tenté d'intervenir. Il a repéré l'erreur de diagnostic. On l'a mis à l'isolement pour avoir contesté.

– Il ne m'en a jamais parlé.

– Eh bien, il ne m'en a pas parlé non plus. Je l'ai appris par l'un de ses codétenus quand j'ai pris mon poste là-bas. Mais j'ai toujours eu le sentiment d'avoir une sorte de... dette envers votre père.

– Merci. Ça me touche énormément. Plus que vous ne l'imaginez. Merci de m'avoir dit ça.

Ils restèrent un instant silencieux.

– Quel âge avait votre frère ?

– Dix-neuf ans. Ce n'était pas un ange, loin de là. Il avait un sérieux problème de drogue. Mais sa mort... mes parents en ont été anéantis.

– Je m'en doute.

André esquissa un sourire.

– Beaucoup de gens considéraient que Hervé méritait de mourir. Ils ignorent ce qu'est la prison.

Nina opina, heureuse d'être avec quelqu'un qui savait. Elle se tut, pensant aux jours où elle se rendait à la prison. Mary, quand elle ne pouvait pas y conduire Nina, veillait toujours à trouver quelqu'un de confiance pour l'emmener. Ainsi, certains fidèles de l'église que fréquentait Mary accompagnaient régulièrement Nina qui, à l'aller, se forçait à bavarder avec eux. Le trajet de retour, en revanche, était interminable. Celui ou celle qui était au volant ne savait jamais quelle question lui poser sur son entrevue avec Duncan, et elle s'obligeait à ne pas remarquer les coups d'œil furtifs, apitoyés, qu'on lui lançait.

– Deux pastrami, annonça la serveuse en posant leurs commandes sur la table.

André mordit dans une moitié de son sandwich. Nina contempla son assiette. Ça paraissait bon, ça sentait bon, mais elle n'avait toujours pas d'appétit.

– Allons, dit André, il vous faut avaler quelque chose.

– Puisque le médecin l'ordonne, répliqua-t-elle en s'exécutant.

Ils mangèrent un moment en silence, et Nina dut admettre que la nourriture commençait à combattre efficacement sa nausée. À chaque bouchée, elle recouvrait un peu de vigueur. André l'observait et, quand elle eut terminé la première moitié du sandwich, il s'essuya les doigts, comme pour lui signaler qu'ils pouvaient reprendre leur conversation.

Nina se tamponna les lèvres avec sa serviette.

– Alors... vous dites que mon père vous a téléphoné. Que voulait-il ? Vous avez deviné qu'il projetait de...

– De se suicider ?

Elle acquiesça.

– Non. En fait, c'est la raison de ma visite. Quand j'ai lu la nouvelle dans le journal, j'ai été sidéré. Et le mot est faible.

Nina le dévisagea.

– Tout le monde me répète que je suis folle, mais j'ai des doutes.

– Quel genre de doutes ?

– Je ne sais pas. Apparemment, beaucoup de gens dans cette ville le haïssent encore à cause de ce qui est arrivé à ma mère. Peut-être que quelqu'un... le haïssait suffisamment pour souhaiter sa mort. Ou bien... je ne sais pas. Il a toujours clamé son innocence. Il a peut-être essayé de mener son enquête sur le meurtre et déterré un nid de frelons. Ce n'est probablement pas rationnel mais... voilà ce que je pense.

André prit une paille dans son emballage plastique et la tapota sur la table en formica.

– Moi aussi, j'ai des doutes.

Nina sentit son cœur battre plus fort.

– Pourquoi ? Expliquez-moi.

– Je connaissais bien votre père. Il travaillait à l'infirmerie avec moi, on bavardait. Je lui apprenais l'espagnol, ajouta-t-il avec un petit sourire. C'était un homme très intelligent. Il en était arrivé à parler presque couramment.

– Oui, il me l'a dit.

– Nous discutions de beaucoup de choses. Souvent de vous. Il vous adorait...

Nina rougit, une part d'elle désirait en savoir plus sur ce que son père racontait à son sujet, toutefois dans l'immédiat ce n'était pas le plus important.

– Qu'est-ce qui vous fait penser qu'il ne s'est pas suicidé ?

– Il attendait avec impatience sa libération...

– Le commissaire Perry m'a dit que les détenus ne réalisent pas à quel point ce sera dur pour eux, dehors. D'après lui, il n'est pas rare qu'ils sombrent dans la dépression quand ils mesurent finalement ce qu'est devenue leur vie.

– C'est vrai, incontestablement.

– Mon père avait été médecin. À une époque, c'était un notable, il avait de l'argent. D'après le commissaire Perry, ça lui rendait les choses encore plus difficiles.

Les sourcils froncés, André tapotait la paille sur la table.

– Qu'est-ce que vous me cachez ? reprit-elle, voyant qu'il hésitait. Vous savez quelque chose que j'ignore ?

– Je pense que vous devriez vous renseigner auprès de la police sur les preuves éventuelles que sa mort n'est pas un suicide, déclara-t-il en choisissant bien ses mots. L'autopsie pourrait apporter un élément nouveau...

Nina inclina la tête, cherchant son regard, mais il détourna les yeux.

– C'est aussi ce que m'a dit le commissaire. Mais vous parlez comme si saviez déjà...

André resta un instant silencieux, pensif, pesant apparemment le pour et le contre. Puis il soupira.

– Nina, votre père avait souffert d'une dépression nerveuse. Pendant son incarcération. À certains moments, c'était sérieux. Nous avions testé divers traitements.

Il la dévisagea.

– Il n'y a jamais fait allusion ?

– Non... Qu'il ait été dépressif, ça me paraît normal. Mais non, il ne me l'a jamais dit.

André fronça de nouveau les sourcils.

– J'espérais que, peut-être, il s'en était ouvert à vous.

Nina était désorientée par cette information.

– Alors vous dites... attendez, vous dites que... qu'il s'est effectivement suicidé ?

– Non, répondit-il d'un ton abrupt. Au contraire, justement. La dépression de votre père était sous contrôle. Après quelques fausses pistes, nous avions trouvé un médicament vraiment efficace dans son cas. Au moment de sa libération, il était en bonne santé... mentale. Il m'a déclaré que chaque jour, chaque instant lui étaient précieux. Il était absolument déterminé à profiter au maximum du temps qu'il lui restait.

Nina sentit les larmes lui monter aux yeux à l'idée que son père lui avait dissimulé son désespoir, que, pour une raison quelconque, il ne s'était pas fié à elle.

– Pourquoi ne m'en a-t-il pas parlé ?

– Ne le prenez pas mal. Il ne voulait sans doute pas vous inquiéter. Vous l'avez soutenu pendant tant d'années. Il n'a pas voulu vous charger de ce fardeau supplémentaire. Ce n'était pas indispensable. Je m'étais arrangé pour que ses ordonnances soient renouvelées par le Dr Nathanson, à la clinique où il travaillait. Il allait bien, Nina.

– Mais peut-être que ça n'a plus été le cas, une fois qu'il a dû gérer concrètement sa prétendue liberté ?

– Votre père était un homme très volontaire.

– Ou bien il a cessé de prendre son médicament ?

– C'est une possibilité, Nina. Incontestablement. Et c'est l'une des raisons pour lesquelles je suis venu vous voir. Je crois qu'il serait bon d'en avoir le cœur net. Quand ils auront les résultats de l'autopsie, ils procéderont à une analyse toxicologique, et ils sauront précisément quelle substance il avait dans l'organisme. Vous auriez intérêt à leur demander les résultats de cette autopsie.

– Mais...

Nina secoua la tête d'un air accablé.

– Si la police découvre qu'il était... dépressif, ils seront encore plus convaincus qu'il s'est suicidé.

– Ne nous cachons pas la réalité. Vous et moi, nous savons que la mort d'un criminel condamné n'est pas le souci majeur des flics. Ils risquent de refermer tout simplement le dossier. Le public, les médias ne se passionneront pas pour le sort de Duncan Avery. Ils estimeront que votre père a eu ce qui lui pendait au nez.

– Vous n'avez pas tort, malheureusement.

André se pencha vers elle, la regarda au fond des yeux.

– Vous devez donc être son avocate.

Il extirpa de la poche intérieure de sa veste un carnet et un mince stylo en or.

– Je vous note le nom chimique du principe actif correspondant au médicament que prenait votre père. Demandez à la police si on a retrouvé des traces de cette substance dans son organisme. Si elle était dans son sang...

André déchira la page du carnet, la lui tendit.

– ... alors ça signifie que Duncan continuait à suivre son traitement. Et dans ce cas, je suis prêt à parier n'importe quoi qu'il ne s'est pas suicidé.

12

UN JEUNE POLICIER en uniforme, à l'expression totalement dénuée d'humour, confisqua son sac à Nina, le fouilla, tandis que son collègue, plus affable, lui ordonnait de franchir le détecteur de métaux et d'attendre de l'autre côté. Heureusement, elle ne déclencha pas d'alarme, et son sac lui fut restitué avec l'ordre, énoncé d'un ton sec, de s'adresser au sergent de service. Nina n'avait pas remis les pieds au commissariat depuis les jours qui avaient suivi l'assassinat de sa mère ; à l'évidence, la municipalité de Hoffman, depuis cette époque, n'avait pas lésiné pour équiper le poste de police de tout ce qu'exigeait la sécurité en ce début de millénaire.

Nina s'approcha du bureau du sergent et patienta – il parlait dans le micro de son casque, à un invisible correspondant, du transfert d'un prisonnier. Tout en observant le décor, qui lui avait été naguère si familier, elle songeait au dîner de la veille avec André Quinteros. Une part d'elle en voulait à son père qui lui avait caché sa dépression. L'autre part ruminait inlassablement ce qu'André avait dit de lui. Qu'il n'était pas suicidaire. Pas du tout. Cela confirmait ses propres impressions, cependant l'information que lui avait fournie André l'avait tellement ébranlée qu'elle

147

n'avait quasiment pas pu fermer l'œil de la nuit. Elle ne se rappelait même pas si elle avait dit au revoir à André lorsqu'il l'avait reconduite chez elle.

– Je peux vous aider, mademoiselle ?

Nina sursauta, se rendit compte que c'était à elle que le sergent posait cette question. Elle lui demanda si elle pouvait s'entretenir avec le commissaire Perry. Il sourcilla, d'un air de dire que ça l'étonnerait fort, mais nota son nom et pivota vers le standard. Il prononça quelques mots à voix basse dans son micro puis se retourna vers Nina et montra une porte sur sa gauche.

– Par là, au bout du couloir, troisième à droite.

Nina attendit qu'il appuie sur le bouton commandant l'ouverture de la porte qui donnait accès à la salle de la brigade qu'elle traversa d'un pas pressé, les yeux baissés. C'était sans doute de la paranoïa, elle en avait conscience, mais il lui semblait que tous les policiers du commissariat la reconnaissaient et étaient au courant de l'histoire de sa famille. Quand elle atteignit le bureau du commissaire Perry, la porte était ouverte, et un homme s'appuyait contre le chambranle. Il était élégant, en civil, les cheveux blancs. Il jeta un coup d'œil par-dessus son épaule en entendant Nina approcher. Brusquement, elle reconnut ses petits yeux brillants et son visage creusé de rides. L'inspecteur qui avait mené l'enquête au moment du meurtre de sa mère. Il avait toujours traité Nina et ses frères avec gentillesse, même s'il s'affairait à élaborer les chefs d'accusation à l'encontre de leur père.

– Inspecteur Hagen ?

Il lui sourit, perplexe.

– Bonjour, mademoiselle.

Elle réalisa qu'il ne la reconnaissait pas. La dernière fois qu'il l'avait vue, elle était adolescente.

– Vous ne vous souvenez pas de moi. Nina Avery...

148

Les yeux pétillants de son interlocuteur s'arrondirent.

– Oh, mon Dieu... Nina.

Ils échangèrent une poignée de main.

– Comment allez-vous, ma grande ?

– Bien. Et vous ?

– Ça ne va pas mal. Je discutais golf avec le commissaire. Qu'est-ce qui vous amène ici ?

Le commissaire Perry les rejoignit sur le seuil du bureau.

– Bonjour, Nina. Entrez donc. Je suis content que vous soyez venue. Frank, ça m'a fait plaisir de te voir. Ne nous oublie pas.

– Vous ne... vous ne travaillez plus ici, inspecteur Hagen ? s'étonna Nina.

– Non, je suis à la retraite. On m'a mis au rancart, répondit-il d'un ton jovial où perçait néanmoins une note désenchantée. Nina, pour votre papa...

– Je vais justement en parler avec Mlle Avery, l'interrompit fermement le commissaire Perry. Entrez, Nina.

Elle obéit et prit place dans le fauteuil, face au bureau du commissaire. Celui-ci contourna la table, s'assit en rajustant son nœud de cravate.

Frank Hagen hésita.

– Bon, vous êtes occupés et moi, aujourd'hui, ma femme m'a chargé d'aller acheter des fenêtres extérieures amovibles.

– Tu peux fermer cette porte en partant, Frank ?

Hagen opina, la main sur la tempe.

– Bien, chef.

Perry poussa un soupir lorsque le battant se referma.

– Il y a longtemps que l'inspecteur Hagen a pris sa retraite ? demanda poliment Nina.

– Attendez que je calcule... trois ans, quelque chose

comme ça. J'espère que je m'adapterai un peu mieux quand ce sera le moment pour moi d'arrêter, ajouta Perry en grimaçant. Il n'arrive pas à couper les ponts, vous voyez ? Il continue à rôder par ici pour me persuader de faire du golf. Ça ne m'intéresse pas du tout, le golf.

– Je comprends...

– Bien. En quoi puis-je vous être utile, Nina ?

– Je souhaiterais vous parler de la mort de mon père.

– Oui ?

Nina prit une inspiration, se représenta le visage d'André, la certitude que reflétait son regard.

– Je... j'ai réfléchi. Je n'étais pas absolument convaincue que mon père avait mis fin à ses jours. Là-dessus, j'ai rencontré son médecin qui m'a posé certaines questions sur le rapport d'autopsie.

Eugene Perry toussota, la dévisagea.

– Oui ?

Nina sortit de sa poche le feuillet qu'André lui avait donné la veille.

– Le Dr Quinteros m'a demandé de vérifier si mon père avait pris le médicament qui lui était prescrit au moment de son décès. Voilà le nom chimique du principe actif.

– Eh bien, nous n'avons qu'à vérifier, rétorqua aimablement le commissaire Perry.

Il posa le feuillet à côté de lui, fouilla dans une pile de documents et en tira un dossier.

– Il prenait ce médicament pour quelle raison ?

De nouveau, Nina inspira à fond. Si elle lui disait la vérité, balaierait-il ses doutes d'un revers de main ? Elle était pourtant obligée de courir le risque.

– En fait, il était soigné pour une dépression. D'après le Dr Quinteros, s'il n'avait pas arrêté son traitement, ça devrait apparaître dans le bilan toxicologique.

Le commissaire secoua ses lunettes de lecture pour déplier les branches, les chaussa et entreprit d'éplucher les minuscules caractères du document, laissant courir son doigt le long d'une colonne de chiffres. Le doigt s'immobilisa soudain, le commissaire jeta un coup d'œil au feuillet posé à côté de lui.

– Oui, c'est bien là. Votre père avait effectivement pris ce médicament.

Nina sentit son sang bourdonner à ses tempes. Elle se pencha vers son interlocuteur.

– Dans ce cas, je crains de devoir remettre en question la thèse du suicide. Le Dr Quinteros vous l'expliquera. Si mon père n'avait pas interrompu son traitement, le suicide est très improbable.

Nina s'attendait à ce qu'il résiste, à qu'il l'abreuve de sarcasmes, au lieu de quoi il hocha lentement la tête.

– En réalité, c'est une confirmation supplémentaire de ce que nous savons déjà.

Nina s'appuya au dossier de son siège, interloquée.

– Que voulez-vous dire ? Qu'est-ce que vous savez ?

– Il semble que... Écoutez, Nina, j'ignore si ce sera pour vous une bonne ou une mauvaise nouvelle...

Il referma le rapport d'autopsie, le reposa sur son bureau, puis ôta ses lunettes et replia maladroitement les branches.

– Les premières constatations indiquaient que votre père était...

Il hésita, puis tout à trac :

– Nous savons à présent que ce n'est pas lui qui a tiré la balle mortelle. Il tentait peut-être de désarmer l'assassin quand le coup est parti.

– L'assassin ? répéta-t-elle, abasourdie.

151

Le commissaire Perry s'agita dans son fauteuil, mal à l'aise.

– Oui. On a tiré sur votre père. Il ne s'est pas suicidé.

– Mais il me semblait que..., bredouilla Nina, complètement déroutée. Vous êtes sûr ?

– Oui. Maintenant, nous en sommes certains.

– Il ne s'est pas suicidé ?

– Non. D'après l'autopsie... non.

Nina n'en revenait pas que le commissaire l'admette.

– Je n'arrive pas y croire.

– Vous avez dit que vous doutiez du suicide, objecta-t-il, surpris.

– C'est vrai, mais...

– Je vous ai répondu que nous n'aurions de certitude qu'après l'autopsie.

– Pourquoi vous ne m'avez pas prévenue tout de suite ?

– Vous ne m'en avez pas laissé l'opportunité. Et d'ailleurs, vous aviez une question pertinente concernant le bilan toxicologique et je voulais y répondre.

– Quand avez-vous découvert tout ça ?

Il plissa le front.

– Je suis au courant depuis deux jours. Mais, pour être franc, j'attendais avant de vous en parler que nous ayons d'autres... réponses.

– Quel genre de réponse ? Vous savez qui a fait ça ? Qui l'a tué ?

– Eh bien, je ne peux pas vous en dire trop, mais nous avons une... une théorie sur le suspect. Je dirige les investigations et je préférerais, pour l'instant, que certaines choses ne s'ébruitent pas.

Nina tremblait comme une feuille, elle avait la tête qui tournait.

– Quelles investigations ? balbutia-t-elle. Personne

ne m'a rien demandé. Vous enquêtez vraiment, vous êtes sûr ? Pourquoi vos hommes ne m'ont pas interrogée ? Vous devez découvrir qui a fait ça, commissaire. Ce n'est pas parce que mon père avait été... condamné qu'il ne faut pas lui rendre justice... à lui... à moi...

– Nina, coupa-t-il sèchement. Nous enquêtons.

Elle se tut, mais le considéra d'un air de défi.

– Il faut bien que quelqu'un se batte pour lui.

– Écoutez, je tiens à vous dire que je trouve votre loyauté à l'égard de votre père très... absolument admirable.

Elle le regarda droit dans les yeux, désarmée par la compassion qu'elle percevait dans sa voix.

Il tourna son regard vers la photo de famille encadrée qui ornait son bureau, poussa un soupir.

– Moi aussi, Nina, je suis père. À cause de vous, je me pose des questions sur mes enfants. Est-ce qu'ils me défendraient contre vents et marées comme vous avez défendu Duncan Avery ?

– Je veux juste la vérité.

– Je sais. Et vous avez raison. Je vous ai caché quelques détails. Mettons que je suis... une vieille baderne. J'ai une fille et j'ai pensé à elle. Dans des circonstances similaires, je ne souhaiterais pas que ma fille sache certaines choses sur moi.

Perry soupira de nouveau.

– J'ai tranché. J'ai préféré attendre que nous ayons des faits, des... des preuves, avant de vous infliger une autre humiliation.

Le visage de Nina s'empourpra.

– De quoi parlez-vous ?

Le commissaire Perry rajusta son nœud de cravate pourtant impeccable, leva les yeux au plafond.

– Le lieu près de la rivière où l'on a trouvé votre père. C'est un endroit isolé et réputé pour être le cadre de qu'on pourrait appeler des rendez-vous illicites.

– De quel genre ?

La figure du commissaire, constellée de taches de son, se colora de rose.

– Je parle de prostitution. Au fil des ans, nous avons interpellé beaucoup de prostituées dans ce secteur.

– Des prostituées !

Perry acquiesça.

– Nous partons de l'hypothèse que votre père a peut-être trouvé la mort au cours d'un.... disons d'un rendez-vous qui a mal tourné. Les femmes qui exercent cette profession dissimulent parfois une arme sur elles.

– Une prostituée, répéta Nina, sarcastique. C'est absurde.

Le commissaire la regarda avec sollicitude.

– Je comprends que vous refusiez de penser à votre père de cette manière, mais c'était un homme normal. Un homme qui avait été privé de femmes pendant des années...

– C'est écœurant. Vous cherchez simplement à vous arranger pour qu'il paraisse responsable...

– Nina, nous avons le relevé des communications téléphoniques de votre tante. L'un des derniers numéros que votre père a appelé était celui d'une prostituée. Une droguée que nous avons arrêtée plusieurs fois....

Nina le dévisageait fixement.

– Voilà ce que je ne voulais pas vous dire. Nous suivons cette piste, mais...

– Il a peut-être fait un faux numéro. Il pourrait s'agir de tout autre chose...

– Eh bien, il s'avère que la ligne a été coupée parce cette fille ne payait pas ses factures.

Le numéro qui n'était plus attribué. Nina se remémora soudain les coordonnées notées sur le Post-it, le numéro qu'elle avait composé quand elle cherchait Duncan.

– Nous avons interrogé les voisins de cette femme. Certains ont reconnu Duncan. Je présume que, quand il n'a pas pu la joindre, il est allé chez elle. Une voisine les a vus partir dans sa... dans la Volvo de votre tante. Nous n'avons pas réussi à la retrouver. Nous y travaillons.

– Qui est-ce ?

– Il m'est impossible de vous le dire, Nina. Mais nous suivrons cette piste jusqu'au bout. Nous enquêtons, et nous continuerons jusqu'à ce que nous soyons en mesure d'arrêter un suspect. D'accord ?

Nina poussa un soupir tremblé, secoua la tête.

– Je... je ne sais plus quoi penser. J'étais si sûre...

– De quoi ?

– Oh, je croyais que peut-être... je ne sais pas.

– Si vous avez une information susceptible de nous aider, c'est le moment de me la donner.

– C'est juste que... il a toujours affirmé qu'il était innocent. Qu'il n'avait pas tué ma mère. Je pensais que peut-être il avait commencé à mener son enquête et que... quelqu'un avait pris peur. Oui, je pensais que c'était ça.

Le commissaire Perry la considéra d'un air attristé.

– L'assassin de votre mère était en prison. Votre père le savait mieux que quiconque.

13

Garée sur le parking de la maison de repos, Nina contemplait le bâtiment à travers le crachin, se disait qu'il lui fallait entrer pour voir sa grand-tante. Elle avait négligé Mary et en avait des remords. Mais aujourd'hui, malgré sa culpabilité, Nina était trop déprimée pour sortir de la voiture. Elle n'en avait pas la force. Elle ne pouvait pas plaquer un masque joyeux sur sa figure, pour qui que ce soit. Pas même pour tante Mary. Pas après ce qu'elle venait d'apprendre. Son père avait été tué par une prostituée ?

Quelle fin sordide pour cette triste histoire. Elle refusait de connaître cette facette de son père. Pourtant elle ne pensait qu'à ça. Pour la première fois, elle était profondément furieuse contre Duncan. Elle savait que cette colère était injuste, qu'elle s'en prenait à la victime, mais... impossible de s'en empêcher. Ce serait le dernier chapitre de la vie de son père. C'était horrible et malheureusement, comme le commissaire Perry l'avait fait remarquer, pas si difficile à concevoir. Jamais elle ne réussirait à effacer de son esprit cette image de son père, malgré tous ses efforts.

Nina jeta un coup d'œil à la porte du bâtiment. Une aide-soignante en blouse à fleurs la franchissait, elle poussait le fauteuil roulant d'une très vieille dame.

Elle s'arrêta dans la galerie bordée de chrysanthèmes mauves. La malade, frêle et toute ratatinée, emmitouflée dans un châle, leva un regard désespéré vers le ciel pluvieux.

Malgré ses soucis, Nina en eut un pincement au cœur. Il y a des problèmes plus graves que les tiens, se dit-elle fermement. Cesse donc de t'apitoyer sur ton sort et va voir ta tante. Elle était là pour toi quand ton univers s'est écroulé. Nina s'obligea à ouvrir la portière de la voiture et sortit sous la pluie.

Deux heures plus tard, elle balançait son sac sur le tabouret du piano et s'écroulait sur le divan, dans le salon de sa tante. Sa visite, qui avait fait un immense plaisir à Mary, lui avait un moment remonté le moral. Mais à présent, de retour dans cette maison lugubre, elle sentait la déprime la submerger de nouveau. Et maintenant, que va-t-il se passer ? se demandait-elle.

Elle eut la chair de poule en s'imaginant cernée, traquée par les reporters, si la police appréhendait une prostituée et l'inculpait du meurtre de son client, Duncan Avery. Elle savait ce qui se passerait. Dégoulinant de fausse sollicitude, ils évoqueraient sa foi en son père – Nina, la fille si naïve, convaincue que son papa était incapable de commettre un acte répréhensible.

Il n'y avait qu'un moyen d'échapper aux curieux : rentrer à New York, disparaître dans l'anonymat de la mégalopole. Et il n'y avait sans doute pas de temps à perdre. L'arrestation pouvait avoir lieu à tout instant. Nina se força à s'extraire du divan et à gravir l'escalier. Elle avait réintégré sa chambre de jeune fille depuis que son père était parti, laissant en désordre la chambre de Mary qu'il avait presque fini de repeindre. En prenant ses vêtements dans la penderie, elle baissa les yeux et vit le sac marin de Duncan, par terre, là où il l'avait rangé. Le livret concernant les obligations de la libération anticipée en dépassait.

Elle avait amené son père ici. Il lui incombait de débarrasser cette maison de toute trace de sa présence. Soupirant, elle saisit les quelques chemises et le pantalon soigneusement pendus aux portemanteaux, les plia et les posa sur le lit. Elle regarda le livre abandonné sur la table de chevet. Un exemplaire fatigué de *L'Homme à la recherche du sens* de Viktor Frankl, avec un marque-page, comme si Duncan était en train de le relire et venait juste d'interrompre sa lecture. Oui... interrompre sa lecture pour aller se faire faire une gâterie, songea-t-elle avec dégoût, et elle jeta le livre sur la petite pile de vêtements. Elle remarqua aussi sur la table de nuit un flacon sur lequel était inscrit un nom : Duncan Avery. Elle l'avait déjà vu, sans y prêter vraiment attention. Maintenant elle comprenait. Le médicament dont André lui avait parlé. Je le garde ? se demanda-t-elle. Personne n'en aurait besoin, désormais. Elle saisit le flacon, le tint au-dessus de la corbeille à papier recouverte de guingan, hésita.

Alors la signification de ce qu'elle était en train de faire la frappa. Tu tries ces choses comme si certaines méritaient d'être conservées et d'autres non. À quoi bon garder les maigres possessions de son père ? Il y avait déjà des cartons bourrés de ses livres et de ses habits dans la cave de tante Mary, où elle les avait méticuleusement entassés autrefois. Pourquoi encombrer davantage le sous-sol ? Tu n'as qu'à tout mettre dans le sac et le jeter directement à la poubelle.

Cette décision l'emplit d'une sorte de satisfaction amère. Serrant le flacon dans sa main, elle se dirigea vers la penderie et empoigna le sac marin en toile. Quand elle le souleva, il lui parut bizarrement lourd.

Qu'est-ce qu'il a fourré là-dedans ? Elle le porta sur le lit, le posa sur la courtepointe.

Elle entreprit de farfouiller dans le sac. Soudain, ses doigts rencontrèrent un objet métallique, froid.

Nina sut aussitôt de quoi il s'agissait. Elle savait, mais elle n'arrivait pas y croire. Elle tenait une arme. Son père avait une arme dans son sac. Elle se laissa tomber sur le bord du lit, contempla le pistolet.

Elle ignorait tout des armes à feu, hormis qu'elles étaient mortelles et que son père n'était pas autorisé à en posséder une. Pourtant il en avait une. Pourquoi ? Mais pourquoi avait-il couru un tel risque, enfreint les règles qu'on lui avait imposées ? Elle n'aurait pas de réponse. Il lui faudrait vivre le reste de ses jours en se demandant qui était vraiment Duncan Avery.

Elle se remémora le procès, le procureur brossant le portrait de Duncan – un homme qui paraissait digne et respectable, mais qui cédait fréquemment à des désirs coupables. Le sexe et la violence émanaient de la même source, affirmait le procureur. N'était-il pas logique que cet individu aux pulsions incontrôlables soit devenu violent avec son épouse, une femme dont il voulait se débarrasser ?

Non, songea Nina. Non ! Il lui fallait mettre une limite quelque part. Elle ne pouvait pas permettre au doute de l'envahir maintenant. Sa foi en l'innocence de son père l'avait tenue debout durant trop d'années. Si elle commençait à douter de lui maintenant, ça ne lui servirait qu'à se faire du mal. Duncan était désormais au-delà de la souffrance. Non. Elle ne pouvait pas permettre que cette découverte, ou ce qu'on lui avait appris sur sa mort sordide, remette en cause tout ce en quoi elle avait cru jusqu'ici.

Nina fourra le pistolet dans le sac, empila les vêtements dessus, puis descendit à la cuisine avec l'intention de jeter tout ça. Il y avait une grande poubelle en plastique à l'extérieur du garage de Mary. Elle allait devoir patauger dans les flaques pour l'atteindre. Elle ouvrit la porte donnant sur le jardin de derrière, observa le ciel noir, la pluie. Soudain, une idée effrayante lui traversa l'esprit. On n'a pas le droit de mettre des armes à la poubelle. Et si un gamin la trouvait, s'amusait avec et tuait quelqu'un ? C'était justement pour éviter ce genre de drame que, certains jours, les gens pouvaient rendre leurs armes à la police sans qu'on leur pose la moindre question.

Bon sang, papa. Tu continues à me compliquer la vie.

Elle soupira. Elle devrait se renseigner pour savoir quel jour elle pourrait apporter le pistolet au poste de police. Elle ne voulait surtout pas qu'on l'interroge. En attendant...

Elle devait ranger ça quelque part. Pourquoi pas à la cave avec les autres reliques de son père ? Ronchonnant, elle referma la porte et se dirigea vers celle menant au sous-sol. Elle actionna l'interrupteur en haut des marches. La lumière de l'escalier s'alluma, mais la cave demeura dans l'obscurité. L'ampoule a dû griller, se dit Nina. Elle hésita un instant. Elle n'avait aucune envie de descendre dans le noir. Cependant elle savait où les cartons contenant les affaires de Duncan étaient entassés. Le long du mur le plus proche d'elle. Elle réussirait à s'en approcher à tâtons. Elle entama sa descente, scrutant les entrailles humides de la cave à la lueur de l'ampoule de l'escalier. Elle discernait les cartons qu'elle avait remplis des années auparavant.

Elle fut surprise de sentir ses yeux se mouiller, lorsqu'elle plaça le sac dépenaillé sur ces cartons empilés pour son père au moment de son incarcération. Toutes ces choses ne servaient plus à rien. Il n'en aurait plus besoin. Une fois qu'elle se serait débarrassée du pistolet, elle donnerait le reste à des œuvres caritatives. Si elles en voulaient.

Une sonnerie stridente déchira le silence de la maison, Nina sursauta. C'était le téléphone, au rez-de-chaussée. Oh non... Et si la police avait déjà retrouvé cette femme ? Bon Dieu, je ne suis pas partie d'ici assez vite. Qui appelait ? Impossible de le savoir. Il n'y avait pas moyen de filtrer les communications. Mary n'avait aucun équipement moderne. Pas de répondeur. Pas d'écran où s'affichait le numéro du correspondant. Nina resta immobile au pied de l'escalier. Que faire ? Répondre, faire face, ou tenter d'échapper à l'inévitable en laissant ce téléphoner sonner ? Elle hésitait toujours quand la sonnerie s'interrompit.

Avec un soupir de soulagement, elle gravit les marches de la cave. Je prends mes affaires et je m'en vais, décréta-t-elle. Tant pis, je me paierai un taxi pour m'amener à l'arrêt du bus.

Elle avait atteint le rez-de-chaussée et entrait dans la cuisine éclairée quand le téléphone se remit à sonner, comme si, à l'autre bout du fil, on s'était accordé une petite pause avant de composer de nouveau le numéro. Pourquoi tu n'as pas acheté de répondeur ? reprocha mentalement Nina à sa vieille tante. On est au vingt et unième siècle, nom d'une pipe ! Et ce maudit téléphone qui continuait à sonner, implacable, revendicatif.

Fichez-moi la paix, rouspéta-t-elle en le foudroyant du regard. Qui que vous soyez. Mais elle ne pourrait pas se dérober, naturellement. Si l'information avait été ébruitée, il faudrait encaisser les coups. Tu es capable d'être un roc, tu as l'entraînement nécessaire. Elle eut encore une brève hésitation, puis décrocha d'un geste brusque.

– Allô ! articula-t-elle d'un ton sec.

161

– Nina, c'est André.

Elle fut à la fois soulagée et penaude. Elle avait oublié de le rappeler, ainsi qu'elle le lui avait promis. Elle avait tout oublié, pour ne penser qu'à l'arme de Duncan dénichée dans le sac marin et aux dernières nouvelles qu'elle tenait de la police. André désirait évidemment savoir s'il ne s'était pas trompé.

– Bonjour.

– J'espère que je ne vous dérange pas ? dit-il avec précaution.

– Non, non... Excusez-moi, je craignais que ce soit un journaliste, j'ai failli ne pas répondre.

– Il faut me donner votre numéro de portable. Allez-y, j'ai un stylo, je note.

Nina s'exécuta, à contrecœur.

– Qu'est-ce que vous voulez ? demanda-t-elle d'une voix sourde.

– Eh bien... vous êtes allée parler à la police ?

– Oui, j'y suis allée. Et vous aviez raison. Il prenait son médicament. Ce n'était pas un suicide. Mon père a été tué.

Elle l'entendit ravaler une exclamation à l'autre bout du fil.

– Mais en fait, les policiers le savaient déjà. Ils savent même pourquoi, poursuivit-elle. Apparemment, il a été assassiné par une prostituée. Vous voyez, André, c'est ce que vous disiez. Il avait décidé de profiter au maximum de chaque instant.

Elle s'efforçait de paraître détachée, en vain.

André ne répliqua pas.

Alors elle interpréta son silence comme un blâme, et soudain elle fut en colère contre le médecin de son père qui l'avait poussée à aller chercher cette vérité, tellement humiliante, même si, en toute logique, elle admettait qu'elle l'aurait découverte tôt ou tard.

– Franchement, je crois que j'aurais préféré croire

162

qu'il s'agissait d'un suicide. Vous avez autre chose à me dire ?

– Ils ont procédé à une arrestation ?

– Pas encore. Ils essaient de retrouver la femme. André, écoutez, je ne suis pas d'humeur à bavarder, si ça ne vous ennuie pas...

– Mais qu'est-ce qui leur fait penser que c'était une prostituée ?

– Une voisine l'a vue monter dans la voiture. Elle a reconnu Duncan, répondit Nina, réalisant qu'elle venait d'appeler son père par son prénom, comme Patrick le faisait toujours. Et puis... ils l'ont découvert dans un endroit où les gens... enfin, où ils vont faire ça...

– C'est tout ce qu'ils ont ?

– Je n'en sais rien. Ils ont peut-être d'autres preuves. Je ne tiens vraiment pas à connaître tous les détails infâmes. Écoutez, j'apprécie que vous soyez venu et que vous ayez tenté de... m'aider, mais...

– Ils sont quand même certains que c'est un meurtre. Quelqu'un lui a tiré dessus.

Nina tapota sur le téléphone.

– Oui. Allô, vous m'entendez ? Il faut que je vous laisse.

– Nina, écoutez...

Il fut interrompu par un déclic.

– Vous pouvez rester en ligne une minute ? Je suis encore à la prison.

Avant qu'elle ait pu rétorquer qu'elle ne patienterait pas, le silence se fit à l'autre bout du fil. Nina, le combiné dans la main, ferma les yeux. Elle ne voulait plus discuter. Elle voulait oublier. Dormir. Elle se représenta le visage anguleux d'André, ses lèvres sensuelles, son regard noir et perçant. Un homme très attirant. Débordant de vie. Peut-être, à une autre période de son existence, aurait-elle souhaité le

163

connaître mieux, mais pas maintenant. À quoi bon ?
Il était fiancé et repartirait bientôt à Santa Fe. Quant
à elle, elle était exténuée, déprimée. Tout ce qu'il
avait à lui dire concernerait Duncan, or elle ne voulait
plus penser à Duncan.

— Nina, vous êtes toujours là ?

— Oui, marmonna-t-elle.

— Une fausse alerte, expliqua-t-il. Écoutez, il est
impératif que je vous voie, mais je ne peux pas venir
chez vous ce soir.

— Je suis fatiguée, André. Lessivée. Je n'ai aucune
envie de parler de toute cette histoire.

— Je comprends, dit-il avec une telle gentillesse que
Nina faillit soudain fondre en larmes. Vous êtes épuisée, je le sais.

Elle se radoucit. Il n'était pas son ennemi. Cet
homme avait tenté de l'aider.

— Oh, André, excusez-moi d'être aussi désagréable.
Mais c'était tellement affreux. Le commissaire essayait
de m'épargner. Il ne voulait pas m'avouer que mon
père avait, comment dire, trouvé la mort de manière
aussi... dégradante. Je ne ne peux pas m'empêcher
d'éprouver... c'est stupide, mais j'ai le sentiment...
c'est comme si mon père m'avait trahie.

— Il ne vous a pas trahie, Nina, objecta posément
André. La police se fourvoie complètement.

14

L ES PAROLES d'André furent comme une décharge
électrique qui parcourut le fil du téléphone pour
foudroyer Nina.

– Ils se fourvoient ? Mais qu'est-ce que vous voulez
dire par là ? s'exclama-t-elle.

– C'est très simple. Nina, le médicament qu'il
prenait...

– Oui. Eh bien ?

– Il a un effet secondaire fâcheux commun à de
nombreux antidépresseurs. Il rend impuissant.

– Quoi ? Comment vous le savez ?

– Croyez-moi. Je le sais sans l'ombre d'un doute.
Nous en avions discuté franchement. De médecin à
patient. Il avait essayé d'autres médicaments qui
n'avaient pas cet effet sur la libido, mais c'était cette
molécule particulière qui lui réussissait le mieux. Je
lui ai demandé si ce n'était pas un prix trop élevé à
payer, et il m'a assuré qu'il pouvait s'en accommoder.
En prison, bien sûr, ça lui simplifiait la vie. Il n'ignorait pas que, s'il voulait avoir des relations sexuelles, il
lui faudrait interrompre le traitement un certain
temps.

– Or il ne l'a pas arrêté.

– Exactement. S'il prévoyait de s'offrir les services

165

d'une prostituée, il savait qu'il devait se priver de son médicament.

Nina pressait le combiné contre son oreille, elle avait la sensation que tout son visage était engourdi, flasque.

– Vous êtes toujours là ? demanda-t-il.

– Oui. Vous êtes sûr de ce que vous avancez ?

– Absolument. Nous en avons parlé sans détour.

Nina resta un instant silencieuse.

– Donc vous dites... ? Mais alors la police ment. Il n'était pas avec une prostituée.

– Non, attendez. Je n'ai pas dit ça. Il a peut-être effectivement contacté cette femme. Je dis simplement qu'il ne l'aurait pas sollicitée pour du sexe.

– Mais quoi d'autre ? Et pourquoi aurait-elle voulu le tuer ?

– Je n'en sais rien, Nina. Je n'en sais pas davantage sur la vie de votre père. Même si nous avions de longues conversations, il ne m'a jamais révélé quoi que ce soit. C'était un homme assez cachottier. Ne le prenez pas mal, c'est juste l'impression que j'avais de lui.

– Oh, je ne le prends pas mal, soupira-t-elle. Je partage votre opinion. Il était extrêmement réservé. Excusez-moi, vous avez vos propres préoccupations.

– Hé, pas si vite. Je n'en sais peut-être pas beaucoup sur Duncan, mais je peux vous dire ceci : souvent, quand un type sort d'ici, les autres prisonniers lui demandent d'apporter un message à leur petite amie ou à leur femme. Quelquefois, ils lui donnent de l'argent pour acheter un cadeau. Des choses comme ça, vous voyez.

Nina en avait la tête qui tournait.

– Vous pensez qu'il pourrait s'agir de ça ?

– Je l'ignore, mais c'est possible.

– Alors pourquoi cette femme aurait voulu le tuer ?

– Nina, nous ne parlons pas de nos concitoyens les

166

plus rationnels. Ils ont peut-être eu un différend quelconque. Le copain de cette femme avait peut-être promis que Duncan aurait un cadeau pour elle – un cadeau qu'il n'aurait pas remis à votre père. On m'a raconté des histoires de ce style. Là-dessus la fille s'en prend au dindon de la farce, l'accuse de vol, et son mec passe pour un héros. Ou bien Duncan avait de mauvaises nouvelles à lui apprendre, la fille a pété les plombs et tué le messager. Je ne sais pas, il y a tellement d'hypothèses envisageables...

– Oui, bien sûr...

Nina s'interrompit, réfléchissant à tout ce qu'il venait de lui dire. Elle prit une inspiration.

– Vous vous êtes déjà... donné beaucoup de mal pour moi, André. Pour mon père. Je... je n'ai pas le droit de vous en demander plus. Mais...

– Quoi donc ?

– Pourriez-vous... c'est-à-dire, vous êtes à la prison. Y aurait-il moyen pour vous de découvrir si l'un des prisonniers l'avait chargé de lui rendre ce genre de service ? Si on lui avait confié une mission quelconque ?

André poussa un soupir.

– Pardonnez-moi, c'est odieux de ma part de vous...

– Non, non, ne vous inquiétez pas. Je sais comment me renseigner. Seulement, je n'aurai peut-être pas la réponse immédiatement. Et je dois partir ce soir à Santa Fe.

– Vous partez ? Pour de bon ?

– Non, je ne m'y installerai définitivement qu'après la Saint-Sylvestre. Mais je n'ai pas vu Susan... ma fiancée... depuis plusieurs mois. Elle m'a demandé de venir. Alors...

– Oubliez ce que je viens de vous dire, vous avez trop à faire.

– Je peux quand même mettre quelques éclaireurs

sur le coup, ici à la prison. Si j'apprends quoi que ce soit, je vous contacterai.

– Je vous en serais infiniment reconnaissante.

– Il n'y a pas de quoi.

– Je...

Elle allait dire « je vous regretterai », quand elle réalisa à quel point c'était stupide. Elle connaissait à peine cet homme.

– Je vous serai éternellement reconnaissante, déclara-t-elle, et ces mots lui parurent guindés, affectés.

– Il me semble, à votre voix, que vous vous sentez un peu mieux.

– C'est vrai.

Il avait raison : son cœur était bien plus léger qu'au moment où elle avait décroché le téléphone.

– C'est ridicule, j'en ai conscience, mais oui, je me sens mieux.

– Ça me fait plaisir.

– Quand le commissaire m'a parlé de la prostituée, la mort de mon père est devenue comme la chute d'une mauvaise plaisanterie. J'imaginais les gens opinant du bonnet : « Duncan Avery, tué par une putain. Il fallait s'y attendre. »

– Quand vous dites « les gens », vous pensez notamment à vos frères ?

Nina ferma les yeux, esquissa un sourire.

– Touché. Mes frères seraient les plus impitoyables. Mais maintenant – c'est fou, je sais –, j'ai presque l'impression que vous venez de m'annoncer que mon père est encore vivant. C'est idiot, n'est-ce pas ?

– Pas pour moi.

Je vous regretterai vraiment, songea Nina, cependant elle se garda bien de prononcer ces mots.

Nina se faufila dans le fond de l'église St. Catherine. La consécration commençait. Elle fouilla du regard l'assistance clairsemée et aperçut la veste en cuir, le large dos de Jimmy, sa tête inclinée. Près de lui, Rose Connelly égrenait son chapelet. Nina poussa un soupir de soulagement. Elle était arrivée à temps.

Après sa conversation avec André, elle avait composé le numéro de Patrick. Une Gemma complètement débordée lui avait répondu que Patrick rentrerait très tard du travail et qu'il était injoignable. Jimmy, lui, avait déjà quitté le magasin Sols et Parquets quand elle avait cherché à le contacter. Elle avait ensuite appelé les Connelly, et George lui avait dit que Jimmy et Rose étaient à la messe de cinq heures et qu'elle pourrait rattraper son frère à condition de se dépêcher. Elle s'était ruée hors de la maison pour foncer vers Lafayette où se dressait la vieille église. Elle s'était garée près d'un parcmètre. En atteignant les portes en chêne, néogothiques, elle s'était brusquement souvenue qu'il y avait un parking derrière l'édifice. Elle n'avait jamais l'occasion de circuler par ici. Depuis qu'elle était adulte, elle n'avait pas beaucoup fréquenté St. Catherine. Quand ils étaient enfants, leur mère les amenait à l'église. Jimmy ne voulait jamais s'extirper de son lit à temps pour l'office. Et aujourd'hui il était là, au milieu de la semaine, la tête pieusement inclinée. Oui, son frère avait changé. Sur bien des plans, il était devenu un étranger, pensa Nina avec tristesse. À l'instar de Patrick.

Elle contempla la haute croisée d'ogives, les splendides vitraux aux couleurs de l'arc-en-ciel et, l'espace d'un moment, se remémora combien, autrefois, elle aimait être dans ce lieu, assise entre sa mère et ses frères, écouter les paroles familières et apaisantes du prêtre. Il y avait une éternité de cela.

La messe s'acheva, les fidèles peu nombreux mur-

murèrent « amen », et se levèrent. Nina se hâta vers la travée que quittait Rose, suivie de Jimmy.

– Bonsoir, madame Connelly. Jimmy...

– Nina, s'étonna-t-il. Je ne savais pas que tu venais encore ici.

– Je te cherchais. Il faut que je te parle.

Il sourcilla.

– Je dois ramener Rose.

– Ce ne sera pas long.

– Qu'est-ce qu'il y a de si urgent ? demanda Rose, décontenancée. Tu ne peux pas passer à la maison ?

– Mais oui, pourquoi tu ne nous accompagnes pas ?

– Comme ça, vous pourrez discuter, insista Rose.

– C'est important, dit sèchement Nina à son frère. Il ne t'est pas possible de me consacrer quelques minutes ?

– M. Petrocelli a l'église à ranger, dit Rose, désignant le bedeau, un vieil homme vêtu d'un costume usé jusqu'à la trame et qui était seul pour inspecter les travées et aligner les prie-Dieu.

– D'accord. Je me dépêche, maman, dit Jimmy.

Nina réprima difficilement une grimace. Leur vraie mère n'était quand même pas morte quand ils n'étaient que des bébés. Marsha Avery les avait élevés. Aimés. Et pourtant Jimmy appelait cette autre femme « maman ».

– Très bien, soupira Rose. Je vais en face chez Acme, j'ai quelques bricoles à acheter. Je te rejoins à la voiture.

Elle saisit son manteau, son sac, et descendit l'allée centrale pour franchir les portes cintrées de l'église.

Nina s'assit et fit signe à Jimmy de l'imiter. Il s'exécuta, la regarda d'un air interrogateur.

– Il s'agit de papa.

Elle le vit tressaillir, mais feignit de ne pas avoir

remarqué sa réaction. Son cœur cognait, elle bredouilla :

– Jimmy, papa ne s'est pas suicidé.

Les yeux de son frère s'arrondirent.

– Qu'est-ce que tu racontes ?

– C'est vrai. Le commissaire me l'a dit lui-même. Ils
en sont certains. Il ne s'est pas suicidé. On l'a tué.

Jimmy la dévisagea fixement, une veine palpitait sur
son front, il était livide.

– Qui ? souffla-t-il. Ils le savent ?

– Ils pensent que c'était une prostituée, mais... je
crois qu'ils se trompent. Ils n'ont pas tous les éléments. Un médecin qui travaille à la prison m'a expliqué que papa prenait un médicament contre la
dépression qui a pour effet secondaire de rendre
impuissant. Alors, disons simplement qu'il ne cherchait pas une prostituée.

Nina devina, à l'expression affolée, ahurie, de son
frère, qu'elle allait trop vite, que ses propos n'étaient
pas assez cohérents.

– Bref, il y a maintenant un fait capital : ce n'était
pas un suicide. Il a été assassiné, et la police va devoir
reprendre toute l'enquête. Ils ne savent pas encore
qui l'a tué, mais ils le découvriront. Je ne les lâcherai
pas tant que je ne connaîtrai pas la vérité.

– Jimmy ! lança soudain une voix qui venait du
fond de l'église.

Nina tourna la tête, distingua Rose qui approchait
dans l'allée, emmitouflée dans son manteau, son sac
en bandoulière. Captant le regard de Nina, elle
secoua la tête.

– Je perds la mémoire. Ma parole, si je ne note pas
tout... J'allais entrer dans le magasin quand je me suis
souvenue que Jimmy avait besoin de piles, mais impossible de me rappeler la marque...

Nina pivota de nouveau vers son frère. Il avait les

yeux exorbités et crispait les doigts sur le polo qui moulait ses pectoraux.

— Jimmy, qu'est-ce que tu as ?

— Je ne sais pas, balbutia-t-il. Je ne me sens pas bien.

Rose, qui les avait rejoints, laissa échapper une exclamation en voyant le visage décomposé de Jimmy. Elle l'entoura de son bras, lui demanda d'une voix forte :

— Jimmy, qu'est-ce qu'il y a ? Parle-moi.

Il agrippa la manche de Rose.

— Maman, murmura-t-il. J'ai mal dans la poitrine.

— Quoi ? fit Nina, dont le cœur s'emballa aussi. Oh, mon Dieu. Oh, mon Dieu. Où ai-je mis mon portable ? marmotta-t-elle en fouillant frénétiquement dans son sac. J'appelle le 911.

— Non, lui dit Rose d'un ton abrupt. Ce n'est pas nécessaire. Jimmy, ce n'est pas ton cœur. Tu as simplement une crise d'angoisse. Écoute-moi. Respire bien fort et essaie de te décontracter.

Jimmy s'accrochait au regard de Rose, comme s'il était en train de se noyer et qu'elle lui tendait une bouée de sauvetage.

— Vous êtes sûre que... ? murmura Nina.

— Je le sais, répondit calmement Rose en tapotant le dos de Jimmy d'une main rassurante. Il avait sans arrêt des crises de ce genre quand il a arrêté la drogue. Tout va bien, mon chéri. Pense aux palmiers. Respire. Ça va passer.

Jimmy secoua la tête, prit une inspiration. Un peu de rose colora de nouveau sa large figure.

— Ça va, ça va. Je me sens mieux.

— Ah... Je te disais bien que ce n'était pas grave.

— Dieu merci, rétorqua Nina. Il m'a fait une peur bleue.

— Moi, j'ai l'habitude, soupira Rose. Jimmy, où tu as mis tes clés ? Viens, je vais conduire.

172

– Tu es sûr que ça va, Jim ? demanda Nina. Je n'aurais pas dû te balancer cette nouvelle comme ça. Je ne voulais pas te bouleverser.

– Tu ne m'as pas bouleversé. Je ne sais pas ce qui s'est passé.

Jimmy avait repris des couleurs, cependant il tremblait quand il se redressa.

– Je croyais que tu serais soulagé d'apprendre que ce n'était pas un suicide, insista Nina. Moi, je l'ai été. Et comme tu es catholique...

– Oui, c'est un... soulagement. Mais maintenant, tu vois... on recommence.

Nina se raidit.

– Comment ça, on recommence ?

– Nina, on pourrait parler une autre fois ? Je... il faut que je rentre à la maison.

– Absolument, approuva vivement Rose. C'est là que tu seras le mieux. Viens, mon petit chéri. Je t'aiderai à te coucher. Voilà ce qu'il te faut. Juste un peu de repos.

– Mais, ce soir, j'ai une réunion ce soir, bredouilla-t-il, s'appuyant contre Rose qui le soutenait, un bras passé autour de sa taille.

Jimmy ne se retourna même pas vers sa sœur.

– On t'y emmènera, à ta réunion, dit Rose. Ne t'inquiète pas, je m'occupe de toi.

15

Nina demeura un moment pétrifiée sur son siège, trop déroutée pour ébaucher un mouvement. M. Petrocelli s'approcha et la considéra d'un air désolé.

– Il faut que je ferme, dit-il.

– Oh, oui. Excusez-moi.

Elle se leva, franchit les portes de l'église. Derrière elle, les lumières s'éteignirent, l'édifice fut plongé dans une obscurité de caveau, mais l'animation régnait encore dans Lafayette Street. Malgré la nuit, on était en novembre et tous les magasins restaient ouverts tard pour les achats de Noël.

Nina s'éloigna sur le trottoir, elle pensait à la réaction violente de Jimmy. Elle avait l'impression que le simple fait d'évoquer leur père l'avait mis dans tous ses états. À l'évidence, il n'avait qu'un désir : tirer un trait sur leur histoire. Et elle savait que Patrick accueillerait la nouvelle avec autant d'hostilité, voire davantage. Dans le cœur de ses frères, Duncan était mort depuis longtemps.

– Hé, faites attention, madame ! lança un type affublé d'un costume de lutin, qui distribuait des fondants devant un magasin de bonbons.

Nina avait failli le bousculer.

– Désolée, marmotta-t-elle.

Comment passerait-elle Noël, cette année ? Pas avec mes frères, pas question, songea-t-elle. Je ne veux pas être autour d'une table avec leur famille et feindre d'en faire partie. Ce serait trop insupportable. La réalité ressemblait si peu à ce qu'elle avait imaginé. Depuis l'annonce de la libération de Duncan, elle avait échafaudé des projets pour la fin de l'année. Pour offrir à son père une fête qui rachèterait toutes ces années en prison. Et maintenant...

Tandis qu'elle descendait la rue pour rejoindre sa voiture, elle vit la Jaguar bleu métallisé garée de nouveau devant la boutique d'antiquités Farrell. Elle en fut à la fois surprise et indignée.

Patrick, espèce de débauché. Elle n'hésita pas longtemps. De toute façon, elle voulait parler à son frère. Elle était en proie à une telle amertume que l'occasion lui parut parfaite.

Une clochette tinta lorsque Nina poussa la porte de la boutique. Un jeune homme à l'allure de Viking, en chemise empesée bleue agrémentée d'un col blanc, parlementait avec un couple qui examinait une pendulette dorée à l'or fin. Il lança un regard à Nina.

– Je suis à vous dans un instant, dit-il avec un fort accent européen.

– Je ne..., bredouilla-t-elle, mais il avait déjà détourné le regard.

Elle se demanda si ce vendeur pouvait, par un simple coup d'œil à sa tenue vestimentaire, décréter qu'elle n'avait pas les moyens de se payer le moindre bibelot exposé dans ce lieu raffiné, éclairé par des lustres ouvragés en cristal. Des tapis de la Savonnerie jonchaient le sol pour mettre en valeur une profusion d'objets et de meubles de toutes dimensions ; bois luisant, dorures, émail et verreries – tout ici respirait le luxe et le bon goût.

Nina déambula dans la boutique, feignant de s'intéresser aux antiquités. En fait, elle cherchait à apercevoir son frère et Lindsay Farrell. Dire que Patrick avait été implacable avec leur père... ça la mettait en rage. « Il couchait avec la voisine », lui avait-il déclaré lors de l'audience de la commission de libération conditionnelle anticipée. « Comment peux-tu croire en lui ? »

Tu es mal placé pour le juger, pensa-t-elle avec aigreur. Elle consulta sa montre. Aussitôt, le jeune homme blond s'approcha, la jaugeant de son regard bleu, réfrigérant.

– Y a-t-il quelque chose que je peux vous montrer, pendant que mes autres clients réfléchissent... ?

– À vrai dire, je cherche Lindsay. Elle est là ?

Le blond désigna d'un geste le fond de la boutique.

– Je crois qu'elle est dans son bureau. Je vais vérifier.

– Oh, Arne..., roucoula la cliente qui caressait la pendulette d'une main gourmande.

Le vendeur pivota.

– Allez donc vous occuper d'eux, lui dit Nina. Je me débrouillerai.

Elle se dirigea vers le fond du magasin, serrant son sac contre sa veste pour ne pas heurter accidentellement quelque objet hors de prix et le briser. Elle atteignit un couloir. Derrière l'une des portes en verre granité, il y avait de la lumière. Nina hésita une seconde, frappa à cette porte.

Elle entendit une sorte de remue-ménage, après quoi Lindsay Farrell entrebâilla le battant. Sa peau brillait, on lisait de l'irritation dans ses grands yeux bleus. Ce soir, elle était spectaculaire dans un tailleur Chanel gris et rose, très près du corps, dont le décolleté en V laissait voir sa clavicule. La jupe courte découvrait des jambes assassines, des bas argentés.

– Lindsay... je te cherchais.

– Nina, répondit Lindsay d'un air vaguement gêné.

– Pourrais-je te parler une minute ?

– Pour l'instant, je suis occupée.

– Ce ne sera pas long.

Par-dessus l'épaule de Lindsay, Nina vit un homme grisonnant, très séduisant, qui émergeait du cabinet de toilette.

– Bonsoir, Patrick.

Lindsay contempla les bouts pointus de ses escarpins en agneau gris, puis ouvrit la porte en grand. Patrick boutonnait ses poignets de chemise, sa veste était posée sur le dossier d'un fauteuil. Il fit face à sa sœur.

– Nina, qu'est-ce que tu fais ici ? s'étonna-t-il. Je te croyais repartie à New York.

– Je voulais te voir. J'ai appelé Gemma et elle m'a dit que, ce soir, tu rentrerais tard de ton travail. Là-dessus, j'ai reconnu ta voiture, dehors, répondit-elle d'un ton sarcastique.

Elle en avait la nausée. Elle ne pouvait pas dire ce qu'elle avait sur le cœur. Accuser son frère de tromper Gemma. Après tout, elle ne l'avait pas trouvé au lit avec Lindsay. Ce qu'elle avait là devant les yeux, elle savait pertinemment ce que ça signifiait, mais de là à lancer des accusations... elle était bâillonnée.

– J'ai à te parler, reprit-elle, considérant tour à tour le visage échauffé de son frère, qui remettait sa veste, et la somptueuse antiquaire.

– Il vaut mieux que j'y aille, dit-il à Lindsay. À plus tard. Toi, tu viens avec moi, enchaîna-t-il en prenant Nina par le bras.

Elle se dégagea.

– Tu ne me donnes pas d'ordres. Et tu ne me touches pas.

Patrick la lâcha, ses yeux jetaient des éclairs.

– Parfait. Je te suis.

– Vous pouvez discuter ici, suggéra Lindsay. J'ai des clients dans la boutique.

– Je ne veux pas te chasser de ton bureau.

– Ça ne me dérange absolument pas. Faites comme chez vous.

Avant qu'il ait pu protester, Lindsay sortit en refermant la porte derrière elle. Patrick pivota et scruta sa sœur.

Nina soutint son regard, la mine sombre, et se campa derrière le fauteuil à pointes de diamant orné d'incrustations dorées.

– J'espère que tu sais ce que tu fais, Patrick.

Il alla s'asseoir au secrétaire en ronce de noyer sur lequel s'empilaient des livres de comptes. Il se mit à tambouriner sur le bois.

– Qu'est-ce qu'il y a de si urgent, Nina ?

Sa relation avec Lindsay ne te concerne pas, songea-t-elle. Contente-toi de lui dire ce que tu as à lui dire, qu'on en finisse.

– D'accord. Tu me répondras, je présume, que tu t'en fiches, mais j'ai estimé que tu devais être informé. La police a maintenant la certitude que papa ne s'est pas suicidé. C'était un meurtre, comme je le soupçonnais.

Elle n'avait pas pu s'empêcher de lancer cette petite pique.

Patrick pâlit, ce fut sa seule réaction.

– Ah bon, fit-il platement. Qui l'a tué ?

– Ils ne le savent pas encore. Mais ils enquêtent...

Il fixait le vide, sans un mot. Nina étudia longuement le visage de son frère.

– À quoi tu penses ?

Patrick tourna la tête vers elle.

– Apparemment, je n'étais pas le seul à le haïr.

– Oh, Patrick, rétorqua-t-elle, dégoûtée. C'était ton

178

père, bon sang. Quelqu'un l'a assassiné. Tu n'as même pas la... décence d'être ébranlé ?

Il s'accouda sur le bureau de Lindsay et dévisagea intensément sa sœur.

— Nina... Un suicide, un meurtre ? Quelle différence ça fait ? Il a eu ce qu'il méritait. Il faut que tu oublies Duncan et toute cette pourriture. Tu sais que je refuse d'en entendre parler. Tu le sais.

Pourquoi avait-elle cru que ça pourrait l'atteindre ? Il avait un cœur de pierre. Elle voulut lui rendre le coup, le blesser. Mais elle fut incapable de se montrer aussi implacable que lui. Les paroles accusatrices qui franchirent ses lèvres rendirent un écho pitoyable.

— Oui, je vois que tu as mieux à faire. Travaille bien, Patrick.

— Tu ne vois rien du..., riposta-t-il d'un ton menaçant.

Mais elle n'écouta pas la fin de sa phrase. Elle sortit et claqua la porte. Lindsay, qui changeait l'abat-jour d'une lampe dont le pied représentait une bergère en porcelaine, la regarda approcher.

— Nina ? Ça va ?

— Super, marmonna Nina.

— Écoute, chuchota Lindsay, jetant un coup d'œil circulaire, par précaution. Je ne sais pas ce que Patrick t'a raconté...

— Je ne suis pas sa confidente, rétorqua sèchement Nina.

— Mais je sais qu'il se sent très proche de toi, poursuivit Lindsay. Et toi, tu n'ignores sans doute pas qu'il est... malheureux. À mon avis, ce n'est pas bon de vivre de cette façon. Pas quand on peut l'éviter.

Lindsay la dévisageait avec insistance.

— Est-ce qu'il t'a parlé de ses projets ?

Nina faillit la gifler.

— Je me fous de ses projets, dit-elle, ulcérée. Si tu

veux connaître les intentions de Patrick, tu n'auras qu'à lui poser la question toi-même. J'ai des soucis beaucoup plus sérieux. Maintenant, excuse-moi, mais j'ai besoin d'une bouffée d'air frais.

– C'est ton frère...

– Justement, je préférerais l'oublier.

Tournant le dos à Lindsay, elle traversa la boutique aussi vite qu'elle le pouvait sans casser quelque bibelot précieux. Elle sentit les regards du vendeur et des clients qui la suivaient. Elle s'en moquait éperdument. Pauvre petit Patrick, pestait-elle. Il n'était pas heureux ? Et Gemma ? Gemma qui lui avait été fidèle dans les bons et les mauvais moments. Et voilà quelle était sa récompense : un mari « malheureux » qui allait voir ailleurs. Mais il ne fallait pas s'en étonner. Ne s'était-il pas empressé de bafouer son père ? Pour Patrick, trahir était aussi naturel que respirer. Nina referma la porte de la boutique d'antiquités avec plus de vigueur que nécessaire, ce qui fit tinter les pendeloques en cristal des lustres étincelants.

16

L E LENDEMAIN MATIN, les magasins de Lafayette Street
commençaient tout juste à ouvrir leurs portes, le
vent s'engouffrait sous les marquises de toile, alors
que Nina se hâtait vers le poste de police. À l'entrée,
on la fit attendre pour fouiller son petit sac de voyage,
après quoi le sergent de service l'informa – ce qui la
dépita – que le commissaire Perry assistait à une réunion régionale et ne serait pas de retour avant plusieurs heures. Mais peut-être pouvait-on quand même
l'aider ? suggéra le sergent.

Nina réfléchit un instant. Expliquer toute l'affaire à
un inconnu, elle n'y tenait pas. Il lui fallait rester à
Hoffman jusqu'au lendemain. Puis elle se ravisa. Non,
elle avait un rendez-vous qu'elle ne devait pas manquer. La veille, elle avait écouté ses messages : il y avait
un appel urgent de Len, son agent, lui annonçant que
l'agence de pub était prête à lancer la production des
spots pour l'encaustique. Elle était forcée de rentrer à
New York.

D'une certaine manière, ça lui enlevait un poids.
Elle avait une bonne raison de partir, ce dont elle se
félicitait. Elle se sentait mal dans cette ville, et elle
avait absolument besoin de travailler pour gagner de
l'argent. Cependant elle voulait dire au commissaire

Perry ce qu'elle avait appris sur le traitement médical que suivait son père, et qui excluait l'hypothèse selon laquelle il aurait eu un rendez-vous « galant ».

– Mademoiselle ? insista le sergent.

Oh flûte, pensa Nina. Ce boulot pouvait se révéler lucratif, si les pubs avaient du succès. De toute façon, c'était un contrat, elle devait l'accepter. La mort de son père n'avait pas fait d'elle une riche héritière. Il n'avait même pas d'assurance vie. Sa discussion avec le commissaire Perry attendrait. Si, entre-temps, ils appréhendaient la prostituée, celle-ci leur parlerait elle-même des problèmes de Duncan.

– Non, je reviendrai, dit-elle.

Maussade, elle ressortit du poste de police, se retrouva dehors dans le vent mordant d'une journée grise, hivernale plutôt qu'automnale. Elle boutonna sa veste en cuir, entortilla autour de son cou son châle rose et gris tourterelle. Elle était sur le trottoir entre le parking et le commissariat, quand elle entendit une voix prononcer son nom.

L'homme qui la hélait portait un bonnet de laine. Lorsqu'il l'ôta et sourit, elle reconnut l'inspecteur Hagen. Le retraité, songea-t-elle, qui venait passer une autre journée à tourniquer autour de ses anciens collègues.

– Bonjour, lieutenant, dit-elle gentiment, en lui donnant son titre de naguère.

Une bourrasque rabattit sur son visage ses cheveux noirs qu'elle repoussa de sa main gantée. Hagen, tout pimpant dans une veste en velours côtelé et un pantalon au pli impeccable, s'avança vers elle.

– Nina, je suis content de tomber sur vous. Je voulais vous parler, l'autre jour, mais vous étiez occupée avec le commissaire. Je tiens à vous présenter mes condoléances, j'ai été vraiment désolé d'apprendre la mort de votre père. Sincèrement.

– Merci...

Elle ne put cependant pas s'empêcher de penser que c'était cet homme qui avait contribué à jeter son père en prison. Mais, après tout, il n'avait fait que son métier. Elle ne le lui reprochait pas.

– C'est aimable à vous de me le dire, ajouta-t-elle.

– Hmm, marmonna Hagen en fourrant les mains dans ses poches. Tout ça est assez bizarre.

Nina détourna les yeux, au cas où elle apercevrait le bus dans Lafayette Street. Si elle le loupait, il lui faudrait attendre une heure avant le prochain.

– Quoi donc ? dit-elle distraitement.

Pourvu que l'inspecteur retraité et désœuvré ne se mette pas à faire de la philosophie de bazar...

– Votre père. Il est venu me voir, vous savez.

Retenant ses cheveux ébouriffés par le vent, Nina le dévisagea.

– Ah oui ? Quand ?

– Eh bien, juste après son retour ici, je crois. Beaucoup de flics ont leur numéro de téléphone sur liste rouge, mais le mien est toujours dans l'annuaire – j'avais des adolescents à la maison, vous comprenez. Bref, il m'a appelé. Quand il s'est présenté, je me suis d'abord demandé s'il n'avait pas en tête l'idée de se venger...

– Qu'est-ce qu'il voulait ?

– Eh bien, il m'a assuré qu'il ne me voulait aucun mal, du coup je ne lui ai pas raccroché au nez. Il a commencé par me déclarer qu'il n'était pas l'assassin de votre mère. Je lui ai dit : Vous savez, docteur, tout ça remonte à loin. Mais il n'en démordait pas. Il tenait à discuter de l'enquête.

– Et alors ?

Hagen remit son bonnet.

– Bon Dieu, on se gèle. Je vous proposerais volontiers de nous mettre à l'abri dans le commissariat, mais je ne suis plus habilité à inviter des gens à y entrer.

Il consulta sa montre.

– J'ai rendez-vous ici avec un de mes copains pour boire un café, dans un petit moment, sinon je vous...

– De quoi mon père voulait-il discuter ? l'interrompit Nina.

Hagen pinça les lèvres, dodelina de la tête.

– Il souhaitait que je revoie les dossiers. Je lui ai répondu que je ne les avais pas, qu'ils étaient archivés au commissariat. Je lui ai dit : mais pourquoi vous vous embêtez avec ça ? Maintenant, vous êtes un homme libre. Vous avez payé votre dette. Ne perdez pas votre temps. Seulement, votre père était résolu à... hmm... creuser. À laver son nom, pour reprendre son expression.

Hagen opina encore, le regard dans le vide.

– Il voulait laver son nom.

Un frisson, qui n'était pas uniquement dû au vent glacial, parcourut Nina.

– Pourtant, il m'avait dit qu'il doutait d'y parvenir, qu'il n'était pas optimiste, précisément parce que c'était de l'histoire ancienne.

– Il a prétendu détenir une nouvelle information, rétorqua Hagen en haussant les épaules.

– Quelle information ?

– Je l'ignore, il ne me l'a pas révélée. De toute manière, j'y ai réfléchi et il m'a semblé qu'il n'avait aucune raison valable de chercher à déterrer toute cette affaire. Il était sorti de prison. Il n'en était plus à se battre pour obtenir sa libération...

Nina revoyait le visage de son père, sa lassitude, elle l'entendait dire – elle s'en souvenait clairement – qu'il n'existait qu'une chance infime de trouver un élément nouveau après tant d'années. Tous les détectives professionnels avaient échoué. Alors que s'était-il donc passé ?

– Là-dessus, j'ai encore réfléchi, poursuivit Hagen, et finalement j'ai décidé de l'aider. Allez savoir. On essaie de faire correctement son boulot, mais quelquefois on commet des erreurs. Ça arrive, on le sait bien.

Nina le regarda droit dans les yeux.

– Vous pensez avoir commis une erreur dans l'affaire de mon père ?

– Pas à ma connaissance, rétorqua Hagen en levant ses mains blanches et veinées. Mais on a tous entendu parler de cas où ça s'est produit. Bref, j'ai contacté mon copain des archives. J'ai gardé beaucoup d'amis dans la maison. Et mon copain m'a laissé jeter un coup d'œil au dossier.

– Y avez-vous trouvé quoi que ce soit que mon père aurait pu juger utile ? demanda Nina d'un ton pressant.

– Non, répondit tristement Hagen. Quand j'ai eu épluché les notes, les photos et tout le bataclan, j'ai essayé de joindre votre père. Et là, j'ai appris que... enfin, qu'il... hmm... s'était tué. J'ai eu mauvaise conscience. Encore que, à mon avis, ça n'aurait pas fait de différence. Je n'avais pas réalisé qu'il était si déprimé.

– Il ne s'est pas suicidé. Vous l'ignoriez ? La police a conclu qu'il s'agissait d'un meurtre.

– Qui a dit ça ? s'exclama-t-il.

– Le commissaire Perry, répliqua-t-elle avec une certaine satisfaction. L'autre matin, quand je vous ai croisé. Je ne croyais pas à la thèse du suicide, je venais justement en discuter avec le commissaire. Il m'a révélé que l'autopsie prouvait que mon père avait été assassiné.

– Personne ne m'en a informé, grommela-t-il.

Son regard s'était durci, on y lisait de l'indignation.

185

Quoiqu'il soit officiellement hors circuit, à l'évidence il se sentait en droit d'avoir accès aux informations confidentielles.

– C'est quand même moi qui avais traité cette affaire !

Nina eut l'intuition qu'elle réussirait peut-être à le gagner à sa cause. Elle s'empressa donc de lui raconter ce qu'elle savait.

– Ils suspectent une prostituée, ils la recherchent, mais j'ai la preuve que mon père n'était physiquement pas en état de s'offrir les services d'une fille. Il prenait un médicament qui... qui le rendait impuissant.

– Oh, fit Hagen avec une grimace compatissante. Bon Dieu, je l'ignorais complètement. Votre père n'en a pas dit un mot. Ça alors...

Nina étudia le visage vieillissant de son interlocuteur. Il semblait mal à l'aise, comme s'il avait des remords.

– Il ne me l'a pas dit non plus. C'est son médecin qui m'en a parlé.

– Hmm... ça alors, marmotta-t-il.

De nouveau, Nina scruta la rue. Toujours pas de bus à l'horizon, néanmoins elle devait se dépêcher.

– Il faut que j'y aille, ce matin je n'ai pas le temps, mais la prochaine fois... quand je reviendrai, j'aimerais... si c'était possible... Vous pensez que je pourrais voir ce dossier – celui de l'enquête sur le meurtre de ma mère ? Je voudrais vraiment le consulter.

Le regard de Hagen se déroba.

– Ben, c'est plutôt macabre. Il faut avoir l'estomac solide...

– Inspecteur Hagen, c'est moi qui ai découvert le corps de ma mère. Je suis entrée dans cette cuisine et j'ai marché dans son sang...

– Vous avez raison, vous avez raison...

Nina fouilla dans son sac pour y prendre une carte de visite qu'elle lui tendit.

— Je retourne à New York pour quelques jours, mais je reviendrai dès que j'en aurai la possibilité. Téléphonez-moi, d'accord ? Si vous en avez l'occasion. Je vous en serais vraiment reconnaissante. Oh flûte, voilà le bus !

Elle s'éloigna au pas de course. Hagen contempla un instant la carte qu'elle lui avait donnée puis la glissa précautionneusement dans la poche intérieure de sa veste en velours côtelé.

17

– FLÛTE ! rouspéta Nina.

Le chauffeur, dédaignant ses gesticulations frénétiques, remontait déjà la rue en direction du rond-point et de l'autoroute. Elle avait atteint l'abribus avec une seconde de retard. Ça l'aurait tué de s'arrêter ? pesta-t-elle, furibonde. Dans ce monde, plus personne ne vous accordait la moindre faveur. Elle se mit en marche le long de l'avenue, d'un pas lourd. Maintenant, elle allait devoir courir comme une folle pour arriver à temps au tournage.

À cet instant, une Honda bordeaux parvint à sa hauteur et stoppa. La conductrice baissa la vitre, interpella Nina qui, levant le nez, reconnut Gemma. Elle rougit, pensant aussitôt à sa rencontre avec Patrick dans la boutique de Lindsay. Gemma avait-elle découvert, d'une manière ou d'une autre, que son mari la trompait ? Allait-elle poser des questions sur Patrick et Lindsay ? Nina sentit son estomac se crisper à la perspective de mentir pour couvrir son frère. Elle voyait que Gemma parlait, mais le mugissement du vent l'empêchait de comprendre ses paroles. Elle descendit du trottoir, se pencha vers la vitre baissée.

– Tu vas à New York, Nina ? demanda Gemma.

– Si j'y arrive. Je viens juste de louper le bus.

– Tu veux que je t'emmène ? On y va aussi. Je peux te déposer.

– C'est vrai ? Tu es sûre ?

– Certaine. Je vais à Manhattan.

– Ce serait formidable, dit Nina, soulagée.

Le conducteur, derrière la Honda, klaxonna.

– Monte vite, dit Gemma en appuyant sur le bouton qui déverrouillait les portières.

Nina ouvrit et jeta son sac sur la plage arrière. Elle sourit aux jumeaux attachés sur leurs sièges.

– Coucou, les garçons.

Simon, qui avait la bouche pleine de biscuit, essaya de sourire tout en bredouillant : « Coucou, tante Nina. » Ce faisant, il cracha des miettes de biscuit sur son frère. Cody le frappa illico avec un robot en plastique, Simon poussa un glapissement outragé et se mit à tousser.

– Cody, arrête ! gronda Gemma.

Avant que la bagarre ne se déchaîne, Nina pointa le doigt vers l'autre côté de la chaussée.

– Regardez, les garçons, regardez là-bas ! Une moto !

Les deux enfants tournèrent vivement la tête, comme si le gros cube était quelque oiseau exotique.

Nina claqua la portière et se glissa sur le siège du passager. Elle passa les doigts dans ses cheveux emmêlés par le vent.

– Gemma, tu me sauves la vie.

Sa belle-sœur, le regard rivé au rétroviseur, se faufila dans la circulation.

– Heureusement que nous t'avons vue. J'ai pensé que tu devais aller prendre le bus.

Nina hocha la tête.

– J'ai un tournage publicitaire aujourd'hui, et j'allais effectivement prendre le bus, mais j'ai été retardée au commissariat. J'ai eu peur de devoir attendre une heure de plus.

– Au commissariat ? Pourquoi ?

– À propos de papa. Est-ce que Patrick t'a dit...

– Quoi donc ?

Elle n'est au courant de rien, songea Nina qui regretta aussitôt d'avoir mentionné Patrick. Comment avait-il pu ne pas dire à sa femme que Duncan avait été assassiné ? Ils ne se parlaient donc jamais ?

– Je voulais savoir s'il y avait du nouveau, reprit-elle en choisissant bien ses mots. Maintenant, ils suivent une autre piste. Papa ne s'est pas suicidé. On l'a tué.

– Tué ? s'exclama Gemma.

– Oui. Ils sont à présent certains que c'était un meurtre.

– Mon Dieu ! Est-ce qu'ils savent qui...

– Non.

Nina ne voulait pas exposer tous les tenants et aboutissants de l'histoire devant les jumeaux. Néanmoins elle estimait que Gemma avait le droit de savoir – elle faisait partie de la famille. Il fallait trouver une manière habile de lui expliquer la situation.

Gemma interrompit ses réflexions.

– Patrick est au courant ?

Nina perçut la note anxieuse dans la voix de sa belle-sœur. L'idée que son mari lui avait peut-être caché une information aussi importante commençait à s'insinuer dans son esprit. Elle conduisait et regardait droit devant elle, mais Nina vit que ses poignets osseux tremblaient.

– Grosso modo, oui, répondit-elle pour tenter de la rassurer. Pour l'instant, on ne sait pas grand-chose.

Elle s'étonnait de voir Gemma s'intéresser manifestement davantage aux états d'âme de son mari qu'à l'assassinat de Duncan. Mais, bien sûr, Duncan était pour elle un étranger. Un homme qu'elle avait à

190

peine connu. Patrick, lui, était sa raison de vivre. Elle pensa à son frère, pris en flagrant délit dans le bureau de Lindsay, la défiant de critiquer son comportement. Il lui semblait être spectatrice d'un mariage qui allait droit vers le précipice. Ça ne te concerne pas, se dit-elle. Ils n'ont qu'à régler leurs problèmes.

– Malgré tous mes efforts, je ne comprends pas ton frère.

Nina observa les traits tirés, l'expression angoissée de Gemma ; elle eut pitié d'elle.

– Patrick peut être très égocentrique, dit-elle avec autant de tact que possible.

Les jumeaux, qui étaient tranquilles, recommencèrent brusquement à se chamailler. Gemma leur lança un coup d'œil dans le rétroviseur.

– Assez ! hurla-t-elle. S'il vous plaît.

Nina pivota pour constater que Simon, sourd aux protestations véhémentes de Cody, avait raflé les jouets. Elle tambourina sur son genou.

– Hé ! Donnes-en un à ton frère.

– C'est à moi !

– Je ne veux pas le savoir. Tu en prends un et tu le lui donnes. Sinon, c'est moi qui m'en charge.

Nina se retourna et, de crainte que Gemma n'enchaîne sur le sujet Patrick, lança :

– Alors vous avez prévu de passer la journée à New York ?

– Non, nous allons chercher la nouvelle gouvernante.

– La nouvelle gouvernante ? répéta Nina, surprise. Qu'est-ce qui est arrivé à Elena ?

– Elle a dû rentrer précipitamment au Panama. Sa sœur a eu un accident.

– Oh, quel dommage, murmura Nina qui se remémora l'image pieuse que lui avait offerte Elena, la compassion dans son regard.

– La nouvelle s'appelle Cora.

191

Nina claqua la portière avec moult remerciements, s'engouffra dans son immeuble, et monta dare-dare à l'appartement afin de s'habiller pour son rendez-vous au studio, à SoHo. Elle ne se farda pas. Le photographe aurait son propre maquilleur. Lorsqu'elle sauta dans un taxi, elle avait les nerfs à vif, cependant elle arriva à l'heure pile. Pendant que les techniciens réglaient les lumières, elle se laissa manipuler comme un accessoire. On essaya sur elle divers maquillages et tenues vestimentaires, le photographe prit une ribambelle de polaroïds, sur lesquels il méditait ensuite avec le réalisateur. Nina en profita pour apprendre les quelques lignes de son texte. Elle feuilletait un magazine quand elle crut entendre son portable sonner dans son sac posé par terre. Elle n'aurait pas juré que c'était le sien, vu le tohu-bohu qui régnait dans le studio. Tout en fouillant dans son sac, elle avisa deux décorateurs et un maquilleur qui, comme elle, tripotaient leur portable. Mais c'était bien le sien qui sonnait, et elle s'en saisit comme d'un trophée, tandis que les autres rempochaient le leur avec dépit.

– Nina ?

Son cœur bondit dans sa poitrine.

– André ? Comment allez-vous ? Où êtes-vous ?

– À Sante Fe. Je viens juste d'arriver.

– Vous avez fait bon voyage ?

– Écoutez, rétorqua-t-il, éludant sa question. Je voulais simplement vous dire que j'ai tenu ma promesse. J'ai interrogé mes... contacts parmi la population de la prison. Fiasco. Personne n'avait donné quoi que ce soit à Duncan, avec mission de le remettre à quelqu'un. J'ai constaté, au passage, que beaucoup de gars étaient très touchés par la mort de votre papa.

– Merci. Je vous remercie d'avoir essayé. L'inspecteur Hagen – celui qui avait mené l'enquête, à l'époque – m'a appris que mon père était à la recherche d'informations sur le... meurtre de ma mère. Il a déclaré à Hagen qu'il avait un élément nouveau.

Il y eut un silence à l'autre bout du fil.

– Cet inspecteur vous a dit de quoi il s'agissait ?

– Il ne le savait pas.

– Vous pensez que ça pourrait avoir un rapport avec son assassinat ?

Nina hésita, puis se l'avoua enfin :

– Je crois que c'est possible. Pas vous ?

Elle eut soudain la sensation – qui la submergea – d'être très proche d'André, le seul être qui paraissait se soucier vraiment de ce qui était arrivé à Duncan Avery.

– Eh bien, ce n'est pas impossible. Et dans ce cas, Nina, vous devez être extrêmement prudente.

– Oui, sans doute.

– Ça m'inquiète. Si on a tué Duncan parce qu'il a remué toute cette affaire...

Elle sourit, heureuse, stupidement, qu'il soit inquiet pour elle.

– Je sais, je sais. Ne vous faites pas de souci. Je ne suis même pas à Hoffman. Pour l'instant, j'ai un contrat à New York, et...

– Nina, vous pouvez venir ? l'interpella le réalisateur d'un ton irrité.

– Il faut que je vous laisse, André. Je peux vous rappeler ?

– Je vous ai dérangée, excusez-moi, l'entendit-elle dire avant de raccrocher.

La journée s'acheva sans qu'une seule seconde de film ait été mise en boîte, et le réalisateur annonça qu'il faudrait retarder de trois jours le tournage. Lorsque Nina rentra à l'appartement, le crépuscule tombait. Elle avait le cafard. Elle s'installa dans un fauteuil du salon, contempla les lumières de la ville qui scintillaient à l'horizon. C'était pourtant agréable de se retrouver à New York. Ici, elle se sentait chez elle. Je devrais appeler quelqu'un, se dit-elle. Sortir dîner. L'idée de se changer l'épuisait d'avance, mais son amie Francine habitait dans Amsterdam, à quelques encablures. Francine travaillait pour une revue et avait toujours des histoires épatantes à raconter, outre ses problèmes sentimentaux. Elles pourraient aller dans un restaurant du quartier, Nina n'aurait pas à se mettre sur son trente et un, il lui suffirait de se recoiffer. Elles boiraient du vin et papoteraient en mangeant de la cuisine thaï ou un hamburger. Elle composa le numéro de Francine. Quand le répondeur s'enclencha, elle raccrocha sans laisser de message.

Elle pourrait essayer de joindre Sara, son amie qui vivait à Toibeca, mais parcourir tout ce chemin... c'était au-dessus de ses forces. Il valait peut-être mieux qu'elle ne bouge pas de chez elle. Il lui fallait du sommeil pour être en beauté. Dès que ses copines et elle commençaient à discuter, elles ne voyaient plus le temps passer, et Nina risquait de boire un peu trop de vin. Si elle restait là, elle se servirait un verre, se préparerait une omelette et se coucherait de bonne heure. Demain, elle voulait se rendre à un casting. Elle se rassit dans le salon, laissa son esprit vagabonder. André... Elle ferma les yeux, penser à André lui donnait une légère sensation de vertige. Elle les rouvrit aussitôt, se réprimanda. Ce n'était que de l'attirance animale envers un inconnu. Un inconnu *fiancé*. Même si elle avait l'impression que cette attirance était peut-être réciproque, ça ne signifiait rien. Il était déjà pris.

Ce fut à cet instant que le téléphone sonna. Elle sursauta. André, se dit-elle, le cœur battant la chamade. Elle se jeta sur le combiné.

– Allô ?

– Nina ? C'est Frank Hagen.

– Lieutenant Hagen ? rétorqua-t-elle, intriguée et alarmée.

– Oui... Après notre conversation de ce matin, figurez-vous que j'ai décidé de poser quelques questions ici et là. Il m'a semblé que je devais vous mettre au courant. Apparemment, ils ont déjà trouvé la femme qu'ils recherchaient. La putain.

– C'est vrai ? s'exclama Nina. Est-ce que... elle a expliqué ce que mon père lui voulait ? Pourquoi il était avec elle ?

– Non, soupira-t-il. Et elle ne leur expliquera rien du tout. Ils l'ont retrouvée à la morgue.

– Elle est morte ? balbutia Nina.

– Ouais. Elle a passé la semaine dernière à l'hôpital. Pour une pneumonie. Personne ne savait où elle était. Elle cachait qu'elle avait le sida, vous comprenez. Elle considérait sans doute que c'était mauvais pour le business. De toute façon, d'après ce qu'on m'a raconté, elle ne ne s'occupait pas trop de sa santé. Elle préférait nettement se procurer du crack que d'avaler son cocktail de médicaments, alors quand la pneumonie s'est déclarée, elle n'avait plus la capacité de résister et elle a plié boutique.

– Plié boutique ?

– Elle est morte, autrement dit.

– Merde. Oh, excusez-moi.

– Ouais... Et le commissaire Perry a décrété l'« affaire classée », enchaîna Frank d'un ton sarcastique.

– Mais il ne peut pas. Mon père n'a pas...

– J'ai essayé de lui expliquer qu'ils se gouraient, mais ça ne l'a pas intéressé. Il m'a fait remarquer que j'étais à la retraite et que la police pouvait très bien se débrouiller sans mon aide.

Nina n'eut aucun mal à se représenter la scène. Elle avait entendu le commissaire parler avec dédain de l'inspecteur retraité qui ne savait que faire de ses journées.

– Alors, c'est tout ? s'indigna-t-elle.

– Eh bien, pas vraiment. Ça n'a pas été un échec complet. La putain, figurez-vous, s'appelait Perdita Maxwell. Un nom pareil, ça ne s'oublie pas, gloussa Frank Hagen. Je m'en suis souvenu tout de suite.

– C'est-à-dire ?

– Je m'en suis souvenu, parce qu'elle était l'une des nombreuses personnes qu'on a interrogées quand on enquêtait sur le meurtre de votre mère. Perdita Maxwell, c'était sous ce nom que ses clients la connaissaient. En réalité, elle s'appelait Penny. Penelope Mears. Ça ne vous rappelle rien ? C'était la mère du copain de votre frère. Celui qui se droguait, qui se prenait pour une star du rock and roll : Calvin Mears.

Le cœur de Nina se mit à cogner. Elle se redressa, crispant les doigts sur le téléphone.

– Calvin Mears, l'ami de Jimmy.

– Lui-même. J'ai vérifié dans le dossier pour être absolument sûr, mais à la minute où on m'a dit ce nom, j'ai su.

– Mon père cherchait la mère de Calvin ?

– À mon avis, il essayait plutôt de localiser Calvin.

– Oui, évidemment, souffla-t-elle.

– Seulement voilà, Calvin Mears a disparu depuis longtemps. Il a été forcé de quitter la ville il y a des années de ça. Il était lié à une fille morte d'une overdose.

– Oui, je crois que Jimmy m'en a vaguement parlé. C'est Calvin qui a fourni la dose fatale à cette fille ?

– En tout cas, il était incontestablement sur les lieux quand ça s'est produit. Une de ces affaires où tout le monde sait et où personne ne dit rien. On a appréhendé Mears, mais on a été forcés de le relâcher. On n'avait pas vraiment de quoi le faire tomber. Peu de temps après, Mears s'est évaporé dans la nature.

– Sa mère savait quand même où il était, non ? marmonna Nina qui réfléchissait à voix haute.

– Probable.

Ils restèrent un instant silencieux.

– Et si..., commença Nina.

– Quoi ?

– Oh, juste une idée. Si Mears apprend que sa mère est morte, il pourrait revenir. Pour l'enterrement, par exemple. Vous ne pensez pas ?

– J'en doute. La gamine qui est morte... Keefer, c'était son nom. Son père voulait se venger. Il a clamé partout qu'il tuerait Mears s'il lui mettait la main dessus. Mears ne reviendra pas, il n'est pas fou.

– Flûte. Qu'est-ce que mon père attendait de Calvin Mears ? murmura-t-elle.

– Je l'ignore. Demandez à votre frère.

Soudain, Nina se remémora Jimmy, le jour des obsèques de leur père, disant qu'il avait rendu visite à Duncan, qu'ils avaient eu une conversation sans importance – il l'avait bien souligné. En tout cas, il s'était bien gardé de mentionner Calvin Mears.

– Je le ferai.

– Si vous voulez, je peux aller lui parler.

Nina revit Jimmy dans l'église, sa crise de spasmophilie quand elle lui avait appris que Duncan avait été assassiné.

– Non, je lui parlerai moi-même.

L'idée que Jimmy avait fait semblant de ne rien savoir la mettait en rage. Protégeait-il Calvin Mears au détriment de sa famille ? Etait-il donc tombé si bas ?

– Ce serait préférable d'avoir quelqu'un avec vous, suggéra Frank.

Nina eut la sensation que son cœur était une pierre dans sa poitrine.

– Merci, lieutenant. J'apprécie votre aide. Mais je me charge de mon frère.

18

À dix heures le lendemain matin, Nina franchissait le seuil de la maison de sa tante. Elle n'y resta que le temps de poser son sac sur le tabouret du piano et de prendre les clés de la voiture. Elle jeta un regard circulaire, se dit qu'elle avait du ménage à faire, mais pas maintenant. Dans l'immédiat, elle devait trouver Jimmy. Elle ressortit. Le journal avait atterri dans des arbustes qui bordaient l'allée. Elle le fourra sous son bras, déverrouilla la portière de la Volvo, et le balança sur le siège du passager. Quinze minutes plus tard – malgré une halte à la station-service – elle montait les marches en bois du perron et sonnait à la porte du coquet pavillon des Connelly.

Ce fut George Connelly qui vint ouvrir.

– Nina ! s'exclama-t-il. Je ne te vois pas pendant des lustres, et maintenant ça va devenir quotidien.

– Bonjour, monsieur... George. Mon frère est là ?

– Ah non, il n'est pas là. Je ne sais pas où il est.

– Pourtant, aujourd'hui, il ne travaille pas.

– Non, et c'est aussi ma journée de congé. On a organisé les choses comme ça pour pouvoir passer du temps ensemble. Mais ce matin, quand je me suis levé, il était déjà parti. Rose sait sans doute où il est, seulement elle m'a laissé un mot pour m'avertir qu'elle était allée faire les courses. Tu veux entrer et attendre un peu ? Elle ne devrait pas tarder... Tiens, qu'est-ce que je te disais, la voilà qui arrive.

Il agita la main ; la voiture de Rose s'engageait dans l'allée.

– Je vais l'aider à décharger le coffre.

Avant que Nina ait pu réagir, il descendit les marches et rejoignit Rose. Nina le regarda prendre les sacs de provisions des bras de son épouse, la pousser doucement devant lui. Ils parcoururent la distance qui les séparait de la maison en discutant, avec affection, d'un article que Rose avait vu au supermarché.

– Nina, tu pourrais tenir la porte, qu'elle ne se referme pas ? dit George.

Le sourire de Rose s'évanouit lorsqu'elle découvrit Nina sur le perron.

– Nina...

– Bonjour, madame Connelly.

– Elle cherche Jim, chérie. Tu sais où il est ?

Rose s'immobilisa, serrant un sac en papier comme si elle avait un bébé dans les bras.

– Non, je ne sais pas.

Je ne vous crois pas, pensa Nina.

– Je peux lui transmettre un message quand il rentrera ? demanda Rose.

– C'est... personnel, répondit Nina avec raideur.

– J'espère qu'il ne s'agit pas encore de votre père. Parce que l'autre jour, après ce qui s'est passé à l'église, Jimmy était drôlement bouleversé. Il n'a pas besoin de ça. Il a ses propres combats à mener, il s'en est formidablement bien tiré. Qu'on lui rappelle constamment des choses désagréables, ce n'est pas bon pour lui.

– Des choses désagréables ? s'insurgea Nina. Nos parents ont été assassinés, tous les deux. Ce n'est pas facile à oublier.

– Oui, on a lu ça, dit George. Maintenant, il paraît que votre père a été tué. C'est terrible. Le pauvre homme.

– Il ne s'agit pas pour Jimmy d'oublier, enchaîna Rose, campant sur ses positions. Mais il a fait beaucoup de chemin, et je ne veux pas qu'il replonge à cause de...

– À cause de moi, n'est-ce pas ? l'interrompit aigrement Nina.

Elle avait le visage en feu. Elle aurait voulu crier à Rose Connelly de ne pas se mêler de ses relations avec son frère, mais des années de bonne éducation, à apprendre le respect envers ses aînés, lui nouèrent la langue.

– Ne le prends pas mal, Nina, dit George d'un ton apaisant, en lançant un regard réprobateur à sa femme. Nous sommes peut-être un peu trop tyranniques quand il est question de Jim. Il a tellement bataillé. Et il est comme un fils pour nous, tu ne l'ignores pas. Nous sommes bien placés pour savoir que, s'il y a des remous dans sa vie, il ne le gère pas bien.

– Je le sais aussi, dit sèchement Nina.

Rose la considéra avec sollicitude.

– Je ne voulais pas t'offenser, Nina. Jamais je ne pourrais oublier ce que vous avez enduré, vous, les enfants. Et je te prie de me croire, je ne pense qu'à votre bien-être. À tous les deux. Ce n'est pas sain pour toi non plus, Nina. Il me semble que tu devrais parler à un psychologue, ou quelqu'un d'autre, de cette colère qui te ronge. Ne la laisse pas gâcher ton existence.

– Mon existence va très bien.

– Bon, je n'ai pas à te dicter ta conduite. Tu es une adulte. Seulement, je préférerais que tu n'entraînes pas Jimmy.

L'entraîner ? Elle eut envie de rétorquer : Parce que Jimmy n'est pas un adulte ? Mais elle connaissait déjà la réponse. Son frère était en quelque sorte redevenu un enfant, dans la famille qu'il avait choisie.

– Vous ne me direz donc pas où il est.

Rose la dévisagea sans ciller.

– Je te le répète, Nina, je ne le sais pas. Il ne me raconte pas tout ce qu'il fait.

– Tu pourrais essayer la salle de sport, il y est fréquemment, suggéra George pour se montrer serviable. Ou l'église. Il leur donne souvent un coup de main. À moins qu'il soit à une réunion. En principe, il assiste aux réunions qui ont lieu au foyer de l'église presbytérienne. En tout cas, quand il rentrera on l'avertira que tu es venue, conclut-il gentiment.

– Merci.

Il n'y a pourtant pas de quoi vous remercier, pensa-t-elle.

– Nous prierons pour toi, dit Rose.

Une heure à naviguer de l'un des endroits mentionnés par George à l'autre, sans résultat : Jimmy était introuvable. Quand elle stoppa à un feu rouge, en face du Café Claremont, Nina réalisa qu'elle était affamée, son estomac gargouillait. Elle s'était tellement dépêchée pour prendre le bus à Port Authority qu'elle n'avait même pas eu le temps de s'acheter de quoi manger. Elle hésita, tentée de poursuivre ses recherches, mais elle risquait de ne pas tenir le coup physiquement. Elle s'engagea donc dans le parking et se gara. Elle resta là un moment, repensant au soir des obsèques de son père. Elle était venue ici avec André. Quand serait-il de retour ? se demanda-t-elle. Mais ça ne la regardait pas, il avait sa vie.

Elle allait sortir de la voiture, lorsque son regard

tomba sur le journal abandonné à côté d'elle sur le siège du passager. Elle s'en saisit, ça la distrairait pendant qu'elle attendrait qu'on la serve. Peut-être y avait-il un article sur le meurtre de son père et les investigations de la police.

Elle entra dans le bistrot, s'installa à une table près de la fenêtre et, repoussant le menu gigantesque, commanda du café et un petit pain à la serveuse. Elle déchira le blister de la gazette locale qu'elle entreprit de feuilleter. Il y avait effectivement un bref article sur Duncan, intitulé « La femme recherchée dans l'affaire du meurtre Avery décédée à l'hôpital ». Nina se jeta sur l'entrefilet, qui la laissa plus frustrée que jamais. On y disait simplement que Penelope Mears, alias Perdita Maxwell, que la police croyait impliquée dans la disparition de Duncan Avery, était morte d'une complication du sida, en l'occurrence une pneumonie. Aucune précision sur l'enquête, hormis qu'elle suivait son cours. Mais naturellement, le journal évoquait sur plusieurs colonnes l'assassinat de Marsha Avery et la condamnation de Duncan. Agacée, Nina tourna la page.

La serveuse lui apporta sa commande. Nina grignota son petit pain, tout en continuant à feuilleter distraitement le journal – photos du Kiwanis Club[1], articles sur les taxes foncières. Mais, parvenue à la rubrique nécrologique, elle se figea.

« Mears, Penelope, 47 ans », lut-elle. L'avis de décès, imprimé en bas de page, sans photo, évoquait de la façon la plus concise et édulcorée une existence qui, Nina le savait à présent, avait été plutôt sordide. Penelope exerçait, prétendait-on, la profession de « masseuse » et n'avait pour toute famille qu'une sœur, Sally

---

1. Kiwanis Club : association venant en aide aux enfants défavorisés.

Jenkins, mariée et résidant à Seaside Park, New Jersey, ainsi qu'un fils unique, Calvin, qui demeurait à Los Angeles. Nina essaya de mettre un visage sur le nom de Penelope Mears, cependant elle ne se rappelait même pas l'avoir rencontrée. Quand elle était gamine, les adultes parlaient de Mme Mears comme d'une mère indifférente aux problèmes de son fils. Ça, Nina l'avait compris, mais elle n'avait jamais soupçonné comment cette Mme Mears gagnait sa vie. À l'époque, ce devait être un secret bien gardé. Elle se demandait si ses parents, à ce moment-là, connaissaient la vérité sur la mère de Calvin.

Elle parcourut de nouveau l'article, sursauta. Elle relut la date et l'heure des obsèques, jeta un regard à la pendule au-dessus du comptoir. Il y avait peut-être là une opportunité à saisir. Peut-être. Elle hésita, repensa à ce que Frank Hagen avait dit – selon lui, Calvin n'oserait pas se montrer à Hoffman, à cause du père de cette jeune fille qui voulait se venger. Néanmoins, ça valait certainement le coup de tenter sa chance.

Lorsqu'elle atteignit le funérarium, il n'y avait que deux voitures sur le parking. Un employé qui arborait un catogan et un costume coupé dans un tissu brillant comme du satin, était planté sous le portique devant les portes. Il lui annonça que les personnes assistant aux obsèques Mears avaient déjà pris le chemin du cimetière.

– Si vous vous dépêchez, vous pouvez les rattraper.

Nina remonta dans la Volvo et fonça à toute allure jusqu'aux piliers de pierre qui flanquaient l'entrée du cimetière Shadywood. Là, elle ralentit, se dévissant le cou dans l'espoir de discerner des silhouettes entre les tombes. Elle dépassa un fourgon Dodge noir aux vitres teintées, arrêté sur le côté de l'allée. Il y avait quelqu'un dans le véhicule. Nina tourna la tête, par discrétion, et continua à rouler le long de la voie sineuse qui traversait le cimetière.

Bientôt elle repéra le petit groupe réuni sur le flanc d'une colline. Elle sortit de la Volvo et monta la pente. Le vent de novembre soufflait en violentes rafales qui malmenaient les quelques feuilles encore accrochées aux branches des arbres et faisaient virevolter des flocons ressemblant plus à des cendres qu'à de la neige. Le prêtre bénissait le cercueil, une femme d'âge mûr, au regard triste, vêtue d'un manteau gris sur une robe bleu marine, se mordait l'intérieur des joues. Près d'elle, droit comme un piquet, se tenait un homme en veston de sport à carreaux, coiffé d'un chapeau mou, les jambes largement écartées, les mains jointes devant lui.

Il y avait deux autres femmes en noir, une blonde décolorée et une rousse. La blonde était affublée d'une robe moulante à l'empiècement orné de sequins, la rousse d'une minijupe, d'un sweater étriqué ; elle avait une large échelle sur l'un de ses bas noirs. Toutes deux pleuraient et, à en juger par leur allure, Nina supposa qu'elles devaient être des collègues de Perdita.

Entre ces deux couples, elle avisa un homme mince aux cheveux gras, aux traits parfaitement ciselés. Il portait une chemise noire au col ouvert sous un costume gris à fines rayures, des bottes noires. Il se balançait sur ses talons, contemplant fixement le cercueil de ses grands yeux gris et brillants.

Nina sentit les battements de son cœur s'accélérer. Calvin Mears... Il avait toujours cet air las, perdu, d'autrefois – au temps de leur adolescence – qui le faisait paraître à la fois malsain et étrangement attirant. Des cernes creusaient ses paupières et une légère roseur colorait son nez, preuve qu'il avait versé quelques larmes pour sa mère défunte, Penelope alias Perdita Maxwell.

Un homme massif, les mains jointes et la tête inclinée, était posté derrière Calvin comme pour le protéger. Nina s'aperçut avec stupéfaction que c'était Jimmy. Quand il releva le nez et la vit s'approcher, il tressaillit.

Comme elle continuait à avancer, il la regarda d'un œil torve. Ne t'inquiète pas, pensa Nina, je serai polie. Elle marmotta une prière, à l'instar du prêtre. Elle n'avait pas l'intention de perturber les obsèques. Elle pouvait patienter encore un instant.

Les ultimes prières furent prononcées, puis Calvin prit un œillet blanc dans l'une des deux modestes couronnes de fleurs posées près de la tombe. Il le plaça sur le cercueil en sapin, sans ornement, renifla en s'essuyant les yeux. La femme en manteau gris l'étreignit, pour la forme, tandis que le prêtre indiquait d'un signe que la bénédiction était achevée. Le mari de la femme en gris ne bougeait pas, il scrutait les alentours.

Nina rejoignit son frère qu'elle tira par la manche.

– Qu'est-ce que tu fais ici ? questionna-t-il.

– Je cherchais Calvin. Ne joue pas les imbéciles, Jimmy. Tu n'ignores évidemment pas que sa mère était...

Elle tourna le dos au petit groupe.

– ... c'était la prostituée que la police recherchait, chuchota-t-elle. Pour le meurtre de papa.

– Quoi ?

– Quoi ? le singea-t-elle, exaspérée. Arrête, Jimmy. Pourquoi papa voulait retrouver ton copain Calvin Mears ? Tu le sais, n'est-ce pas ?

Il baissa les yeux, rougit violemment.

– Jimmy, qu'est-ce qui se passe ?

– Rien. Je ne peux pas discuter de ça ici.

L'une après l'autre, les deux amies de la défunte, la blonde et la rousse, embrassèrent Calvin.

– Je pensais que tu n'avais plus de relations avec Calvin, dit Nina.

Jimmy balaya la colline d'un regard anxieux.

– Je ne lui ai pas parlé depuis des années. Hier, il m'a téléphoné. Il m'a expliqué pour sa mère et il m'a... il m'a demandé de le retrouver ici.

Il haussa les épaules.

– Il m'a semblé que je devais venir. Les flics disent que sa mère a tué papa. Je voulais montrer à Calvin que je n'y crois pas.

Nina croisa les bras sur sa poitrine.

– Pourquoi ? Qu'est-ce que tu sais ?

Calvin échangea une poignée de main avec le prêtre, puis s'approcha de Nina et Jimmy. Il fouilla dans la poche de sa veste, en sortit un paquet de cigarettes et s'en alluma une. Il leur tendit le paquet. Nina refusa mais, à sa grande surprise, Jimmy prit une cigarette que Calvin lui alluma. Il inhala profondément. Le prêtre et les deux prostituées redescendirent la colline pour regagner leurs véhicules. En revanche, le couple resta derrière Calvin.

– Tu es prêt, on y va ? lui demanda la femme au manteau gris.

– Mon oncle et ma tante, marmonna Calvin.

Il se tourna vers la femme.

– J'arrive dans une minute. Ce sont des amis.

Il souffla une bouffée de fumée, ferma brièvement les yeux.

– Bon Dieu, je suis soulagé que ce soit fini.

Il tira de nouveau sur sa cigarette et assena une claque dans le dos de Jimmy.

– Je te remercie d'être là, Jim.

Jimmy rougit, désigna Nina, muette.

– Tu te souviens de ma sœur Nina.

– Oui. Merci d'être venue, Nina.

Le cimetière était paisible et apparemment désert, hormis le fourgon Dodge noir que Nina avait croisé tout à l'heure. Il roulait lentement dans l'allée. Calvin pivota, contempla un instant le cercueil de sa mère, ses yeux gris empreints d'une expression pensive.

– Ça craint, dit-il. Écoute, mon vieux, ajouta-t-il en s'adressant à Jimmy, faut qu'on discute. Elle a eu une vie merdique, mais quand même, c'est pas juste de l'accuser d'avoir tué ton paternel. Parce qu'elle l'a pas fait. Elle a bu un café avec lui et elle lui a donné mon numéro de téléphone. C'est tout.

Le regard de Calvin allait d'une tombe à l'autre, comme s'il cherchait quelque chose.

– C'est tout, répéta-t-il.

– Il vous a appelé ? interrogea Nina d'un ton abrupt.

– Ouais, il m'a appelé.

Calvin considéra Jimmy d'un air de reproche.

– Il m'a dit que tu lui avais tout raconté.

– *Mears !*

Ils se retournèrent. Le fourgon noir avait stoppé au pied de la colline, un mastodonte aux cheveux poivre et sel en émergeait. Chaussé de bottes de chantier, vêtu d'un gros sweatshirt à capuche, il brandissait une batte de baseball.

– Oh merde, marmotta Calvin, les yeux écarquillés. C'est Keefer.

Il pivota vers son oncle.

– C'est lui.

L'homme au veston à carreaux opina et vint se poster sans bruit près de son neveu.

– Tu te tais, lui dit-il. Tu me laisses parler.

– Je t'avais juré que je te retrouverais ! clama le mastodonte d'un ton menaçant, tout en gravissant la pente. Tu croyais pouvoir revenir et repartir en douce, sans que je le sache. Loupé, mon pote. Par ici, il y a des tas de gens qui ont la mémoire longue.

– Hé, c'est l'enterrement de ma mère. Ayez un peu de respect, s'indigna Calvin d'une voix qui manquait de fermeté.

Son oncle lui donna un coup de coude.

– Je t'ai dit de te taire. Sally, murmura-t-il à sa femme, va dans la voiture. Tout de suite, ordonna-t-il, comme elle hésitait.

Elle obéit et se hâta de rejoindre leur berline, jetant des coups d'œil inquiets par-dessus son épaule.

Keefer continuait à s'avancer vers eux, il balançait la batte tel un pendule.

– Bon sang, dit Jimmy. Ça risque de mal tourner.

Il écrasa sa cigarette sous son talon et fit un pas vers Calvin. Nina l'agrippa par la main pour le retenir.

L'oncle de Calvin déboutonna sa veste, découvrant un holster.

– Écoutez-moi, monsieur Keefer ! Je m'appelle Joe Jenkins, je suis policier, et je préfère vous prévenir avant que vous tentiez quoi que ce soit. Je connais bien votre histoire. Mon neveu n'est pas là pour créer des problèmes. On vient d'enterrer sa mère et on veut quitter tranquillement cet endroit, vous comprenez ?

Keefer s'immobilisa, les yeux rivés sur l'arme glissée dans le holster.

Les deux fossoyeurs du cimetière, qui observaient la scène, s'accroupirent derrière une tombe.

– Vous allez me tirer dessus ? demanda Keefer.

– Si j'y suis forcé, oui.

– Ce salopard a tué ma petite fille ! s'écria Keefer.

– Il s'agissait d'une affaire de drogue, monsieur, rétorqua calmement le vétéran de la police. Je ne le défends pas, croyez-moi. Mais votre fille est morte parce qu'elle se droguait.

Keefer menaça Calvin de sa batte.

– Il la lui fournissait, la drogue. Il savait ce qui allait se passer. Elle était enceinte de lui, et il refusait d'avoir un gosse à entretenir.

Jenkins secoua la tête d'un air désolé.

– Monsieur Keefer... Calvin n'avait pas à tuer votre fille sous prétexte qu'elle était enceinte. Il lui suffisait de foutre le camp. Ce qu'il a fait, d'ailleurs. Pas vrai, Cal ? ajouta-t-il en assenant une tape sur la tête de son neveu.

Keefer les dévisageait, la batte levée, les épaules voûtées.

À pas lents, Jenkins s'approcha de ce père tremblant de fureur.

– Je suppose que vous avez une femme, d'autres enfants et peut-être même des petits-enfants, déclara-t-il d'un ton apaisant. Ils ont besoin de vous. Vous avez sans doute un métier, une maison. Si vous lui fracassez le crâne, vous allez tout perdre.

– Mais il a tué ma petite, protesta Keefer d'une voix éraillée. Il lui a donné la came.

– Non... Maintenant, monsieur, il faut rentrer chez vous. Ne vous attirez pas d'ennuis. Parce que ce gars n'en vaut pas la peine.

Keefer foudroya des yeux Calvin qui, pétrifié, écoutait ce dialogue. Son oncle l'empoigna par le bras.

– Amène-toi.

Il pointa le doigt vers Keefer.

– Restez où vous êtes, monsieur, dit-il tout en entraînant son neveu.

Calvin lui emboîta le pas, tourna la tête à plusieurs reprises, mais Keefer à présent ployait l'échine. Il les regarda s'éloigner puis, d'une démarche pesante, gagna un banc en ciment sous un arbre. Il s'y écroula et laissa tomber la batte de baseball sur le sol.

– Il vaudrait mieux qu'on s'en aille, dit Jimmy.

Nina n'ébaucha pas un mouvement.

— Qu'est-ce qu'il voulait dire ? Tu as tout raconté à papa ? Qu'est-ce que tu lui as raconté ?

Jimmy ne réagit pas, son visage semblait taillé dans la pierre.

— Si tu ne me réponds pas, je jure devant Dieu que...

— D'accord, d'accord, soupira-t-il. Mais pas ici. Tu n'as qu'à prendre ta voiture et me suivre.

19

LES FLOCONS de neige virevoltaient autour de la
Volvo. Nina se penchait vers le pare-brise, cris-
pée, pour ne pas perdre de vue la Saturn de Jimmy
dans le grésil.

Où va-t-il ? se demandait-elle, furieuse. Elle n'avait
pas eu le réflexe de lui poser la question, et elle détestait conduire dans ces conditions, sans savoir où il
l'emmenait. Soudain elle pensa – une idée affreuse –
qu'il essayait peut-être de lui faire peur. Ils avaient
franchi les limites de Hoffman pour entrer dans Port
Regent, une cité ouvrière miteuse. Nina ne reconnut
pas le quartier qu'ils traversaient, un secteur désert
aux artères bordées d'entrepôts devant lesquels s'alignaient des camions. Elle pestait contre Jimmy, quand
elle vit soudain qu'il avait mis son clignotant et s'apprêtait à se garer. À travers le voile neigeux d'un blanc
sale, elle discerna une enseigne au néon au-dessus
d'un bâtiment bas – THE END ZONE [1]. Il y avait une autre
enseigne sur la vitrine, dont certaines lettres n'étaient
pas allumées : BAR GRILL.

Jimmy stoppa et éteignit ses phares. Nina l'imita,

----

1. *End zone* : terme de football américain désignant le champ
situé derrière le but (*goal line*).

descendit de la Volvo. Quelques voitures étaient garées à l'angle de la rue. Dans ce décor d'entrepôts sinistres, le bar était le seul endroit où semblait briller une étincelle de vie.

Dérapant sur les semelles en cuir de ses bottes, Nina se cramponna à la clôture grillagée pour rejoindre son frère.

– Qu'est-ce qu'on fait ici ?

– On entre.

– C'est un bar, Jimmy.

– Je sais que c'est un bar, s'énerva-t-il. Notre entrepôt est juste en face. Alors quand j'ai un moment de répit, je viens ici me détendre un peu. OK ?

– D'accord, d'accord, marmonna-t-elle.

Elle descendit les quelques marches menant à une porte massive à deux battants, que Jimmy ouvrit. À l'intérieur régnait une obscurité imprégnée de fumée de cigarette et de relents de bière.

Jimmy retira sa canadienne, la suspendit à un crochet sur la porte. Il tendit la main pour prendre le manteau de Nina qui refusa.

– Merci, je le garde.

Il haussa les épaules.

– Comme tu veux. Suis-moi.

D'abord ce fut plus facile à dire qu'à faire, mais après un moment Nina s'habitua à la pénombre. La salle étroite, tout en longueur, s'agrémentait d'un comptoir en acajou, ancien, qui malgré ses multiples éraflures avait une belle patine et faisait manifestement la fierté du patron. Le dallage était constitué de minuscules carreaux octogonaux blancs ; beaucoup manquaient et, dans les vides, le ciment n'était plus que poussière. De la tôle tapissait le plafond, des chaises fonctionnelles, en bois, entouraient les tables rondes et branlantes sur lesquelles on avait généreusement réparti des cendriers. Dans le fond trônaient un billard ainsi qu'un antique juke-box. À Manhattan, se dit Nina, ce genre d'établissement aurait été rénové et serait très vite devenu un lieu à la mode. Mais ce bar se trouvait dans un quartier où peu d'habitants de Hoffman auraient l'idée de s'aventurer.

En cet après-midi lugubre, le End Zone était peuplé d'hommes en doudoune, chaussés de gros bottillons. Des volutes de fumée, des éclats de rire planaient dans l'air. Au bout du comptoir, le téléviseur perché sur une étagère était branché sur une chaîne sportive, cependant on n'entendait pas les commentaires ; le son, trop bas, ne faisait que se mêler au bruit ambiant. Excepté les deux serveuses, Nina était la seule femme à la ronde.

Jimmy s'installa à une table, désigna une chaise à sa sœur. Nina s'y assit et regarda autour d'elle, étudiant la clientèle, l'ambiance.

– Ce n'est pas la peine de prendre cet air supérieur, dit Jimmy.

Nina le dévisagea.

– Je me contente de regarder. Ça t'embête ?

– Enlève ton manteau.

Elle ôta son manteau, le posa sur une chaise à côté d'elle.

Une fille blonde à la peau grasse s'approcha de leur table, un plateau sous le bras. Elle portait un jean et un T-shirt noir, très moulant, orné de l'inscription : Baby Love.

– Salut, Jimmy.

Celui-ci, penaud, tourna la tête pour échapper au regard interrogateur de Nina.

– Salut, Rita.

– Tu me présentes ta copine ?

– C'est ma sœur, Nina. Rita...

Avec un sourire pincé, Nina considéra son frère. À l'évidence, il était un habitué des lieux.

213

– Qu'est-ce que vous prendrez ?

– Pour moi ce sera une... Guinness, répondit-il.

– Pas de Coca ? demanda Rita, visiblement surprise.

– Je ne travaille pas, c'est mon jour de congé.

Nina le dévisagea avec consternation. Mais elle ne voulait pas faire de scène devant la serveuse.

– Un soda, dit-elle.

– Et apporte-nous des chips, ajouta Jimmy.

Il s'évertuait à éviter le regard de sa sœur.

Quand la dénommée Rita se fut éloignée, il s'adossa à sa chaise, feignant d'être captivé par la partie de billard qui se déroulait au fond de la salle.

– Jimmy...

Il pivota à demi, l'air mauvais.

– Quoi ?

– Qu'est-ce que... je croyais que tu ne buvais plus.

– Une bière, ça ne me tuera pas.

– Je croyais que c'était contre les règles, insista-t-elle.

– Quelles règles ? Je suis adulte, Nina. C'est moi qui décide.

– Tu sais bien ce que je veux dire. Ton programme, ta cure...

– Je sais. Tu penses que je ne suis pas capable de gérer les choses, dit-il, sur la défensive.

– Je ne te juge pas.

– Heureusement.

Elle hésita.

– Et les Connelly... ?

– Quoi ? s'exclama-t-il. Tu vas appeler ma famille et me moucharder ?

Nina se tut. Sa famille. Penser qu'il considérait les Connelly comme sa famille la blessait toujours. Mais, bien sûr, il ne restait pas grand-chose du foyer où il était né. Peut-être lui enviait-elle ce luxe : des gens profondément attachés à lui, qui seraient bouleversés d'apprendre qu'il s'apprêtait à boire une bière.

– Non, je m'inquiète pour toi, c'est tout.

Rita revint leur apporter leur commande. Jimmy contempla la bière brune, sans toutefois saisir son verre.

– S'il te plaît, ne te tracasse pas pour moi.

Elle lut dans ses yeux une expression d'effroi. Il avait l'air d'un homme face au poteau d'exécution, et Nina comprit qu'il redoutait cette discussion avec elle. Sans doute serait-il préférable de ne pas lui forcer la main. Si elle laissait tomber, peut-être qu'il renoncerait à cette bière et qu'ils quitteraient ce bar. Cependant elle savait aussi que, consciemment ou pas, c'était précisément ce qu'il attendait d'elle. Il voulait la culpabiliser pour qu'elle cesse de le harceler, d'exiger des réponses.

Non, décréta-t-elle. Je ne céderai pas. Je ne peux pas. Elle se jeta à l'eau.

– Papa a téléphoné à Calvin Mears. Pourquoi ?

– Je ne sais pas trop, rétorqua-t-il, évasif.

Nina le scruta.

– Je ne te crois pas, déclara-t-elle d'un ton sec. Tu m'as dit toi-même que tu avais parlé à papa quand j'étais à New York. De quoi avez-vous discuté, tous les deux ? Quel rapport ça avait avec Calvin Mears ?

Jimmy soupira, les yeux rivés sur son verre. Mais il n'y touchait toujours pas. Un instant, Nina craignit qu'il ne réponde pas.

– Je suis allé le voir, murmura-t-il enfin. Je te l'ai dit.

– Oui, pendant que j'étais à New York, répéta-t-elle. Mais pourquoi ? Ce n'était pas uniquement pour parler du bon vieux temps, j'imagine.

Jimmy secoua la tête.

– Pour les AA, c'est une des étapes du programme

– on doit présenter des excuses aux gens avec qui on a été injustes. Faire la paix avec eux, tu vois. Admettre que ce qu'on a fait à l'époque où on buvait les a peut-être blessés. Tu comprends ?

– Oui. Je me souviens que tu as eu cette attitude avec moi. Il y a des années de ça. Et je me rappelle t'avoir dit que tu n'avais jamais eu de torts à mon égard. C'est à toi-même que tu as fait du mal.

– Eh ben, ce n'était pas totalement vrai, marmonna-t-il, fixant la bière devant lui. Il y avait autre chose que je n'ai jamais avoué. Ni à toi, ni à personne. Je n'avais pas complètement franchi cette étape parce que... je n'avais jamais demandé pardon à papa.

– Pardon pour quoi ? Jimmy, tu cherches à éviter mes questions ? En quoi cette histoire d'étape concerne Calvin Mears ?

– Je ne cherche rien du tout. J'essaie d'expliquer...

– D'accord, excuse-moi. Continue.

Il referma la main sur son verre, étudiant la bière comme s'il s'agissait d'un joyau maléfique.

– J'ai toujours refusé que tu saches ça. Tu vas me détester.

Nina sentit son estomac se crisper, elle avait soudain la nausée. La fumée qui épaississait l'atmosphère la suffoquait.

– Qu'est-ce que tu racontes, Jimmy ? Pourquoi je te détesterais ?

Il souleva le verre.

– Jimmy, non...

Il hésita, visiblement écartelé. Puis il reposa le verre, le lâcha.

– Alors ? insista-t-elle.

Jimmy jeta un coup d'œil circulaire, comme s'il avait peur qu'on l'entende. Il se pencha vers Nina.

– Quoi que papa ait fait – tu vois, même si c'était

horrible. Eh ben, moi aussi j'ai fait quelque chose. La nuit où maman est morte.

Les yeux de Nina s'écarquillèrent, son cœur se mit à cogner.

Jimmy marqua une pause, puis :

– La nuit où maman est morte, Calvin et moi... on est passés à la maison. Il n'y avait pas un bruit. J'ai cru qu'il n'y avait personne...

Nina le dévisageait. Il soutint une seconde son regard, détourna les yeux.

– Calvin est resté dehors. Il faisait le guet, il devait me prévenir si quelqu'un arrivait. Je... je suis entré par la porte de derrière pour... voler de l'argent dans le portefeuille de maman.

– Quoi ? s'exclama Nina.

– On était défoncés, on voulait acheter encore de la came. On n'avait plus un sou. Tu sais que, à l'époque, je perdais vraiment les pédales...

– Jimmy !

– Je me suis souvenu que maman passait à la banque tous les vendredis. Je me suis dit... je savais où elle rangeait son portefeuille. Je me suis faufilé dans la maison, je suis monté dans la chambre des parents et j'ai trouvé. J'ai raflé les billets et je suis reparti en courant.

– Attends, attends... C'était toi, le voleur ?

Elle ne parvenait pas à assimiler cette révélation. Elle avait toujours eu la certitude que le voleur était aussi le meurtrier.

– Mais où se trouvait maman quand tu es entré dans la maison ? Tu dis qu'elle était là et qu'elle ne t'a pas entendu ? C'est impossible !

– Non, je dis que c'était déjà... qu'elle avait déjà été agressée. Poignardée. Seulement, je ne le savais pas.

– Et tu ne l'as pas vue ? Notre mère, dans une mare de sang, par terre dans le salon ? Tu n'as pas remarqué qu'il y avait du sang partout sur les murs de la cuisine ?

– Je ne suis pas allé dans le salon. Et il faisait noir ! se défendit Jimmy. Dans la cuisine aussi, il faisait noir. Il n'y avait que la petite lampe au-dessus de la cuisinière qui était allumée...

Nina se souvenait. Jimmy décrivait la maison telle qu'elle l'avait découverte, lors de cette nuit lointaine. Mais ce qu'il racontait... elle refusait d'admettre que ça puisse être la vérité.

– Oh, s'il te plaît ! Tu espères que je vais croire ça : tu es entré, tu as chipé l'argent et tu es ressorti sans la voir ?

Jimmy opina d'un air désespéré.

– Je ne voulais pas la voir. Je... je ne faisais pas de bruit. Je voulais l'éviter. Mais... ce n'était pas la peine parce qu'elle était...

Jimmy se tut. Il renversa la tête en arrière, appuyant sa nuque contre le mur. Il ne regardait plus sa sœur.

– Parce qu'elle était déjà morte, conclut Nina d'un ton mordant.

– Non. Elle n'était pas morte. Et c'est bien le pire. En fait, elle était encore vivante.

20

Nina eut l'impression que tout se mettait à tourner autour d'elle.

– Encore vivante ? s'écria-t-elle. Comment peux-tu le savoir ? Tu viens de dire que tu ne l'avais pas vue.

Jimmy la contempla avec tristesse, mais il n'y avait aucune compassion dans ses yeux.

– C'est papa qui m'a appris ça, l'autre soir, poursuivit-il après un silence. Il m'a affirmé qu'elle vivait encore quand il est rentré et l'a trouvée. Elle était par terre dans le salon, dans tout ce sang... elle était à peine vivante, mais elle a pu parler – balbutier, plutôt.

– Elle lui a parlé ? souffla Nina, se remémorant les événements de cette nuit tels qu'ils s'étaient gravés dans son esprit. Il ne me l'a jamais dit. Il m'a dit qu'elle était morte.

Jimmy opina.

– Je suppose que, quand tu es arrivée, elle l'était. Mais quand papa l'a découverte, elle s'accrochait encore. Papa l'a soulevée, elle l'a regardé droit dans les yeux en prononçant mon nom, et il a cru qu'elle le confondait avec moi. Il n'a pas réalisé... Elle avait dû se rendre compte que j'étais dans la maison. Elle avait dû m'entendre. Peut-être même qu'elle m'a vu. Elle a sans doute essayé de m'appeler à l'aide. Mais j'étais trop occupé à chercher l'argent. J'ai fouillé son sac, je l'ai volée, pendant qu'elle se vidait de son sang sur la moquette du salon en essayant de m'appeler à l'aide.

– Oh mon Dieu, Jimmy..., murmura Nina, révulsée.

– Je sais. Moi, je ne l'ai pas entendue, j'étais trop défoncé. J'aurais pu la sauver. Seulement je n'avais qu'une idée : lui piquer son fric.

Le visage de Jimmy reflétait un tel désespoir que Nina faillit lui prendre la main pour le réconforter, mais elle était pétrifiée.

– Pourquoi tu n'as pas expliqué tout ça à la police ?

Il glissa les doigts dans ses cheveux en brosse.

– Parce que papa n'arrêtait pas de répéter que celui qui avait volé l'argent devait l'avoir tuée. J'avais peur qu'on m'accuse. Tu comprends, on aurait pu penser que j'étais l'assassin.

Un idée atroce assaillit soudain Nina.

– Jimmy, tu n'as pas...

– Je n'ai pas touché maman, coupa-t-il d'un ton lugubre. Allons, Nina. Comment tu peux... je n'aurais jamais levé la main sur maman.

– Mais tu détenais une information qui aurait pu faire avancer l'enquête. On aurait peut-être trouvé le véritable meurtrier. Au lieu de condamner papa.

– Ils avaient d'autres preuves contre lui.

Elle plissa les paupières.

– Alors tu as considéré qu'ils avaient raison. Que papa l'avait assassinée.

– Je ne savais pas, bredouilla-t-il. Maman et lui se disputaient à longueur de temps. Quand les flics l'ont arrêté, il m'a semblé que... je veux dire, ce sont des flics. Ils connaissent leur boulot. Je ne savais plus quoi penser.

– Moi, je n'y ai jamais cru ! lui lança-t-elle, furieuse.

– Moi aussi, je refusais d'y croire. Mais pendant le

procès, quand on a expliqué qu'il voulait divorcer, et puis qu'il couchait avec Mme Ross...

Il haussa ses larges épaules.

– Ça m'a paru... possible.

– Et maintenant, quelle est ton opinion ?

– Ils ont dû se tromper, admit Jimmy avec un soupir. Quand il m'a dit qu'il l'avait découverte à moitié morte et qu'elle murmurait mon nom, j'ai compris. J'ai su qu'il ne mentait pas. Elle m'a entendu dans la maison. Et moi, je ne l'ai pas entendue. Elle était trop faible pour m'appeler. Il ne l'a pas tuée. Elle était vivante quand il est rentré à la maison.

– J'espère que tu lui as dit ça, rétorqua Nina avec amertume. Que tu étais convaincu de son innocence. Oui, j'espère que tu as prononcé ces mots devant lui avant qu'il soit assassiné.

– Je voulais, mais...

– Oh, Jimmy !

Nina était exaspérée. Une part d'elle n'avait qu'une envie : planter son frère là, tant il l'écœurait. Mais elle avait d'autres questions à lui poser. Elle s'obligea à respirer profondément, à mettre de l'ordre dans ses idées.

– Bon... quand tu lui as avoué que c'était toi, le voleur, comment il a réagi ?

– À ton avis ? marmonna-t-il, agressif. Il était furieux contre moi.

– Tu le lui reproches ?

– Non, je m'y attendais. C'est pour ça que je me suis tu pendant toutes ces années.

Nina resta un instant silencieuse, mordillant sa lèvre supérieure.

– D'accord, quoi d'autre ?

– Il m'a bombardé de questions, articula-t-il d'une voix monocorde. Je lui ai expliqué que Calvin était dehors, qu'il faisait le guet. Papa a voulu savoir si Calvin avait vu quelque chose ou quelqu'un. Quelqu'un qui sortait de la maison au moment où moi, j'entrais. D'après lui, le meurtrier venait juste de partir quand je suis arrivé, parce que maman ne pouvait pas avoir tenu le coup longtemps. Elle était trop gravement blessée.

— Tu lui as donc donné les coordonnées de Calvin...

— Je ne les avais pas. Je te répète que je ne lui avais pas parlé depuis une éternité. J'ai suggéré à papa de s'adresser à la mère de Calvin.

— Penelope Mears, alias Perdita Maxwell. Et elle lui a dit comment contacter son fils.

— Je suppose.

— Et Calvin, qu'est-ce qu'il a raconté à papa ? Il avait des souvenirs de cette nuit-là ? Il aurait vu quelqu'un ?

— Je l'ignore.

Dans le bruit ambiant, ils formaient comme une île de silence. Deux êtres figés qui songeaient au naufrage de leur famille, et se demandaient si cette tragédie aurait pu être évitée.

— Quand la police nous a annoncé qu'il s'était suicidé, balbutia Jimmy, j'ai été anéanti. Je me suis senti tellement coupable.

Cet aveu radoucit quelque peu Nina.

— Mais papa ne s'est pas suicidé, ne l'oublie pas.

— Oui, je sais.

Elle supportait mal de le voir si perdu, en proie à une telle détresse.

— Écoute, Jimmy, ce qui est fait est fait. Maintenant il nous faut découvrir ce que Calvin lui a raconté.

Jimmy semblait trop englouti dans son accablement pour se charger de cette mission.

— Pour l'instant, nous ignorons où est Calvin, ce qu'il a dit, insista Nina.

— Je crois qu'il a décidé de retourner en Californie tout de suite après l'enterrement. À moins qu'il reste quelques jours chez son oncle et sa tante. Je n'en sais rien. Quand il sera à Los Angeles, je n'aurai qu'à l'appeler pour lui demander de quoi il a parlé avec papa. S'il a...

– Je ne peux pas attendre, l'interrompit Nina. Je vais me mettre à sa recherche moi-même.

La serveuse s'approcha en ondulant des hanches, son plateau sous le bras.

– Je vous sers une autre tournée ?

– Non, apportez-nous la note, répondit Nina. On s'en va.

La serveuse acquiesça et s'éloigna.

– Est-ce que tu me détestes, maintenant ? demanda Jimmy.

Elle ne le regarda pas, c'était au-dessus de ses forces.

– Je ne te déteste pas. Mais il m'est impossible de prétendre que ça n'a pas d'importance.

La serveuse revint, Nina chercha son portefeuille dans son sac.

Jimmy rafla la note, saisit sa chope de Guinness qu'il contempla fixement.

– À la réflexion, je reste.

– Qu'est-ce que tu fabriques ?

Il soutint son regard d'un air de défi.

– Je bois un verre.

– Tu essaies de me culpabiliser parce que je t'ai obligé à m'avouer la vérité ?

– Non. J'ai juste besoin d'un verre, OK ?

Nina hésita. Elle s'en défendait, néanmoins elle se sentait effectivement coupable. Elle ne tenait pas à ce que Jimmy reprenne des habitudes qui risquaient de le mener dans le caniveau. Qu'est-ce que sa mère souhaiterait qu'elle fasse ? Elle connaissait la réponse.

– D'accord, Jimmy. C'est moche. Tout ce que tu m'as dit. Mais ce n'est pas la fin du monde. On le

223

surmontera. D'une manière ou d'une autre, ça s'arrangera.

Elle raclait le fond de ses ressources émotionnelles pour énoncer une platitude qui se veuille encourageante, même si, honnêtement, ses réserves d'optimisme étaient quasi épuisées. Elle devait essayer, cependant.

– Tu n'es pas sincère.

Elle jeta un regard circulaire, désemparée.

– Je t'assure que, d'une façon ou d'une autre, ça s'arrangera. D'accord ? Maintenant, tu remets ton manteau et tu viens avec moi. Ne démolis pas tout ce que tu as accompli. Papa était si fier que tu aies réussi à remettre ta vie d'aplomb. Ça comptait énormément pour lui. Pour nous tous. S'il te plaît, Jimmy. Viens avec moi. Allez...

Il leva son verre, le regarda fixement, comme hypnotisé. Puis il le porta à ses lèvres et but une gorgée. Alors il ferma les paupières, les muscles contractés de son visage se détendirent. Son expression était à la fois extatique et désespérée. Il poussa un long soupir.

– Arrête, Jimmy ! s'exclama Nina.

Elle se pencha, l'agrippa par le bras.

– Partons d'ici !

Il la foudroya des yeux, dégagea brutalement son bras musclé.

– Laisse-moi tranquille, Nina. Occupe-toi de tes oignons. Je sais ce que je fais. J'ai besoin d'un verre, il y a une éternité que j'en ai besoin.

21

L A NUIT tombait lorsque Nina s'engagea dans la rue menant à la maison de sa tante. Le grésil, qui s'était arrêté un moment, recommençait ; les flocons de neige dansaient et virevoltaient dans la lumière des phares. Nina ruminait les révélations de son frère, et ses efforts acharnés – inutiles, malheureusement – pour le déloger du bar. Elle en avait la migraine. Elle se gara dans l'allée obscure de la maison, regretta de n'avoir pas allumé la lumière de la véranda avant son départ. Elle sortit de la voiture, claqua la portière et se dirigea d'un pas lourd vers le perron.

Tout à coup, une silhouette sombre surgit devant elle.

Nina poussa un cri, trébucha. L'homme se précipita pour l'empêcher de tomber.

– Nina, c'est moi.

Elle leva les yeux vers celui qui la tenait par les bras, reconnut André. Une seconde, son cœur se gonfla de joie, mais aussitôt une colère irrationnelle la submergea.

– Qu'est-ce qui vous prend ? Vous cacher comme ça... vous m'avez fait une peur bleue.

– Excusez-moi, j'étais assis sur le perron. Je vous attendais.

– Je n'ai pas vu votre voiture, rétorqua-t-elle d'un ton accusateur.

– Je l'ai garée dans la rue pour que vous ne soyez pas obligée de déplacer la vôtre quand je repartirai.

– Vous m'avez vraiment fait peur, André.

Elle avait conscience de l'irritation qui vibrait dans sa voix, mais c'était plus fort qu'elle. Elle ne voulait pas qu'il devine combien elle était contente de le voir. Il était si séduisant dans la pâle lueur de la lune, ses cheveux de jais luisaient, saupoudrés de neige. Il portait sur un pull noir à col roulé une canadienne doublée de mouton. Un instant, elle désira ardemment qu'il déboutonne sa veste et qu'il l'en enveloppe pour qu'elle se blottisse contre son torse, dans sa chaleur. Elle s'empressa de chasser cette idée, se dit que sa visite ne signifiait rien. Il n'était pas là pour la consoler. Il venait en simple spectateur, captivé par le spectacle de la destruction d'une famille.

– Votre voyage a été bref, n'est-ce pas ? dit-elle avec froideur. Combien de temps êtes-vous parti ? Vingt-quatre heures ?

Elle se dégagea doucement, gravit les marches de pierre, fouillant dans son sac à la recherche des clés de la maison.

– C'était suffisant, répondit-il. Nina, je m'inquiétais pour vous.

Elle introduisit la clé dans la serrure. Il s'était inquiété ? Il parlait comme un tuteur chargé de guider une lycéenne.

– Il n'y a pas de raison. Vous voulez entrer ? proposa-t-elle sans enthousiasme.

André s'examina.

– Je suis plutôt trempé, grimaça-t-il.

– Alors, une autre fois, rétorqua-t-elle sans le regarder.

– On pourrait s'asseoir dehors. Vous avez une terrasse, derrière, si je ne me trompe. J'ai passé toute la journée dans des avions et des aéroports. Un peu d'air me ferait du bien.

Il brandit un sac en papier.

– J'ai même apporté les boissons. J'ai là deux cafés – décaféinés.

Nina hésita. Elle avait mal au crâne, ses vêtements empestaient la cigarette. Ses yeux croisèrent ceux d'André dans l'ombre. Leur expression était loyale. Soudain elle se remémora le soir des obsèques de son père, quand elle s'était sentie tellement solitaire et qu'il était venu sonner à la porte, alarmé par la mort de Duncan. Ce n'était pas lui qui l'avait précipitée dans le bourbier où elle se débattait. C'était un ami, qui lui tendait la main après une journée abominable. D'ailleurs, la perspective de rester dehors un moment, dans l'obscurité, était bien tentante.

– D'accord. Si vous n'avez pas trop froid.

– Moi ? Non..., répondit-il avec un grand sourire.

André redescendit les marches et contourna la maison pour rejoindre le jardin et la terrasse. Nina le suivit, foulant les feuilles mortes, noires à présent sous la mince pellicule de neige. Elle flaira dans l'air l'odeur d'une cheminée qui fumait et, brusquement, le regret de n'avoir pas de cheminée lui serra le cœur.

Derrière la maison, les fauteuils garnis de coussins entouraient une table en verre avec un trou au milieu pour y planter un parasol inexistant. André balaya la surface de la table et y posa deux gobelets en carton. Il épousseta les sièges, en avança un pour Nina, puis s'assit à son tour. La demeure plongée dans l'ombre paraissait inhospitalière, mais le jardin était baigné par la lueur argentée – où tourbillonnaient les flocons de neige – de la lune qui montait dans le ciel.

André extirpa du sac des cuillères en plastique, des sachets de lait et des morceaux de sucre.

– Laissez-moi préparer tout ça. Combien de sucres ?

– Deux.

– Désolé que les cafés ne soient pas plus chauds. J'ai attendu un moment.

Nina opina, mais de nouveau une agressivité absurde la hérissa.

– Je ne vous avais pas demandé d'attendre, dit-elle d'un ton qu'elle voulait détaché mais qui rendit un écho odieux.

– Je sais, répondit-il avec lassitude.

Aussitôt elle eut du remords de lui avoir parlé méchamment, de le décourager ainsi.

– Comment se fait-il que vous soyez revenu si vite ?

André plissa le front, tambourina sur son gobelet.

– Les choses ne se sont pas passées comme prévu.

– Avec Susan ?

– Oui. Elle... elle m'a envoyé paître, en quelque sorte.

– Vraiment ? dit Nina, réprimant un sursaut. Pourquoi ?

Il soupira.

– Elle a dit qu'elle n'était plus... sûre. Pour nous deux.

– Oh, je suis navrée, répliqua-t-elle, s'efforçant de compatir alors qu'une part d'elle – indéniablement – était enchantée par cette nouvelle. Elle vous a expliqué pourquoi ?

– Il y a de nombreuses raisons. Je crois que ça couvait depuis un certain temps, ajouta-t-il, évasif.

– Ça signifie que vous n'allez pas vous installer là-bas ?

– Je ne sais pas. Je... je n'en suis pas au point de prendre une décision.

– Vous êtes toujours fiancés ?

– Elle a toujours la bague.

Nina se sentit rougir – heureusement qu'il faisait

sombre. Elle l'imaginait suppliant Susan de garder la bague, promettant qu'ils réussiraient à régler leurs problèmes.

– Eh bien dans ce cas, il y a encore de l'espoir, dit-elle, faussement guillerette, alors que l'image d'André implorant sa fiancée – cette femme sans visage – la glaçait.

André resta un moment silencieux.

– C'est une façon de considérer les choses, dit-il enfin.

Il reposa son gobelet sur la table.

– Mais changeons de sujet. J'aimerais savoir où vous en êtes. Vous en avez appris davantage sur la mort de Duncan ?

Nina but une gorgée de café – sucré et à peine tiède.

– Oh oui, j'en ai appris. Trop, même.

– Comment ça ?

Elle ingurgita une deuxième gorgée, puis lui relata sa discussion avec Jimmy aussi fidèlement que possible.

Quand elle eut terminé, André siffla doucement entre ses dents.

– Eh bien... Ça explique pourquoi Duncan avait de nouveau l'espoir de découvrir l'assassin de votre mère.

– En effet.

– Qu'est-ce que vous envisagez de faire, maintenant ?

– Je veux parler à Calvin Mears, savoir ce qu'il a raconté à mon père. Mais, selon Jimmy, Calvin s'est sans doute empressé de déguerpir pour retourner à Los Angeles. Un type qui en avait après lui a débarqué au cimetière avec une batte de baseball.

– Une batte de baseball ? Pourquoi ?

– Pour régler un vieux compte. Heureusement pour Calvin, son oncle était là. Il est policier à Seaside

Park. En tout cas, dans l'avis de décès, on précisait que ces gens résident à Seaside Park. Bref, l'oncle était armé et il a tenu le type à distance.

– Eh bien..., murmura André en secouant la tête. Et vous êtes sûre que votre frère dit toute la vérité ?

– Je le crois. Il était dans un état lamentable. Jimmy est un ancien alcoolique. Quand je l'ai laissé, il se noyait dans une chope de bière.

– Mon Dieu, c'est affreux. Vous avez essayé de l'en empêcher ?

Nina se sentit insultée par cette question. Quand elle pensait à la manière dont elle avait supplié Jimmy de quitter ce bar, de la suivre...

– Évidemment !

Il tendit la main, sur la table en verre, lui étreignit les doigts.

– Je suis stupide. Je sais bien que vous avez essayé.

Elle soutint son regard, eut l'impression qu'un étau comprimait sa poitrine, que son corps cédait. Le désir de toucher sa peau, sa bouche, de se pelotonner dans ses bras, brûla comme une drogue dans ses veines. Une faiblesse qu'elle ne pouvait pas s'autoriser. Il était fiancé. Il appartenait à une autre.

Elle se rejeta en arrière.

– Vous pensez que je n'ai pas agi comme il fallait avec mon frère ? lança-t-elle, feignant de l'avoir mal compris. Vous considérez peut-être que j'aurais dû le traîner hors de ce bar ? Ou appeler la police ?

– Ce n'est pas ce que je voulais dire.

– Peu importe ce que vous vouliez dire, rétorqua-t-elle sèchement. J'ai froid. Je rentre.

André détourna la tête pour fixer le sol. Aussitôt, elle se repentit d'avoir déversé sur lui toute sa frustration. Il n'avait rien fait, hormis tenter de l'aider. Il ne méritait pas de subir son amertume.

– Vous avez raison, il commence à faire froid. Il vaut mieux que je m'en aille.

Excuse-toi, se dit-elle. Tu as délibérément déformé ses propos. Mais la colère et le dépit bouillonnaient dans son cœur, aucune excuse ne franchit ses lèvres.

– Bonne idée, marmonna-t-elle en se redressant.

André acquiesça, comme s'il comprenait quelque chose qui n'avait pas été exprimé. Il se leva, jeta sur l'herbe le restant de café, rangea gobelets et sachets dans le sac en papier qu'il fourra dans la poche de sa canadienne.

– Nina, il me semble que vous ne devriez pas vous lancer à la recherche de ce... Mears, c'est ça ?

– Calvin Mears. Franchement, je n'ai pas besoin de conseils. Merci quand même, mais je suis sûre que je me débrouillerai très bien, articula-t-elle.

Il pivota, elle crut l'avoir entendu soupirer. Puis il contourna de nouveau la maison, et elle suivit les traces de ses pas dans la neige diaphane. Quand ils eurent rejoint l'allée, ils se séparèrent. André se dirigea vers sa voiture garée dans la rue. Elle voulut le saluer d'un geste de la main, mais il n'eut pas un regard pour elle.

– Jimmy ? dit Rita qui se pencha pour scruter la figure de son client. Je termine mon service. Je peux appeler quelqu'un pour venir vous chercher ?

Jimmy la voyait à travers un brouillard. Il comprenait ce qu'elle racontait. Elle disait qu'il n'était pas en état de conduire. Mais non, elle exagérait. Il essaya d'articuler un « non » qui se traduisit par une espèce de grognement.

– Peut-être un de vos collègues avec qui vous venez souvent ? Pete. Oui, je vais appeler Pete, suggéra Rita.

Les yeux mi-clos de Jimmy s'écarquillèrent. Pas

Pete, pensa-t-il, affolé. Personne du travail. Si on le voyait comme ça, incapable de rentrer tout seul chez lui, il risquait de perdre son boulot. Son cerveau engourdi passa lentement en revue des noms et des visages. Pas Nina. Pas après leur discussion d'aujourd'hui. Et pas Rose. Surtout pas Rose. Ni George. Ils le regarderaient avec tellement de tristesse, et comment leur expliquerait-il ? Après tous les encouragements et les prières, comment pouvait-il expliquer ?

Il referma les paupières ; tout à coup, il sursauta.

— Patrick, dit-il à Rita qui l'observait gentiment.

— Vous avez le numéro de ce Patrick ?

Jimmy fouilla ses poches, il ne se souvenait plus du numéro de Patrick. Pourtant il le connaissait par cœur.

— Il est dans l'annuaire ? demanda Rita.

Jimmy opina avec gratitude.

— Patrick Avery. À Hoffman.

— D'accord, dit-elle en posant devant lui un grand verre d'eau. Buvez ça. J'appelle Patrick.

Elle se détourna, Jimmy l'agrippa par le bras.

— C'est mon frère, bredouilla-t-il.

Rita hocha la tête, dénoua les doigts de Jimmy crispés sur son bras. Elle disparut derrière le bar tandis que, d'une main tremblante, Jimmy s'efforçait de porter le verre à ses lèvres.

L'eau éclaboussa sa main et la table. Il reposa le verre avec précaution, essaya de réfléchir. On lui poserait des questions, naturellement. Pourquoi tu as fait ça ? Pourquoi tu as recommencé ? Toutes ces années, et voilà où tu en es. Au fond du gouffre en une seule journée.

Quand il avait amené Nina ici, alors qu'il roulait sur la route, il s'en doutait déjà. Il savait qu'il n'irait pas au bout de sa confession sans béquille. Il avait tenté de prier, dans la voiture, mais ça n'avait pas marché.

Son esprit partait à la dérive, loin de la rédemption. Il se représentait l'expression qui allait se peindre sur le visage de Nina. Le mépris dans ses yeux. Vivre ce qu'il avait vécu, sa sœur ne pouvait pas imaginer ce que c'était. Son cœur, son âme, tout en lui implorait l'oubli.

Mais il n'y avait pas que ça. S'il voulait être honnête, il avait su ce qui allait se passer dès qu'il avait pénétré dans le funérarium et aperçu Calvin, aujourd'hui. Il avait eu la sensation d'être un vieillard. Un vieillard fatigué, résigné à faire pénitence et qui avait renoncé à tout ce qui avait pu le rendre heureux. Qui avait renoncé et accepté de n'être qu'à moitié vivant. Ne jamais abuser de quoi que ce soit. Ne jamais s'attacher exagérément à rien ni à personne. Ne jamais rire vraiment. En revoyant Calvin, il s'était remémoré ce que c'était, planer. Être défoncé et vivant. Il se souvenait. Et il voulait retrouver ça.

Maintenant Nina savait tout à propos de cette nuit-là. Il était comme un gant qu'on a retourné. Tous ses secrets, à présent, étaient exposés au grand jour. Enfin, pas tout à fait. Il devait encore se confesser à Patrick. C'était obligatoire. Il devait tout lui avouer avant de pouvoir être réellement libre. Et une fois qu'il serait libre, il avait l'intention de fêter ça. Oui, voilà. Faire la fête.

– C'est votre Jaguar dehors, m'sieur ? ironisa un type accoudé au bar.

Jimmy leva le nez. Patrick avait franchi le seuil, vêtu de son beau costume et de son imperméable Burberry. Les clients l'observaient avec une hostilité teintée d'envie.

– Oui, elle est à moi, répondit Patrick, agacé.

– Le moteur ne tourne pas très rond, hein ? lança un autre.

– Je sais, elle a besoin d'une révision.

– Moi, j'aurais un engin pareil, je le bichonnerais, dit un homme à son voisin de comptoir. Je le laisserais pas tomber en morceaux.

Patrick fouillait la salle des yeux, les coins sombres. Jimmy agita mollement la main, la mine irritée de Patrick se fit menaçante. Il s'approcha à grands pas de la table où son frère était avachi.

– Qu'est-ce qui t'est arrivé ? questionna-t-il à voix basse. Bon sang, Jimmy. Tu dégringoles.

Maintenant que Patrick était là, Jimmy savait ce qu'il devait faire. Tout lui dire. Le vol, Calvin, et la suite. Il fallait tout lui raconter. Comme avec Nina. Il agrippa une des boucles de l'imperméable de son frère.

– Lâche ça, ordonna Patrick en dégageant son vêtement. Viens. Ce soir, tu n'auras qu'à dormir chez moi. Ta bagnole est là ?

– Ma bagnole ? répéta Jimmy, hébété.

– Je te reconduirai ici demain matin pour que tu la récupères. Viens. Tu as payé ?

Jimmy cligna les paupières. Patrick l'entoura de son bras et le remit debout. Jimmy vacilla, faillit s'affaler sur son frère.

– Espèce d'andouille, grommela Patrick qui jeta un billet sur la table.

Jimmy se laissa emmener dehors. L'air froid le frappa comme un seau d'eau en pleine figure. Il se sentit soudain beaucoup plus lucide. Il regarda le ciel nocturne. Quelques flocons tombaient encore, mais la neige ne tenait pas. Patrick le traîna jusqu'à la Jaguar et ouvrit la portière.

Jimmy s'y appuya.

– Patrick, il faut que je te dise...

– Ça va, monte dans cette voiture, Jim.

– C'est au sujet de ce qui s'est passé. Au sujet de maman... et papa... et Calvin.

Patrick serra les dents.

– Contente-toi de monter dans cette putain de voiture.

– Laisse-moi t'expliquer, Patrick..., supplia Jimmy. Il faut que je te dise.

Son frère le poussa brutalement sur le siège du passager.

– Ouais, ouais. Tu me diras quand on sera à la maison. Maintenant, tu rentres ta main avant que je te claque la portière sur les doigts.

22

Nina refermait la porte quand son portable, dans la poche de son manteau, sonna. Elle répondit tout en retirant son vêtement humide et fut stupéfaite d'entendre la voix chevrotante de sa grand-tante.

– Tante Mary ? Qu'est-ce qui se passe ?

– Rien, ma chérie. Je suis désolée de te déranger, mais j'ai vu le médecin, et il a dit que je pouvais rentrer à la maison demain.

– C'est formidable, rétorqua Nina en s'efforçant de dissimuler sa consternation.

Demain, elle avait prévu de retrouver Calvin et de lui soutirer des informations sur les derniers jours de son père. Mais elle n'avait pas le droit de négliger sa tante.

Bon, d'accord. Ce soir, décréta-t-elle. Je ferai ça ce soir. Il doit être encore à Seaside Park dans sa famille. Il y a forcément un moyen de le dénicher.

Là-dessus, une autre pensée accablante lui vint. La chambre de Mary était toujours sens dessus dessous, à moitié repeinte. Tous les meubles étaient entassés, protégés par des draps, au milieu de la pièce.

– Je sais que tu es très occupée, Nina, et ça m'ennuie beaucoup de te perturber. Mais tu penses que tu pourrais faire un saut à Hoffman pour me ramener à la maison ?

La migraine, qui avait quelque peu reflué quand Nina était sur la terrasse, martela de nouveau violemment son crâne. Il n'était pas question de dire à sa tante qu'elle était déjà à Hoffman, ni d'expliquer pourquoi. Il fallait réorganiser son programme.

– Bien sûr. Évidemment. À quelle heure veux-tu que je vienne ?

– À quelle heure peux-tu être là ?

Il n'y avait qu'une solution.

– Je serai là dans la matinée.

Nina était tellement épuisée qu'elle rêvait de se coucher, de fermer les yeux. Mais la chambre ne se peindrait pas toute seule. Elle devait achever le travail ce soir même.

Elle enfila sa tenue de peintre, prépara tout le matériel et s'attela à la tâche. Une fois qu'elle eut commencé, ça alla vite. Heureusement que Duncan et elle avaient déjà fait le plus gros. Les tentures, qui avaient nécessité plusieurs lavages, étaient propres depuis longtemps. Il ne restait que les boiseries à peindre. Quand elle eut terminé, elle fut satisfaite du résultat. Elle avait choisi un jaune clair, semblable, du moins l'espérait-elle, à la couleur d'origine. Elle découvrit les meubles et les remit en place en prenant garde à ne pas érafler la peinture. Demain, elle raccrocherait les rideaux ainsi que les gravures. Elle s'apprêtait à reboucher le pot quand elle avisa le placard. Et si elle le repeignait aussi ? Mais le débarrasser ne serait pas une mince affaire.

Elle examina l'intérieur du placard d'un œil critique. Il avait effectivement grand besoin d'être rafraîchi et, lorsque Mary serait de retour, il lui serait impossible de le faire. Très bien, se dit-elle en soupirant. Ça m'empêchera de penser à autre chose.

Elle entreprit d'évacuer les habits sur leurs porte-manteaux, qu'elle posa en travers du lit. Puis les chaussures qu'elle mit dans un sac en plastique, ainsi que divers accessoires. Elle s'apprêtait à passer un coup de balai, lorsqu'elle remarqua des boîtes en carton dans le coin. Elle fut un instant tentée de ne pas y toucher, mais son amour de l'ordre ne tolérait pas l'idée de peindre à la va-vite tout autour de ces boîtes.

Sors-les, ce n'est pas si terrible. Elle dut s'agenouiller pour les atteindre. Dieu merci, sa tante, contrairement à beaucoup de vieilles dames, n'était pas du genre à tout conserver. Je n'aurai jamais fini, se dit Nina. Tante Mary ne se souvient sans doute même plus que ces boîtes sont là. Elle traîna les cartons poussiéreux sur le plancher. Je devrais les laisser dehors, pour qu'elle trie ce qu'ils contiennent et, éventuellement, les jette à la poubelle. Tout en se tenant ce discours, elle souleva le couvercle de la première boîte. Des journaux. La manchette du premier lui coupa le souffle. « La femme du médecin poignardée à mort. »

Nina s'assit sur le tapis pour regarder les photos de ses parents, de leur ancienne maison, imprimées sur le papier jauni, à la une. Les doigts tremblants, elle saisit le second journal de la pile soigneusement classée. Dans cette édition, le meurtre de Marsha partageait les gros titres avec la découverte du cadavre d'un bébé dans le parc. On publiait de nouveau un cliché de leur maison et, en dessous, un autre du trou creusé dans le sol où on avait retrouvé le bébé. Elle poursuivit ses fouilles. L'assassinat de sa mère était chaque jour en première page. Et puis, une nouvelle manchette. « Le médecin inculpé du meurtre de son épouse. »

Oh mon Dieu... Nina ouvrit le deuxième carton, rempli lui aussi de journaux. Elle ne se rappelait même pas les avoir vus ni avoir suivi les informations télévisées, à cette époque-là. Pourtant sa grand-tante avait gardé le moindre article concernant la mort de sa nièce. Nina eut envie de tout jeter, cependant le désir de lire ce qu'on avait écrit sur les événements qui avaient radicalement bouleversé son existence fut le plus fort. Elle reprit le premier journal et parcourut les comptes rendus.

Un croquis de la scène de crime, grossièrement dessiné, montrait, par le truchement de traits et de flèches, comment Marsha avait rampé de la cuisine au salon, laissant un sillage sanglant derrière elle. Nina avait toujours su qu'on avait tué sa mère dans la cuisine, avec l'un des couteaux du bloc posé sur le plan de travail. Mais pourquoi, alors qu'elle était mortellement blessée, avait-elle lutté pour se traîner jusqu'au salon ? Était-ce l'instinct irrépressible de fuir qui la poussait, ou peut-être une idée aberrante provoquée par l'agression ?

L'image de sa mère en train de ramper, consciente d'agoniser, fit frémir Nina. Elle saisit le plaid sur le lit de sa tante, s'en enveloppa, et attendit que ses tremblements se calment avant de continuer. Dehors, le vent mugissait, les volets grinçaient. Tu ne devrais pas t'infliger ça, se dit-elle. Mais elle était comme une fumeuse qui se répète qu'elle n'allumera pas une cigarette, tout en sachant qu'elle le fera. Elle se replongea dans sa lecture.

Les articles publiés lors du procès relataient minutieusement le crime, ce qui n'empêcha pas Nina d'être bouleversée en tombant sur une photo parue dans un magazine du dimanche. Un cliché de Marsha morte, par terre dans le salon. Elle ferma les paupières, suffoquée par cette image atroce, rassembla ses forces. Elle s'obligea à regarder. C'était le corps de sa mère, gisant sur le tapis, le journal bouchonné sous son bras. Nina fut soulagée de ne pas discerner les yeux de Marsha. L'ombre masquait son visage.

Oh, maman... Comment a-t-on pu te faire du mal ? Sa mère paraissait si douce et vulnérable avec ce pull à col roulé, retroussé et qui découvrait sa taille empâtée. Elle avait toujours eu honte de ces kilos superflus dont elle ne parvenait pas à se débarrasser. Elle était en permanence au régime, faisait de la marche pour mincir. Ses socquettes blanches étaient éclaboussées de sang. Marsha déambulait souvent en socquettes dans la maison. C'était d'ailleurs visible sur la photo : la semelle des socquettes était un peu sale.

Qui pouvait être aussi brutal et cruel ?

Nina n'en supporterait pas davantage. Ça suffit, se dit-elle. Assez. Tant pis pour le placard, il ne serait pas repeint. Personne, de toute manière, ne le remarquerait. Je rangerai ces cartons demain. Il faut que je sorte d'ici, que je m'éloigne de ces horreurs.

Elle rejeta le plaid drapé sur ses épaules, se sentit de nouveau frigorifiée. Frissonnante, elle gravit péniblement l'escalier menant à sa chambre rose de jeune fille, s'abattit sur le lit tout habillée. Elle aurait dû se relever et prendre une douche, mais elle était trop exténuée. Dans une minute, se dit-elle. Et elle sombra dans le sommeil.

Ses rêves furent un enchevêtrement d'images. Puis, enfin, sa mère lui apparut. Marsha, vivante et joyeuse, était dans la cuisine de leur ancienne maison. Nina la voyait, elle en était transportée d'allégresse. Elle s'approchait pour l'embrasser. Brusquement, elle réalisait que Marsha hachait quelque chose sur le plan de travail avec un grand couteau de boucher. Nina se figeait, épouvantée par ce spectacle. Il fallait qu'elle prévienne sa mère que ce couteau était dangereux, mais les mots restaient bloqués dans sa gorge.

« Monte peindre ta chambre », lui disait Marsha. Nina avait peur de la laisser dans la cuisine, mais elle ne pouvait pas parler. « Vas-y maintenant », disait sa mère. « Il n'y a plus grand-chose à faire. Il faut que tu finisses. »

Nina se retrouvait dans la chambre rose chez sa tante Mary. Elle savait, dans son rêve, que ce n'était pas bien, cependant elle ignorait pourquoi. Elle ouvrait le placard, il était vide – pas un vêtement sur les portemanteaux. Il n'y avait qu'une boîte en carton dans le coin. La vue de cette boîte l'emplissait de terreur. Subitement, son frère Jimmy s'encadrait dans la porte de la chambre.

« N'ouvre pas ça », disait Jimmy. Elle pivotait pour répondre, mais il s'était évaporé. Elle prenait la boîte, soulevait le couvercle, ses doigts tremblaient. Dans le carton, il y avait un bébé aux yeux écarquillés, à la peau glacée et bleuâtre.

Nina se redressa sur son séant, le cœur battant à se rompre. Il lui sembla entendre l'écho de son cri.

– Oh, mon Dieu..., balbutia-t-elle.

Elle enfouit son visage dans ses mains. Calme-toi. Ce n'était qu'un cauchemar causé par les coupures de presse qui avaient réveillé ses souvenirs. Le bébé découvert dans le parc le jour où on avait assassiné Marsha. Tout cela s'était mélangé dans son inconscient. Je l'ai cherché, pourquoi ai-je lu ces journaux ?

Elle contempla les vêtements qu'elle n'avait pas quittés. Tachés de peinture. Comme ceux que portait toujours sa mère. Elle devait se changer, enfiler une chemise de nuit ou n'importe quoi, mais elle n'avait pas la force de bouger. Elle se rallongea, s'emmitoufla dans la couverture rose repliée au bout du lit. Impossible de se rendormir. Elle songea à Jimmy devant sa chope de bière, se demanda s'il était rentré sain et sauf. Elle pensa à André – il ne reviendrait pas, elle avait été si froide avec lui. Elle s'efforça d'oublier son cauchemar. Elle resta dans le noir, à écouter la plainte du vent qui cinglait les arbres et les vitres de la maison.

23

ANDRÉ parcourut le long couloir menant au bureau où, après diverses formalités nécessaires à la sécurité des lieux, lui et tous les employés de la prison devaient, chaque matin, présenter leur badge et signer le registre. Le garde de service, Joe Estevez, lisait un magazine.

– Bonjour, docteur, dit-il à André qui inscrivait son nom.

– Joe... Au fait, je me posais une question. Stan Mazurek est là, aujourd'hui ?

Le gardien, blessé lors d'une rixe entre détenus, avait repris le travail à mi-temps. On l'avait affecté à un poste administratif jusqu'à ce qu'il soit en état d'assumer pleinement ses fonctions.

– Il est là. Vous voulez lui parler ?

– Oui, demandez-lui de passer à l'infirmerie, s'il vous plaît.

– Comptez sur moi, docteur.

André le salua d'un geste de la main et poursuivit son chemin pour pénétrer dans le dédale de bureaux du premier étage qui aboutissait à l'infirmerie. Le nouvel assistant d'André, Dwight Bird, s'affairait à préparer la salle d'auscultation. Bird, un jeune homme affublé de dreadlocks et de lunettes cerclées de métal, se tourna vers lui. Ce n'était pas un détenu mais un étudiant extraordinairement intelligent inculpé pour avoir piraté le système informatique de son université et trafiqué les notes de ses camarades moyennant une rétribution. Il avait plaidé coupable, le juge l'avait condamné à s'acquitter d'une amende et à des travaux d'utilité publique. Il lui avait recommandé de les exécuter en prison. Le juge voulait en effet que ce brillant jeune homme voie où il atterrirait s'il continuait ses activités de hacker. Dwight se débrouillait fort bien à l'infirmerie et, pour André, ses talents d'informaticien étaient précieux.

— Comment ça va, Dwight ? dit André tout en enfilant sa blouse blanche.

— J'accomplis ma peine, répondit Dwight avec bonne humeur.

André posa les mains à plat sur sa table.

— J'ai une question.

— Je vous écoute.

— Serait-il possible de savoir si un certain passager va prendre un des vols pour la Californie, dans un des aéroports de la région, aujourd'hui ou demain ?

Dwight haussa les sourcils.

— Évidemment que c'est possible.

— Mais c'est légal ?

Sur ce chapitre, Dwight était beaucoup mieux informé qu'André. Il grimaça.

— C'est-à-dire que les compagnies aériennes...

— Je m'en doutais. Tant pis.

— Je pourrais le faire pour vous, proposa Dwight d'un air gourmand.

— Oubliez ça. C'était juste une idée.

— Comme vous voulez, docteur, marmonna Dwight qui se remit à déballer les kits d'analyses.

Pensif, André tapota la pointe de son stylo sur la table. Qu'il soit illégal de fourrer son nez dans les affaires d'une compagnie aérienne ne le surprenait pas. Mais il devait trouver Calvin Mears et cherchait dans toutes les directions. Pour Nina. La nuit dernière, incapable de trouver le sommeil, il avait longuement médité sur leur discussion. Nina était furieuse, cependant André savait que cette colère n'avait pas de rapport avec lui. La brutale vérité que lui avait assenée son frère en était la cause. Quoique, se disait-il, ça avait peut-être quelque chose à voir avec son voyage à Santa Fe. Cela signifiait-il qu'elle commençait à s'attacher à lui comme il s'était attaché à elle ? En tout cas, ce voyage était tombé au mauvais moment, André le déplorait. Nina avait dû se sentir trahie par tous, elle s'était recroquevillée dans sa carapace. D'ailleurs, elle n'avait pas tort – elle n'avait pas besoin de conseils, de discours. Elle avait besoin d'aide. Et sitôt qu'il avait pris la ferme résolution de l'aider, quoi qu'il lui en coûte, il avait réussi à s'endormir.

On frappa à la porte. Un gardien en uniforme, dont le visage reflétait la pugnacité, se tenait sur le seuil.

– Bonjour, docteur. Estevez m'a dit que vous me cherchiez.

– Bonjour, Stan, répondit André en souriant. Comment se passe cette reprise ?

Par réflexe, Stan Mazurek tâta sa poitrine, la cicatrice de sa blessure.

– Je suis impatient de retourner au bloc. Le boulot administratif, je déteste.

– Dans l'immédiat, pourtant, ça s'impose.

– Ouais. Et ma femme n'est pas pressée que je me retrouve avec les prisonniers.

– Vous ne m'étonnez pas.

– Alors qu'est-ce que vous me vouliez, docteur ?

André s'approcha de lui.

– Stan, dit-il à voix basse. Il y a un problème. J'ai... hier soir, j'ai vu la fille du docteur Avery.

Stan Mazurek secoua la tête.

– Cette pauvre petite. Elle arrive à sortir son père du trou et voilà... Ils ont coincé le salaud qui l'a tué ?

– Pas encore. La police locale semble traîner les pieds.

– Parce que c'est un ancien détenu.

– Vous avez probablement raison. Voilà pourquoi si vous pouviez me dire où trouver un certain individu, ça nous permettrait éventuellement d'avancer.

André extirpa de sa poche l'avis de décès de Penelope Mears. Il souligna le nom de l'oncle et la tante de Calvin.

– Le type en question, Calvin Mears, est peut-être chez ces gens. J'ai appelé les renseignements téléphoniques, mais ils sont sur liste rouge.

Stan déchiffra le nom, perplexe.

– Comment, moi, je saurais où les trouver ?

– Il est flic à Seaside Park. J'ai pensé que par l'intermédiaire d'une association de la police ou...

– Oh, d'accord, c'est simple. J'ai un copain aux archives de la FOP[1] du comté.

– Formidable. J'abuse de votre gentillesse, mais j'en ai besoin de toute urgence.

– Pas de problème.

– Je vous demande ce service pour le docteur Avery.

Stan glissa la coupure de presse dans sa poche qu'il tapota.

– Considérez que c'est fait.

Nina se rendit au supermarché, acheta un stock de potages, de plats surgelés et quelques-unes des friandises préférées de sa tante. Elle rapporta les provisions à la maison, les rangea dans le réfrigérateur, puis

---

1. FOP : Fraternity Order of Police.

consulta sa montre. Il lui fallait terminer la chambre avant d'aller chercher Mary. Elle s'accorda une minute, essaya d'obtenir le numéro de l'oncle de Calvin à Seaside Park – la ville en bord de mer la plus proche de Hoffman – mais il était sur liste rouge. Tant pis, tout à l'heure dès son retour, elle contacterait Jimmy à son travail. Sans doute avait-il les coordonnées. Heureusement, Rose et George n'avaient pas téléphoné. C'était bon signe, Jimmy avait certainement pu rentrer sans encombre hier chez les Connelly. Elle regarda de nouveau sa montre et dévala l'escalier.

À la lumière du jour, la chambre de Mary était vraiment ravissante. Nina enfila le rideau et les tentures propres sur leur tringle. Elle recula pour admirer le résultat et, ce faisant, heurta les cartons de journaux qu'elle avait fouillés la veille. Quand elle les replaça au fond du placard, le souvenir de son cauchemar l'assaillit. L'image du bébé dans la boîte la fit frémir. Ne pense pas à ça, se dit-elle. Ce n'était qu'un rêve. Dépêche-toi, tu as encore beaucoup à faire. Elle saisit les tableaux empilés sur la commode pour les raccrocher aux murs.

Elle ne se rappelait pas très bien où chacun était placé. Il y avait deux petits tableaux représentant des fleurs qui flanquaient le secrétaire. Nina les tint à bout de bras, les inversa – l'un d'un côté, le deuxième de l'autre – jusqu'à ce que ça lui paraisse convenir. Si elle s'était trompée, tante Mary pourrait toujours les remettre dans le bon ordre.

Le tableau le plus grand était l'une des aquarelles de la mère de Nina, que Mary avait fixée au-dessus du lit. La dernière peinture de Marsha, celle sur laquelle elle travaillait au moment de sa mort. Une scène printanière peinte dans le parc. Pour Nina, qui n'était pas une spécialiste, l'œuvre semblait achevée, même si sa mère avait peut-être l'intention de la peaufiner. Les tons pastel dominaient – jaune, lavande, vert tendre. On voyait deux garçons en train de pêcher au bord du ruisseau, entourés de lilas en fleur qui se reflétaient à la surface de l'eau. Cette aquarelle était empreinte de soleil, de joie ; les yeux de Nina s'emplirent de larmes : c'était le dernier tableau de sa mère.

Elle le raccrocha au mur, contempla la chambre avec satisfaction, avant de quitter la pièce, de prendre son sac et de sortir. Elle rejoignit la voiture, démarra. Mais, tandis qu'elle roulait vers la maison de repos, son esprit vagabondait. Elle songeait à l'aquarelle, à sa mère.

Chaque jour, qu'il pleuve ou qu'il vente, Marsha trimballait ses peintures et son chevalet jusqu'au parc. Elle s'installait sous les arbres, bien cachée, en faisant attention à ne pas déranger les oiseaux, les écureuils, les promeneurs ou, comme les deux garçons du tableau, les pêcheurs. Patrick la taquinait souvent, il disait que son sweatshirt vert était sa tenue de camouflage. Nina l'imaginait, dissimulée dans les feuillages, son regard doux et attentif rivé sur le spectacle qui s'offrait à elle.

Nina avait reconnu, dans ce tableau accroché au-dessus du lit de Mary, le coin de nature que Marsha avait représenté. L'un de ses coins favoris. Juste à côté de l'endroit où...

Son cœur manqua un battement. Elle s'obligea à regarder la route, mais elle avait des difficultés à se concentrer. Oui, c'était juste à côté de l'endroit où on avait découvert, le jour du meurtre de Marsha, le bébé qui avait disparu. Elle fouilla sa mémoire. L'amant – comment s'appelait-il ? Travis machinchose. Il avait déclaré à la police que l'enfant avait été kidnappé. Mais tout le monde le soupçonnait d'avoir tué le bébé et de s'en être débarrassé. De fait, il l'avait transporté jusqu'au parc pour l'y enterrer. À quelques mètres du lieu où Marsha avait l'habitude de s'installer, sans faire de bruit, pour peindre.

Ce serait donc ça ? Sa mère aurait vu cet homme, ce Travis, enterrer le malheureux petit bébé ? S'était-il rendu compte, d'une manière ou d'une autre, qu'elle avait été témoin de la scène ? Ou bien avait-il remarqué qu'elle l'observait, l'avait-il ensuite pistée ? Avec l'intention de la tuer ?

Nina s'engagea dans l'allée de la maison de repos. Non. Impossible. Si Marsha avait vu quelqu'un commettre un acte pareil, elle aurait immédiatement alerté la police qui aurait exhumé le bébé et arrêté le coupable sur-le-champ. De plus, Marsha ne leur avait jamais parlé de cette histoire. C'était inconcevable. Non, ça ne s'était pas passé de cette façon. À force de réfléchir, Nina se souvint. Un chien avait déterré un sac-poubelle noir. Il avait sans doute déchiré le plastique, son maître avait dû apercevoir le corps du bébé et prévenir les autorités. Voilà ce qui avait amené la police dans le parc. Aucun rapport avec Marsha. Il s'agissait d'une simple coïncidence. Son cauchemar, où les deux gros titres du journal se mélangeaient, lui inspirait des idées absurdes. Elle se gara et respira à fond. Arrête d'imaginer n'importe quoi. Va chercher ta tante.

24

ELLE TROUVA sa grand-tante fin prête, assise bien droite dans un fauteuil.

– J'ai l'impression que tu es pressée de rentrer à la maison, la taquina-t-elle.

– Oui, je l'avoue, répondit la vieille dame en souriant. J'ai hâte de partir. L'idée que je pourrais un jour finir dans un endroit pareil me fait horreur. Promets-moi que tu me laisseras chez moi, sauf si je deviens un cas désespéré.

– Je te le promets, dit gravement Nina.

Une aide-soignante en blouse rose qui arborait un badge sur lequel était inscrit son nom – Tamala – entra au pas de course et entreprit aussitôt de retirer les draps du lit.

– Elle vous raconte à quel point on a été méchants avec elle ? Tenez, ma belle, prenez ces pilules, c'est les dernières.

Mary avala docilement les médicaments.

– Je lui disais que vous êtes des anges de miséricorde, mais que j'ai hâte de rentrer à la maison.

L'aide-soignante éclata d'un rire tonitruant.

– C'est pas moi qui vous le reprocherai, ma belle !

Nina saisit la petite valise de sa tante.

– Et ces fleurs ? questionna-t-elle.

– J'ai proposé à Tamala de les mettre dans les salles communes.

– Je suppose que tu as tout, dit Nina, jetant un coup d'œil à la pendule.

Parviendrait-elle à reconduire sa tante chez elle, à l'aider à s'installer et à retrouver Calvin Mears ? Il fallait impérativement qu'elle ait une discussion avec lui. C'était sa seule chance de découvrir la vérité.

– Je prends la valise et j'amène la voiture devant l'entrée.

– Je suis un tel fardeau pour toi, dit Mary à qui l'impatience de sa petite-nièce n'avait pas échappé.

Nina se sentit aussitôt coupable.

– Ne parle pas comme ça, voyons.

André palpa l'abdomen de son patient, un homme noir d'âge mûr. Il griffonna quelques observations sur le bloc-notes posé sur un chariot métallique rutilant.

– Très bien, dit-il. Vous pouvez vous rasseoir et vous rhabiller.

Le détenu grogna en faisant passer ses jambes robustes par-dessus le rebord de la table d'auscultation. Il avait le teint cendreux, les yeux cernés.

– Alors, docteur, qu'est-ce que j'ai ? demanda-t-il en rabaissant son T-shirt sur son ventre et en renfilant sa tunique orange.

– Il me faut des informations supplémentaires avant de vous répondre. Je vais vous envoyer passer des radios. Quand je les aurai, on en reparlera.

– J'ai plus que deux ans à tirer. Je veux pas mourir avant d'avoir vu l'autre côté de cette muraille.

– Nous ferons en sorte que ça n'arrive pas.

André s'approcha de la fenêtre à barreaux de la salle d'examen et appela l'homme armé assis près de la porte.

– Eddie, vous pouvez remmener M. Bishop.

André ouvrit la porte, tapota gentiment le dos du prisonnier qu'il confia au gardien. Puis il se rassit à son bureau pour enregistrer ses notes.

Dwight Bird, les mains protégées par des gants de chirurgien, apparut, venant de l'infirmerie. Il retira le drap en papier de la table, le chiffonna, le jeta à la poubelle et le remplaça par un autre.

André leva la tête.

Dwight s'assura d'un coup d'œil que personne ne les entendait.

– Votre gars, il n'est pas dans un avion.

– Quoi ?

– Vous m'avez très bien compris, rétorqua Dwight avec un sourire espiègle.

– Comment vous...

– J'ai écouté aux portes quand vous discutiez avec Mazurek.

– Dwight..., protesta André. Vous voulez vous attirer encore des ennuis ?

– Vous inquiétez pas. Jamais je ne me retrouverai ici, vous avez ma parole. D'ailleurs, si quelqu'un a des ennuis pour ça, ce sera vous.

– Ce n'est pas faux, acquiesça André, lugubre.

– À votre disposition, dit Dwight qui repartit d'un pas chaloupé dans la salle où l'on accueillait les malades.

André demeura un moment immobile. Calvin Mears était donc toujours dans la région. Stan Mazurek lui avait déjà communiqué l'adresse à Seaside Park, ainsi que le numéro de téléphone. Mais donner un coup de fil serait stupide. Si Calvin était chez son oncle et sa tante, il décamperait illico. André n'avait qu'une solution. Il se redressa, ouvrit la porte et passa la tête dans le couloir. Le jeune gardien qui avait

251

escorté Bishop pour le confier à un de ses collègues regagnait son poste près de l'entrée de l'infirmerie.

– Eddie, j'ai une urgence, je dois m'absenter.

Dans l'allée de la maison, Nina déplia le déambulateur de sa tante. Mary parcourut à tout petits pas les quelques mètres qui la séparaient du perron, gravit les marches. Nina la suivait, pour la retenir au cas où elle trébucherait.

– Je suis lente, se plaignit Mary.

– Tu t'en sors très bien, la rassura Nina, malgré l'anxiété croissante qui la tenaillait.

– Oh, c'est bon de se retrouver chez soi, soupira Mary lorsqu'elles eurent enfin franchi le seuil.

– Si on t'installait dans ta chambre ? proposa Nina.

– Oui, je ne serais pas mécontente de m'allonger un peu.

Telles des tortues, elles traversèrent le salon, longèrent le couloir.

– Quand on sera devant ta porte, je veux que tu fermes les yeux, dit Nina.

– Mais pourquoi ?

– S'il te plaît.

Docile, Mary obéit. Nina se hâta d'allumer deux lampes, l'une sur la table de chevet, l'autre sur le secrétaire. Puis elle dit à sa tante de regarder.

– Bonté divine ! s'exclama celle-ci. Mais qu'est-ce que tu as fait ?

– Je trouvais cette chambre passablement sinistre, alors j'ai décidé de lui redonner un peu d'éclat, répondit fièrement Nina.

Tout en parlant, elle aida sa tante à s'asseoir sur la courtepointe bien propre.

– C'est merveilleux, absolument magnifique. Et tu as raison : c'était tellement décrépit. Depuis la mort de John, je voulais repeindre mais je n'y suis jamais arrivée. Oh, Nina, tu es un ange. Je n'en reviens pas.

Mary drapa son plaid sur ses jambes, s'adossa à ses oreillers, observant le décor d'un air médusé.

– Quand as-tu trouvé le temps d'abattre un tel travail, Nina ? Avec tout ce qui s'est passé...

La jeune femme posa la valise sur le lit et entreprit de la vider.

– Mon père m'a aidée.

Nina sentit les larmes lui monter aux yeux, serra les dents.

– On avait commencé ensemble, mais je t'avoue que ce n'était qu'à moitié terminé quand tu m'as annoncé ton retour. J'ai fini cette nuit.

– Mais tu n'aurais pas dû. Tu as besoin de repos.

Nina se dirigea vers la penderie, saisit un cintre pour y suspendre le peignoir de sa tante.

– Je n'ai pas pu tout faire. Ce placard, par exemple. J'étais en train de le débarrasser, et puis...

Elle s'interrompit, refusant de mentionner les vieux journaux découverts dans les cartons.

– Je n'ai pas eu le temps d'aller au bout, ajouta-t-elle, évasive.

Mary grimaça.

– Tu as trouvé les journaux ?

Nina pivota.

– Oui, je les ai trouvés.

Sa tante la dévisagea avec compassion.

– J'espère que ça ne t'a pas trop bouleversée. Si j'avais su, je t'aurais prévenue.

– Je reconnais que ça m'a... surprise.

– À l'époque du drame, je les ai conservés pour toi. Tous ces événements, c'était tellement atroce. Il m'a semblé que je devais te protéger au maximum. Quand tu étais là, je n'allumais jamais la télévision ou la radio pour écouter les informations. Je cachais les journaux.

Mais je savais... j'avais le sentiment qu'un jour tu voudrais peut-être les voir.

Nina s'assit au bord du lit.

– Je n'avais pas envie de les lire, je refusais, pourtant je n'ai pas pu m'en empêcher.

– C'est normal.

– Ça m'a ramenée en arrière, comme si cette journée datait d'hier. On ne se doute pas que les heures qu'on est en train de vivre vont changer votre existence pour toujours, on le comprend seulement après. Moi, je pensais que ce serait le plus beau jour de ma vie.

– Vraiment ? Et pourquoi ?

– Eh bien, j'étais amoureuse du fils des voisins et il m'avait invitée à aller au cinéma. Seigneur, j'étais au septième ciel. Et je me souviens que, pour Patrick aussi, c'était un grand jour. Il venait d'apprendre qu'il était admis à Rutgers. Tous les deux, on était surexcités. On n'imaginait pas le moins du monde ce qui nous attendait.

Nina se remémora sa candeur, soupira.

– Je ne soupçonnais pas que c'était la dernière fois que je parlais à ma mère. Je la revois encore... avec son vieux sweatshirt vert. L'après-midi, elle était allée peindre, mais elle avait dû rentrer à la maison plus tôt qu'à l'ordinaire. Il y avait des policiers et des journalistes partout dans le parc. On avait retrouvé ce bébé, tu te rappelles ? Celui qui avait été tué par l'amant de la mère, quelque chose comme ça.

Mary fronça les sourcils.

– Tu parles de la petite Kilgore ?

– Oui, voilà. Kilgore.

– Non, non, ce n'était pas elle, dit Mary en secouant la tête.

– Ah bon ?

– On n'a jamais retrouvé le bébé d'April Kilgore.

Même si on savait pertinemment que cet homme l'avait tué. Il a fini en prison, il avait frappé April Kilgore si violemment qu'elle est devenue sourde d'une oreille.

– Ce n'était pas le bébé Kilgore ? Mais alors de qui s'agissait-il ?

– Je l'ignore. Et je ne sais pas si on a jamais eu le fin mot de l'histoire. C'était un nouveau-né. Sa mère l'avait étouffé, mis dans un sac-poubelle et enterré dans le parc.

– Un nouveau-né ? répéta Nina, horrifiée.

– On a déterminé qu'il n'était là que depuis un jour ou deux. Je présume que tu n'as pas prêté attention à ce détail en lisant les journaux.

– Je me suis concentrée sur les articles qui concernaient maman.

– Évidemment.

Songeuse, Nina continua à ranger les affaires de sa tante. À cet instant le téléphone, sur la table de chevet, sonna. Mary décrocha.

– Oui, je suis rentrée à la maison, dit-elle gaiement. Il y a quelques minutes à peine. Merci. Nina me dorlote.

Celle-ci jeta un coup d'œil à sa tante qui lui adressa un sourire affectueux.

– C'est pour toi, ma chérie. Rose Connelly.

Oh non, pensa Nina. Elle prit le combiné.

– Allô ? articula-t-elle d'un ton distant.

– Nina, c'est Rose. Tu pourrais venir ? Il faut que je te parle.

Rose voulait lui parler de Jimmy, vraisemblablement.

– Je suis... j'ai beaucoup à faire...

Mary secoua la tête.

– Vas-y, je me débrouillerai très bien.

– C'est important, insista Rose.

– D'accord, soupira Nina. D'accord, je serai là dans un petit moment.

– Dépêche-toi, s'il te plaît.

La voix hachée de Rose éveilla chez Nina une sensation de peur qui lui crispa l'estomac.

Le trajet jusqu'à Seaside Park ne fut pas long, malgré les ponts qui enjambaient les marais et ralentissaient la circulation. Sitôt passé le panneau indiquant l'entrée de la ville, l'atmosphère changeait radicalement. Le paysage ne ressemblait en rien à celui de Hoffman. Pour une raison mystérieuse, les hordes humaines qui faisaient la navette entre New York et les banlieues boudaient cette cité aérée où les bungalows abondaient. Elle se trouvait à une demi-heure de route supplémentaire de la mégalopole et se distinguait par l'absence de centres commerciaux aux alentours. En outre, l'idéal banlieusard consistant à jouir des meilleures écoles et activités culturelles n'était pas, de toute évidence, une priorité essentielle à Seaside Park. Il y avait l'océan, la tranquillité, une quantité de restaurants où l'on servait poissons et crustacés, et d'un bout de l'année à l'autre des couchers de soleil sur les marécages environnants. Ce n'était pas si mal, pensa André.

Comme on était hors saison et en milieu de semaine, la ville était passablement déserte. André n'eut aucune difficulté à localiser la rue et le coquet pavillon aux volets gris qu'habitaient le lieutenant Jenkins et sa femme Sally. Après s'être garé le long du trottoir, à quelques mètres de l'allée, il monta les marches menant à une porte amovible grillagée, destinée à préserver la maisonnée des tempêtes et qu'ornait un J tarabiscoté, en métal. Il appuya sur la sonnette.

Il attendit quelques minutes, avant que la porte inté-

256

rieure soit ouverte par une femme d'âge mûr aux cheveux décolorés et permanentés, dont les boucles
pendouillaient. Elle était vêtue d'un pantalon bleu et
d'un T-shirt agrémenté d'un motif bariolé. Elle sourcilla en découvrant sur son perron ce visiteur à l'allure
exotique.

– Oui ? fit-elle, sans déverrouiller la porte grillagée.

– Madame Jenkins ?

– Ouais, c'est moi.

André avait réfléchi à l'histoire qu'il allait lui raconter, vu les maigres informations qu'il possédait sur Calvin Mears.

– Je m'appelle André Quinteros, je suis médecin.

Son interlocutrice se détendit quelque peu – qu'il
soit médecin la rassurait –, cependant elle continua à
le dévisager fixement.

– J'ai soigné votre... sœur durant plusieurs années,
de temps à autre, mentit-il.

– Je ne me souviens pas vous avoir croisé à l'hôpital.

– Eh bien, malheureusement, j'étais absent quand
elle a contracté cette maladie qui lui a été fatale. Et sa
mort a été si soudaine... J'en ai été désolé. Elle était
encore bien jeune.

Sally entrebâilla la porte grillagée et s'y appuya.

– Ç'a été vite fini, dit-elle.

– Oui, c'est terrible. Je vous présente mes condoléances.

Sally Jenkins pencha la tête de côté.

– Merci. Vous avez fait tous ces kilomètres seulement pour ça ?

André sortit une enveloppe de sa poche.

– En fait, j'ai quelque chose à vous remettre. Elle
savait qu'elle allait mourir, et elle m'a demandé de lui
rendre un service. Elle voulait avoir la certitude que...
ceci reviendrait à son fils.

– Elle n'avait pas d'argent.

– Il est vrai qu'elle était à la limite de l'indigence, et c'est justement pour cette raison qu'elle m'a confié ceci. Pour ne pas avoir la tentation de le dépenser quand elle n'aurait plus le sou. Elle m'a demandé de le donner à Calvin, en personne, et elle m'a dit que, si elle décédait, vous et votre mari, vous vous occuperiez sans doute de lui. Dans la mesure où vous êtes sa tante.

– Comment ça se fait qu'elle ne soit pas allée chez un notaire ?

– Elle n'en avait pas les moyens financiers.

Sally opina, comme pour dire que c'était effectivement la vérité.

– Elle venait régulièrement me consulter dans un centre médical où je suis bénévole. Elle a dû penser, je suppose, qu'elle pouvait me faire confiance.

– Ça m'étonne pas, ricana Sally. Vous êtes bel homme.

André esquissa un petit sourire.

– Enfin bref, je voulais donner ça à son fils, dit-il en tapotant l'enveloppe sur le dos de sa main.

– Il est pas là. Vous n'avez qu'à me le laisser.

– Je crains que ce ne soit pas possible. J'ai promis à votre sœur de le remettre à son fils.

Sally loucha sur l'enveloppe.

– Combien il y a ?

André lui décocha un regard réprobateur.

– Ce n'est pas une grosse somme. Mais elle souhaitait la léguer à son fils.

Sally le considéra pensivement.

– Vous auriez pas mijoté une espèce de traquenard avec ce Keefer pour coincer Calvin, hein ?

– Pardon ? rétorqua poliment André.

Sally observa la voiture d'André dans la rue. Son caducée était bien visible. Elle poussa un soupir.

– Penny était tout à fait capable d'avoir ce genre

258

d'idée. Bon, d'accord. Il n'est pas ici. On l'encombre, à ce qu'il dit. Il loge au motel La Brise Marine. Chambre 408. Vous savez où c'est ? À quelques centaines de mètres du front de mer.

– J'arriverai bien à trouver.

– Je vais appeler Calvin pour le prévenir. S'il ne veut pas vous laisser entrer, ça le regarde. Vous n'aurez qu'à glisser l'enveloppe sous sa porte.

– Parfait.

Malgré son apparence assez minable, cette femme n'était pas idiote, loin de là, pensa André. Aurait-il le temps d'atteindre La Brise Marine avant que Calvin ne déguerpisse ? Certes, il pouvait être alléché par la perspective de recevoir un peu d'argent. Cela l'inciterait peut-être à rester dans les parages. André n'avait plus qu'à l'espérer.

– Au revoir, bonne journée, dit-il.

Il rejoignit sa voiture et, comme l'épouse du policier l'épiait toujours depuis le perron, il prit tout son temps pour s'installer au volant. Il tripota longuement ses rétroviseurs, vérifia que ses portières étaient bloquées avant de démarrer et de s'éloigner à faible allure. Sitôt qu'il eut tourné le coin de la rue, cependant, il accéléra et traversa la ville comme un boulet de canon, grillant les feux rouges, faisant hurler ses pneus dans les virages. À la limite de la vitesse autorisée, il fonça sur la route déserte qui longeait les marais en direction du front de mer.

Il n'eut pas de mal à trouver La Brise Marine et, par chance, il connaissait déjà le numéro de la chambre. Un vaste parking était aménagé devant le motel dont l'architecture évoquait celle des années 50. Malheureusement, la chambre 408 était située de l'autre côté. Il fit le tour, se gara. Il n'y avait que quelques véhicules et, au-delà des aires de stationnement, une piscine vidée avec une seule table ronde sur laquelle on avait posé, les pieds en l'air, des chaises en plastique. Dans l'allée qui desservait les chambres, un chariot chargé de serviettes et d'accessoires de toilette attendait. Aucune trace, néanmoins, de la femme de ménage.

André sortit de sa voiture, vérifia la succession des numéros sur les portes et, s'éloignant du chariot, se dirigea vers le 408. Un filet de lumière ourlait les tentures tirées. André n'eut pas le temps de frapper au battant, celui-ci s'ouvrit brusquement.

Un jeune homme très mince, aux cheveux blond sale et au visage étonnamment séduisant apparut. Il était blême, en sueur, ses yeux gris et obliques écarquillés de peur.

— Vous êtes le docteur dont ma tante m'a parlé ?

— Oui, articula André qui recula d'un pas.

— Tant mieux, rétorqua son interlocuteur qui scruta anxieusement l'allée avant d'agripper André par la manche. Il faut que vous m'aidiez. Il est en train de crever.

25

UNE APPÉTISSANTE ODEUR de cannelle et de levure flottait dans la maison des Connelly lorsque la porte s'ouvrit. Mais l'expression de Rose n'avait rien d'accueillant. Sans un sourire, elle pria Nina d'entrer. Les chairs de son visage de femme mûre semblaient plus ravinées, plus affaissées qu'à l'accoutumée.

– Ça sent bon chez vous, dit Nina pour être aimable.

– J'ai fait du pain. Il fallait que je m'occupe les mains, répondit Rose d'un ton abrupt. Assieds-toi, Nina.

Celle-ci s'installa sur la causeuse taupe, placée perpendiculairement au canapé où s'assit la maîtresse de maison. Par-dessus l'épaule de Rose, Nina pouvait voir une photographie encadrée de Jimmy et d'Anthony ; souriants, ils se tenaient par la taille.

– Qu'est-ce qui vous arrive ? demanda-t-elle. Au téléphone, vous paraissiez bouleversée.

– Je ne vais pas tourner autour du pot. Je veux savoir ce qui s'est passé hier. Avec Jimmy. Quand tu es partie d'ici, tu le cherchais. Est-ce que tu l'as trouvé ?

– Eh bien oui, je l'ai effectivement trouvé au... Il ne vous a rien dit ?

– Il n'a pas dormi ici. Il était chez Patrick, soi-

261

disant. Quand j'ai essayé de lui parler, ce matin, il était de mauvais poil.

Au moins, il est rentré à la maison, pensa Nina. Peut-être Rose ignorait-elle qu'il avait bu.

– Il devait être fatigué, suggéra-t-elle.

Rose la considéra d'un air déçu.

– S'il te plaît, Nina. Ne me raconte pas d'histoires. Je ne suis sans doute pas une lumière, mais ne me prends pas pour une idiote.

Nina rougit et détourna les yeux.

– Je crois que Jimmy avait bu, ajouta Rose.

Nina s'arracha une mimique étonnée.

– Il s'imagine que je ne le sais pas, poursuivit Rose. Il oublie les années qu'on a traversées avec lui, quand il se battait contre la drogue et l'alcool. Ce matin, c'était évident. Je l'ai senti. Je l'ai vu dans son attitude. Quand il est ivre, il n'est plus le même. Il était où, hier ? Il était soûl ?

Rose n'était manifestement pas du genre à mâcher ses mots ou à piquer une crise d'hystérie. Elle ne se contenterait pas de faux-fuyants.

– Il assistait à un enterrement.

– L'enterrement de qui ? demanda Rose, surprise.

– Penelope Mears. C'était la mère de...

– Oh, mon Dieu. Oh non... Alors c'est Calvin Mears ? Ce Calvin Mears est de retour.

Elle secoua la tête.

– Le Seigneur nous vienne en aide.

– En fait, je ne sais pas vraiment. Calvin était en ville pour les obsèques de sa mère. Je suppose que Jimmy voulait juste... être présent.

– C'est lui qui a téléphoné ce matin. J'ai tout de suite remarqué le changement chez Jimmy. Il est avec lui.

– Comment ça ?

Rose la dévisagea, atterrée.

– Ce matin, il a prétendu qu'il passait se changer avant de partir au travail. Mais son patron a appelé, Jimmy n'est pas allé à Sols et Parquets. Il a... disparu.

Nina s'efforça d'imaginer une explication qui rassurerait Rose, malheureusement les mots restèrent bloqués dans sa gorge.

– Il est avec lui, répéta Rose. Avec ce Calvin. Je te parie tout ce que tu veux.

Rose baissa la tête, puis fixa de nouveau Nina.

– Il a bu quand vous étiez ensemble, hier ?

Nina refusait de dénoncer Jimmy. Mais, apparemment, son expression la trahit.

– Je vois, marmotta Rose. Tu sais, j'ai peur pour ton frère.

Nina se mordillait la lèvre, pensive.

– Moi aussi, murmura-t-elle.

Elles demeurèrent un instant immobiles, muettes. Rose poussa un soupir.

– Personne ne peut le sauver s'il ne le veut pas. Personne ne peut faire ça pour lui. Mais, s'il replonge, je crains fort qu'il ne soit plus capable de s'en sortir.

Nina réfléchissait.

– Vous dites que Calvin Mears a téléphoné. Votre appareil est équipé du système de présentation du numéro de votre correspondant ?

Rose fronça les sourcils.

– Oui, je crois. Personnellement, je ne m'en sers jamais. C'est Anthony qui a eu envie de ce gadget.

– Je peux vérifier ? Ça vaut la peine d'essayer.

Rose lui désigna le combiné. Nina passa en revue les numéros mémorisés.

– La Brise Marine, un motel. Vous connaissez quelqu'un là-bas ?

Rose fit non de la tête.

Nina lui montra l'heure de la communication sur le cadran.

– Ça correspond au moment où Mears a appelé ?

– Oui.

Nina composa le numéro et demanda la personne chargée des réservations. Après quoi elle raccrocha.

– Ce motel est à Seaside Park. J'y vais.

– Nina, on ne peut pas forcer Jimmy à se délivrer de sa dépendance. C'est à lui seul de réagir, ça ne dépend que de lui.

Il est avec Calvin Mears, se répétait Nina.

– Je veux simplement le retrouver.

Tout en faisant le plein d'essence à la station-service, Nina téléphona à Gemma. Elle tomba sur le répondeur. Elle essaya ensuite de la joindre sur son portable et, cette fois, sa belle-sœur répondit.

– Il paraît que Jimmy a passé la nuit chez vous ? Où es-tu ? J'ai l'impression que tu es en voiture.

– Oui, je sors de la bibliothèque universitaire. Et tu as raison pour Jimmy. Patrick a été obligé d'aller le récupérer dans un bar.

– Je crois qu'il a des problèmes. Ce matin, il a dit aux Connelly qu'il partait travailler, mais il a menti. Je pense qu'il est avec Calvin Mears. Tu ne te souviens sans doute pas de lui...

– Si, je m'en souviens, rétorqua Gemma d'un ton morne. Il me surnommait « Sac d'os ».

Nina grimaça. Elle savait qu'au lycée Gemma avait enduré les pires moqueries à cause de sa maigreur.

– Ce type est un salaud. Il l'a toujours été. Bref, j'essaie de retrouver Jimmy. Calvin et Jimmy ensemble, ça fait un mélange détonant. Écoute, Gemma, j'ai besoin d'un service. Tu pourrais passer prendre les médicaments de ma tante à la pharmacie et les lui apporter ? La pharmacienne a dit qu'il lui faudrait au moins une heure pour tout préparer, or je ne voudrais pas m'attarder.

– Bien sûr, répondit Gemma. Compte sur moi.

Nina remercia sa belle-sœur, paya l'essence et prit la direction de Seaside Park.

Lorsqu'elle atteignit la cité balnéaire déserte, des nuages noirs s'amoncelaient dans le ciel. Elle s'arrêta pour demander son chemin puis parcourut à faible allure les quelques centaines de mètres qui la séparaient du motel.

En s'engageant dans la rue, elle vit l'enseigne au néon de La Brise Marine. Il y avait alentour une agitation anormale. Des véhicules de police et une ambulance stationnaient sur le parking, des gens s'attroupaient, discutant et gesticulant, devant le bâtiment de la réception. Le ruban jaune de la police interdisait l'accès aux chambres. Plusieurs clients furieux protestaient, clamant qu'ils voulaient passer.

La gorge nouée, Nina se gara le long du trottoir et rejoignit un groupe de policiers.

Avant même qu'elle ait pu prononcer un mot, l'un d'eux déclara :

– On n'approche pas.

– Qu'est-ce qui se passe ?

– Ne restez pas là ! cria le policier à la cantonade, sans même adresser un regard à Nina. Dégagez le périmètre, s'il vous plaît !

Une fille trapue, en jean et veste caca d'oie, griffonnait des notes sur un carnet.

– Il y a eu des coups de feu, dit-elle.

Nina sentit son cœur s'arrêter.

– Sur qui on a tiré ?

– Je ne sais pas. Justement, j'essaie d'obtenir des réponses, je travaille pour un hebdomadaire. Ce serait quelqu'un qui logeait au motel, paraît-il.

– Mon frère était ici... en visite, rétorqua anxieusement Nina. Vous avez des noms ?

La fille relut ses notes. À cet instant, Nina vit s'ouvrir la porte d'une chambre. Un couple sortit. L'homme corpulent, au crâne dégarni, était en tenue de pêche, avec des cuissardes, la femme portait un pantalon en stretch et un T-shirt orné d'un motif bariolé. Nina les reconnut aussitôt. L'un des policiers, qui dirigeait apparemment les opérations, s'avança vers eux et échangea une poignée de main avec l'homme à moitié chauve. L'oncle et la tante de Calvin, qui étaient au cimetière. Le policier leur parla d'un air grave. La femme poussa un cri étranglé, s'appuya lourdement contre son mari.

– Calvin... Mears, dit Nina à la journaliste.

– Ah oui, c'est ça. Il a été tué. Les deux autres sont partis en ambulance. Hé, attendez...

Nina piqua un sprint jusqu'au ruban jaune derrière lequel le policier qui avait discuté avec l'oncle et la tante de Calvin s'entretenait maintenant avec une femme aux mains protégées par des gants de chirurgien.

– Excusez-moi ! S'il vous plaît !

Le policier se tourna vers elle, la mine sévère.

– Reculez, je vous prie.

– Mon frère était avec l'homme qui a été tué. Il faut que je sache...

– Comment s'appelle votre frère ?

– Avery... James Avery.

L'inspecteur baissa le nez sur son bloc-notes, fronça les sourcils, cependant son expression irritée s'effaça.

– Je suis désolé, mademoiselle. Quel est votre nom ?

– Nina... Avery.

Elle avait la bouche tellement sèche qu'elle articulait avec difficulté. Son cœur battait à toute allure.

– Votre frère... hmm... on l'a emmené au centre

médical Le Rivage. Si vous voulez, un de mes hommes peut vous y conduire.

– Oh, mon Dieu. Oh... Qui a tiré sur lui ?

– Votre frère... hmm... non, il n'est pas blessé. Ce sont les deux autres qu'on a abattus. Votre frère... apparemment, il a été victime d'une overdose. Il est... hmm... dans un état critique. Il est dans le coma. Tenez, vous voulez vous asseoir ? Qu'on apporte une chaise à cette demoiselle !

Un policier s'engouffra dans une chambre voisine.

– Qu'est-ce que votre frère faisait ici avec M. Mears ? Vous le savez ? demanda l'inspecteur.

– Je l'ignore. C'étaient de vieux copains.

Le policier ressortit de la chambre, trimballant un fauteuil qu'il posa dans l'allée. Nina s'y écroula, les jambes en coton.

– Ça ira ? lui dit le jeune agent avec sollicitude.

Elle opina.

– Sepulveda, allez lui chercher quelque chose à boire, il y a un distributeur à la réception, ordonna l'inspecteur. Quand elle se sentira mieux, vous l'emmènerez au centre médical. C'est son frère qui est en overdose.

Une overdose, se répétait Nina. Oh, Seigneur.

– Mais qui... qu'est-ce qui s'est passé ? balbutia-t-elle.

– Inspecteur Milgram ! lança un autre agent.

Il approchait, flanqué d'une femme vêtue d'un corsage en coton au décolleté orné de petits bouts de miroir, d'une jupe longue, et chaussée de sandales. Elle avait le teint sombre, des cheveux d'un noir luisant ramassés en un chignon ébouriffé sur la nuque.

– La femme de chambre... Elle est revenue il y a un instant. Vous aviez dit que vous vouliez l'interroger...

– Ouais, grommela l'inspecteur. Mademoiselle...

Patel, c'est bien ça ? Je voudrais que vous m'expliquiez tout ce que vous avez vu...

– Je ne suis pas femme de chambre, s'indigna-t-elle. Mon oncle est le propriétaire du motel.

Nina, toujours assise dans le fauteuil, tourna les yeux vers l'oncle et la tante de Calvin Mears, qui discutaient avec un autre inspecteur. La tante reniflait dans un mouchoir en papier, secouait la tête d'un air accablé. L'oncle parlait avec véhémence, agitait son bras comme s'il maniait un club de golf. Soudain, Nina l'entendit dire : « Il avait une batte. » Elle comprit que Jenkins faisait allusion à l'homme du cimetière, Keefer.

– Et l'autre ? intervint sa femme. Le Portoricain qui est venu à la maison ?

L'inspecteur, qui tournait le dos à Nina, leur murmura quelques mots. Les Jenkins hochèrent la tête.

L'agent Sepulveda, un jeune homme au long visage étroit, à l'air sérieux, la rejoignit et lui tendit une canette de Sprite. Nina en but une gorgée avec gratitude.

– Vous êtes prête à aller au centre médical, mademoiselle ?

– Ça va, ça ira. Je peux prendre ma voiture.

– Si vous êtes trop bouleversée pour conduire, je vous y emmène.

– Je reste assise une minute, ensuite ça ira.

Elle ferma les yeux, tout en sirotant son soda. Mlle Patel décrivait le désordre qu'elle avait trouvé dans la 408. En Inde, disait-elle, ses parents avaient des domestiques qui faisaient le ménage pour elle.

– Alors, est-ce que vous avez remarqué quelque chose... d'inhabituel ? interrogea l'inspecteur. Un détail qui pourrait nous aider à découvrir le coupable ?

– Non, pas vraiment, répondit-elle de sa voix chantante. Enfin, peut-être une chose.

– Et de quoi s'agissait-il ?

– Eh bien, j'ai vu une Jaguar garée derrière. Vous savez, cette voiture de sport anglaise. Bleu métallisé. Toute neuve. Une belle voiture, vraiment. Y en a pas beaucoup comme ça par ici, c'est moi qui vous le dis. Elle est pas restée longtemps.

– Vous avez regardé la plaque d'immatriculation ?

– Elle était immatriculée dans le New Jersey, je crois. J'ai pas fait très attention.

L'agent Sepulveda posa la main sur le dossier du fauteuil, se pencha vers Nina.

– Comment vous sentez-vous ? Mieux ?

Nina ne répondit pas. Elle fixait le vide devant elle, réfléchissait à ce que Mlle Patel venait de raconter. Une Jaguar bleu métallisé. Garée tout près de la chambre où on avait abattu Calvin Mears. La chambre où Jimmy se mourait d'une overdose. Une Jaguar bleu métallisé. Non, non. Ce n'était pas possible.

26

– D'ACCORD, mademoiselle, dit gentiment l'infirmière. Il est en réanimation, nous l'avons stabilisé. Vous pouvez monter, mais seulement quelques minutes.

Il y avait près de deux heures que Nina se trouvait dans la salle d'attente des urgences du centre médical Le Rivage. Elle voulait voir son frère, cependant elle comprenait bien que les médecins et le personnel soignant tentaient de le sauver, alors elle patientait. De temps à autre, une infirmière venait lui donner des nouvelles.

Nina se leva.

– Comment va-t-il ?

– Il est toujours dans un état critique, répondit l'infirmière d'un ton navré. Il n'est pas conscient, mais... il sentira peut-être que vous êtes là. Ça arrive, parfois.

Nina la remercia, s'engagea dans le labyrinthe de cet hôpital inconnu et suivit les panneaux indiquant le service de réanimation. Une réceptionniste lui désigna un box aux rideaux tirés. Elle y pénétra sans bruit, découvrit son frère gisant sur un lit, nimbé d'une lumière crue, fluorescente, que dispensait un néon fixé au mur. Elle s'approcha de lui sur la pointe des pieds, posa la main sur son front moite, la seule partie de son corps, ou presque, qui n'était pas recouverte de fils et de tuyaux. Il avait les paupières closes, couleur de cendre, les yeux enfoncés dans leurs orbites. Le silence régnait dans le box, uniquement troublé par le bourdonnement du respirateur. Le tube qui le reliait à la machine, maintenu par du ruban adhésif, était fiché entre ses lèvres livides, pareilles à du parchemin.

Qu'est-ce qui t'est arrivé dans cette chambre de motel ?

– Jimmy, lui murmura-t-elle à l'oreille. C'est moi, Nina. Il faut que tu reviennes avec nous. Allez, ouvre les yeux. Tu peux le faire, Jimmy.

Il n'eut aucune réaction. Elle se redressa, le contempla. Pendant le trajet jusqu'ici, pendant qu'elle montait la garde en attendant de voir son frère, elle n'avait cessé de penser à la Jaguar bleu métallisé, garée sur le parking de La Brise Marine. La veille, Patrick était allé chercher Jimmy dans ce bar. Jimmy lui avait sans doute raconté comment Calvin et lui avaient comploté de voler Marsha. Peut-être cette révélation avait-elle mis Patrick dans une telle rage qu'il avait voulu affronter Mears. En débarquant au motel, il avait découvert Jimmy en overdose et perdu le contrôle de lui-même. Peut-être...

Qu'est-ce qui s'est passé ? Malheureusement, à présent, avec Jimmy dans le coma et Mears à la morgue, elle risquait de ne jamais avoir de réponse à cette question.

Une infirmière entrebâilla les rideaux du box.

– Faites vite, ma grande, chuchota-t-elle.

Nina acquiesça, baisa le front de son frère.

– Je reviens, lui dit-elle.

Elle regagna le poste de commande, remercia l'infirmière qui lui adressa un sourire plein de sollicitude. Puis, retenant sa respiration, elle se hâta de traverser le service de réanimation, où régnait une atmosphère de ruche, poussa la porte et se retrouva avec soulagement dans la relative tranquillité de la salle d'attente.

– Nina !

Levant la tête, elle vit Rose et George Connelly qui franchissaient le seuil. Ils se précipitèrent vers elle, le chagrin se lisait dans leur regard. Nina redoutait cet instant depuis qu'elle avait appelé Rose pour la prévenir qu'elle était à l'hôpital. Eux qui s'étaient donné tellement de mal pour Jimmy... ils allaient maintenant devoir endurer cette nouvelle épreuve.

– Comment va-t-il ? demanda George d'une voix éraillée.

– Pas très bien, répondit Nina dont les yeux s'emplirent soudain de larmes.

– Le Seigneur le protègera, dit George en l'entourant de son bras. Aie confiance.

Voilà donc votre secret ? pensa Nina. C'est de cette façon que vous réussissez à encaisser les coups du sort ?

– Dès que tu m'as annoncé que ce Calvin Mears était dans les parages, j'ai redouté un malheur de ce genre.

– Je suis désolée, Rose.

– Oh, Nina, ne t'excuse pas. Ce n'est pas ta faute. Tu n'as rien à te reprocher.

Rose l'attira contre elle, l'étreignit. Ce geste maternel était comme un pardon et, durant un long moment, Nina s'autorisa à baisser sa garde et à pleurer tout son soûl.

Sitôt qu'elle quitta l'hôpital, la faim et l'épuisement firent chanceler Nina. Elle s'arrêta sur la première aire de repos qu'elle rencontra, ferma les yeux. Ce fut le froid qui la tira d'un sommeil de plomb, une heure plus tard. Elle se réfugia dans le restoroute pour manger un morceau. Puis elle reprit la direction de Hoffman.

Quand elle se gara dans l'allée, elle fut surprise d'y voir la petite Honda bordeaux de sa belle-sœur. Elle gravit les marches du perron. La porte s'ouvrit alors qu'elle posait la main sur la poignée.

– Comment va Jimmy ? interrogea Gemma, tandis que Nina la repoussait doucement pour pénétrer dans le vestibule.

– Pas bien.

– Il s'en sortira ?

Nina secoua la tête.

– Je ne sais pas.

– Et l'autre homme ?

– Calvin Mears ? Il est mort.

– Non, il y avait un Hispano-Américain. À la télé, ils ont dit qu'il était encore vivant, mais dans un état critique.

– Oh, je ne sais pas. Je ne suis pas au courant. J'étais avec Jimmy. Je suis moulue.

Nina ôta sa veste, s'écroula dans un fauteuil et se frotta les yeux.

– Les Connelly sont à l'hôpital, maintenant. Tu as des nouvelles de Patrick ?

– Pas encore. Il est toujours au bureau, je suppose. Je veux aller à l'hôpital, moi aussi, mais il faut que j'attende Patrick.

Nina la dévisagea.

– Il ne t'a pas rappelée ?

– Ça ne m'étonne pas. Il déteste que je le dérange au bureau. De toute façon, il est souvent en retard.

Nina avait du mal à soutenir le regard inquisiteur de sa belle-sœur. D'autant plus que, durant ces dernières heures, elle avait ruminé, concernant Patrick, des pensées plutôt sinistres.

– Où sont les jumeaux ?

– Avec la nouvelle gouvernante.

– Et comment va tante Mary ?

– Elle dort. Elle a pris ses médicaments.

Nina poussa un soupir de soulagement.

– Merci d'être passée à la pharmacie. Et d'être restée auprès de ma tante.

– De rien. Bon, maintenant que tu es là, j'y vais.

– Gemma, je peux te parler une minute ?

– Mais bien sûr, Nina, répondit sa belle-sœur d'un air surpris.

Elle s'assit sur le sofa, elle était si mince et légère que les coussins s'affaissèrent à peine sous son poids. Ses doigts s'agitaient nerveusement sur ses genoux, elle tripotait ses bagues. Elle dévisageait Nina de ses grands yeux bruns.

– Qu'est-ce qu'il y a ?

Nina tourna la tête vers le couloir menant à la chambre de sa tante.

– Ne parlons pas trop fort, je ne voudrais pas que ma tante se réveille et entende ça.

– Quoi donc ?

– J'y ai réfléchi pendant tout le trajet. J'ai essayé de comprendre pourquoi... je ne sais pas par où commencer. Je...il faut que je te pose une question. À propos de Patrick.

– Quelle question ?

Gemma plissa le front.

Nina joignit les mains, les frotta l'une contre l'autre.

– Eh bien, j'imagine que ça va te paraître... Écoute, je suis très inquiète depuis que j'ai appris... quelqu'un a remarqué une Jaguar bleu métallisé près du motel où on a retrouvé Jimmy.

Gemma la regarda fixement, Nina vit son pouls battre au creux de sa gorge.

– Ça ne signifie peut-être rien, se hâta-t-elle d'ajouter, il y a beaucoup de Jaguar bleues...

– Tu es malade, coupa Gemma dont les yeux s'étaient durcis, pareils à deux pierres. Tu penses que Patrick aurait fait une chose pareille ?

Impressionnée par la réaction violente de sa belle-sœur, Nina battit en retraite.

– Je ne sais plus quoi penser. Je suis désolée, Gemma... je n'ai pas pu m'empêcher d'envisager cette hypothèse. Tu comprends, Jimmy a dormi chez vous hier. Je parie qu'il a avoué à Patrick ce que lui et Calvin Mears ont fait la nuit où ma mère a été assassinée – le vol.

Deux taches rouges colorèrent les joues habituellement pâles de Gemma.

– Il a raconté cette histoire en long et en large, c'est vrai. Il a radoté pendant des heures. Mais, à mon avis, Patrick ne l'a pas cru. Jimmy était ivre mort.

Nina se pencha vers elle.

– Je sais, seulement... ça aurait quand même pu tracasser Patrick. Peut-être qu'aujourd'hui il a décidé d'aller au motel où logeait Calvin pour en avoir le cœur net. Et peut-être qu'en arrivant là-bas, il a trouvé Jimmy dans cet état et qu'il a... disjoncté. Si je ne me trompe pas, il a une arme. Il me semble qu'il me l'a dit, un jour.

– Patrick est en train de travailler. À New York.

Nina songea que son frère avait souvent prétendu travailler, alors qu'il était en compagnie de Lindsay Farrell.

– Tu en es vraiment certaine ? Il aurait pu quitter son bureau et se rendre à Seaside Park.

Gemma la scrutait, ses yeux n'étaient plus que deux fentes.

– Tu as parlé de ça à la police ?

– Non, admit Nina. Ils m'ont interrogée, mais

275

quand ils ont mentionné la Jaguar bleue, je n'ai rien dit. Quoi que tu puisses penser de moi, je n'allais pas dénoncer mon frère. Simplement... je m'inquiète.

– Eh bien, arrête de t'inquiéter. Pourquoi as-tu une si mauvaise opinion de Patrick ? Tu cherches à nous détruire ? C'est mon mari. Le père de mes enfants. Tu veux qu'il aille en prison ?

– Je veux juste connaître la vérité, rétorqua Nina, butée.

– Donne-moi ton téléphone. Je le rappelle. Pour te prouver que tu as tort.

Nina fouilla dans sa sacoche, tendit son portable à Gemma qui composa un numéro.

– Bonjour, passez-moi Patrick Avery. Dites-lui que c'est sa femme et que, cette fois, c'est urgent. Tant pis s'il est occupé, je dois lui parler.

Gemma attendit d'avoir Patrick en ligne, son pied battant impatiemment la mesure.

Nina l'observait.

– Oui, je suis toujours là.

Soudain, le regard flamboyant de Gemma s'éteignit.

– Il n'est pas là ? Depuis quand ? Il est parti à quelle heure ?

Elle interrompit la communication, demeura un instant pétrifiée. Puis elle rendit le téléphone à Nina, se leva.

– Il faut que j'y aille.

– Où est-il ?

– Je ne sais pas.

– Gemma, j'aimerais me tromper. Je ne dirai rien à la police. Mais tu dois te préparer. Si le Portoricain survit, il sera peut-être capable d'identifier celui qui a tiré. S'il s'agit de Patrick...

Gemma hésita une seconde.

– Va au diable, marmonna-t-elle en saisissant son manteau.

Elle sortit de la maison en claquant violemment la porte.

Nina grimaça. Elle n'en voulait pas à Gemma d'être furieuse. Elle-même se sentait coupable de soupçonner son frère. Cependant il fallait qu'elle ait le fin mot de l'histoire. Or elle savait où, éventuellement, elle pourrait trouver Patrick. Là où Gemma n'irait pas le chercher.

27

ANDRÉ reprit conscience, frissonnant, dans une pièce inondée d'une lumière crue. Il jeta un coup d'œil autour de lui, vit les barrières métalliques de son lit, la couverture en coton blanc. Une aiguille de perfusion était piquée sur le dos de sa main, du sang tachait l'adhésif transparent qui la maintenait. Il ébaucha un mouvement, une vive douleur irradia dans tout son torse. Qu'est-ce que je fais ici ? se demanda-t-il, sonné. Et puis il se souvint.

– Hé, mais il est réveillé, dit une infirmière qui s'approcha.

Elle appuya ses avant-bras grassouillets sur la barrière du lit. Quinquagénaire, elle avait des cheveux courts et grisonnants, une large figure joviale qu'elle penchait vers lui. La bonté se lisait dans son regard.

– Comment vous sentez-vous ? Vous êtes un sacré veinard. On vous a retiré trois balles du corps.

André essaya de parler ; sa bouche était si sèche qu'il ne parvint pas à émettre un son.

– Attendez, je vous aide.

Elle lui pressa une petite éponge humide sur les lèvres.

– Voilà, c'est mieux ?

André hocha imperceptiblement la tête.

– Quelle heure ? balbutia-t-il.

– Dix-sept heures, bientôt. Vous êtes resté long-temps sur la table d'opération. Là, vous êtes encore en salle de réveil. On va vous garder ici jusqu'à ce que votre état soit stabilisé, ensuite on vous montera dans une chambre. Mais vous connaissez la manœuvre, docteur.

André esquissa un faible sourire. À mesure qu'il reprenait ses esprits, une terrible sensation d'angoisse le taraudait.

– D'abord, ils n'ont pas réalisé qui vous étiez, pour-suivit l'infirmière en gloussant. La police croyait que vous étiez drogué comme les types avec qui on vous a trouvés. Et puis quelqu'un a fouillé vos affaires, et voilà.

André voulut passer sur ses lèvres parcheminées une langue qui, lui semblait-il, avait doublé de volume. L'infirmière, empressée, lui humecta de nouveau la bouche avec l'éponge.

– De l'eau ? bredouilla-t-il.

– Pas tout de suite. Je peux aller vous chercher un peu de glace pilée...

– S'il vous plaît, marmotta André dont la langue cartonneuse lui refusait décidément tout service.

L'infirmière sortit à grands pas de la salle, André ferma les yeux, s'efforçant de rassembler ses souvenirs. Il y avait des trous noirs dans sa mémoire, reconstituer le film des événements était difficile. Il avait eu peur pour Nina. Peur qu'elle ne s'acharne à retrouver Calvin Mears. Il savait que rien ne serait possible entre eux tant que cette affaire ne serait pas résolue. Elle ne pensait qu'à ça. Alors il était intervenu, sans même la prévenir. Il avait fait fonctionner le téléphone arabe, obtenu l'adresse... Des visages flottaient dans son esprit. Stan Mazurek et Dwight Bird. La femme de Seaside Park, la tante de Calvin... Il referma les paupières, pour mieux se concentrer. Tel un homme en quête de repos, il laissa l'image de Nina l'envahir.

Nina. Elle voulait savoir... quoi donc ? Il se rappelait avoir pris l'adresse que Stan lui avait communiquée, avoir roulé jusqu'à cette maison de Seaside Park. En route, il avait imaginé une histoire qui lui servirait de prétexte.

– Me revoilà.

L'infirmière puisa dans une tasse, à l'aide d'une cuillère en plastique, un petit bout de glace qu'elle lui posa sur la langue. André le sentit fondre dans sa bouche, descendre dans sa gorge. Brusquement, une violente nausée le secoua, un flot de salive monta à ses lèvres. Il tenta d'inspirer à fond.

– Qu'est-ce que vous avez, docteur Quinteros ? Vous avez envie de vomir ?

La sueur perlait à son front. Il banda toute sa volonté pour refouler sa nausée.

– Je peux vous donner du Campazine, si vous voulez.

– Non...

Le médicament l'assommerait de nouveau.

– Téléphone, bredouilla-t-il en se forçant à déglutir. Il me faut un téléphone.

L'infirmière agita un doigt réprobateur.

– Oh non, pas de téléphone. Soyez un peu raisonnable, docteur. Vous êtes encore en salle de réveil. Ne vous agitez pas, restez tranquille et ne pensez plus à rien. Vous aurez tout le temps de téléphoner quand vous serez dans votre chambre. Ça peut attendre.

Là-dessus, elle s'éloigna du lit.

– Infirmière ! dit-il d'une voix rauque.

Elle revint, l'observa d'un air soucieux.

– Ce que vous pouvez transpirer... Je vais vous prendre la température.

Elle repartit, André se laissa retomber sur son oreiller. Il devait parler à Nina. Lui expliquer ce qui s'était passé. Le jeune homme maigre aux cheveux sales, à l'air traqué, qui avait entrebâillé la porte.

« Vous êtes le docteur dont ma tante m'a parlé ? » Puis : « Tant mieux. Il faut que vous m'aidiez. Il est en train de crever. »

André était entré dans la chambre, obscure et en désordre, qui empestait le vomi. Un homme massif était couché sur le lit, la chemise souillée, un large caoutchouc serré autour du bras.

– Que s'est-il passé ? avait demandé André à Mears.

– Je sais pas. Il vient de tomber dans les pommes.

André avait examiné les yeux du malade. Ses pupilles n'étaient plus que deux têtes d'épingles. Il avait la peau livide et froide, il respirait à peine, son pouls était imperceptible.

– Quelle drogue il a prise ?

– De la drogue ? Je sais pas.

– Vous mentez, avait accusé André en tâtonnant dans la pénombre jusqu'à ce qu'il trouve la seringue sur le sol. Alors, qu'est-ce que c'est ?

– De l'héroïne. Il a pris de l'héroïne.

– Merde... Il nous faut du Narcan. Appelez le 911.

Et puis on avait frappé à la porte. Mears était allé ouvrir...

L'infirmière revint avec un thermomètre. Elle le glissa dans le conduit auditif d'André, appuya sur le bouton de lecture. Après le bip, elle retira l'appareil et vérifia le chiffre inscrit sur le cadran.

– Combien ? balbutia André.

– Vous avez un peu de fièvre. Mais, après une opération, c'est normal. On va surveiller ça.

André lui agrippa la main.

– S'il vous plaît. Un coup de fil. Vous pouvez faire ça pour moi ? C'est urgent.

– Écoutez-moi bien. Vous avez beau être médecin,

ici je suis aux commandes. Alors pas de téléphone, pas de réponses aux questions de la police, rien du tout, tant qu'on ne vous aura pas requinqué.

– La police ? murmura-t-il.

– Ils sont dans le couloir. Ça fait une heure qu'ils trépignent. Ils veulent vous interroger sur ce qui s'est passé. Mais ils n'entreront pas avant que je leur en donne l'autorisation.

– Il faut que je leur dise...

– Oh non. Je refuse qu'ils me mettent la pagaïe partout. On a le temps pour ça. Et maintenant, vous restez tranquille.

Secouant la tête, elle regagna le bureau des infirmières, inscrivit la température de son patient sur sa fiche qu'elle classa. Après quoi elle alla voir où en était un vieux monsieur à qui on avait retiré la vésicule biliaire par laparoscopie. Il allait très bien, on le ramènerait bientôt dans sa chambre. Ensuite elle se dirigea vers une femme qui avait subi l'ablation de plusieurs tumeurs ovariennes – heureusement toutes bénignes, néanmoins cette patiente avait passé un sale quart d'heure : accident anesthésique. L'infirmière s'apprêtait à lui prendre le pouls, quand la femme articula d'une voix faible et anxieuse :

– Infirmière, ce monsieur, regardez !

L'infirmière pivota vers le médecin blessé. Il avait réussi à s'extirper du lit. Debout, il chancelait, une main pressée sur les bandages qui comprimaient son abdomen ; de l'autre, il se tenait au mur et, pas à pas, s'avançait vers la porte. Le dos de sa blouse découvrait son anatomie, mais à l'évidence c'était le cadet de ses soucis.

– Docteur Quinteros ! s'exclama-t-elle. Arrêtez-vous !

Il ne lui jeta même pas un regard, continua à se traîner vers la porte.

– Vous vous arrêtez tout de suite ! ordonna-t-elle en se précipitant. Vous allez recommencer à saigner.

Il était sur le seuil quand elle l'atteignit et voulut l'agripper. Il se retourna, son teint ambré avait viré au gris. Du sang imbibait le devant de sa blouse, sous ses doigts. Elle n'eut pas le temps de le retenir. Ses yeux se révulsèrent, il glissa le long du mur et s'effondra sur le carrelage.

28

Nina avait appelé la boutique d'antiquités Farrell. Elle avait eu au bout du fil le vendeur, Arne, lequel lui avait déclaré que Lindsay était sortie. Comme Nina insistait, disant qu'elle allait venir et attendre son retour, Arne avait finalement expliqué que sa patronne était en train d'estimer le mobilier d'une maison pour le compte d'un dénommé Cowley, un jeune banquier dont les parents venaient de décéder. Elle ne rentrerait certainement pas de sitôt. Avec moult réticences, il lui donna l'adresse, et l'avertit que Lindsay ne verrait pas d'un bon œil qu'on la dérange en plein travail. Mais Nina se fichait éperdument d'être mal accueillie.

La demeure des Cowley se dressait au bout d'une allée sinueuse qui traversait une pommeraie ainsi qu'un pont enjambant un étang artificiel bordé de saules pleureurs. Au clair de lune, le feuillage des saules paraissait argenté et la surface de l'étang évoquait de l'onyx strié de nervures lumineuses. Nina roula à faible allure jusqu'à l'imposante maison de style normand. Quand toutes les fenêtres étaient éclairées, cet endroit devait être absolument magnifique, mais ce soir il n'y avait de la lumière qu'au rez-de-chaussée. Nina gara la Volvo sur une aire gravillonnée, près d'une BMW noire. Pas de Jaguar en vue. Pour une fois, Nina aurait préféré qu'elle soit là. Peut-être Patrick était-il déjà reparti, se dit-elle. Bon, tu y vas.

Elle monta les marches du perron. La porte était ouverte, elle la poussa.

– Lindsay ? Tu es là ?

Elle entendit une voix, lointaine, et pénétra dans le vaste hall où s'élevait, face à la porte, un escalier à double révolution. Elle fouilla des yeux les couloirs qui, de chaque côté, desservaient les pièces. L'un était obscur ; dans l'autre, elle distingua vaguement les teintes élégantes des papiers peints.

– Lindsay ! C'est moi, Nina Avery !

Elle attendit une réponse, perçut de nouveau une voix, puis une autre.

Elle se guida sur cet écho. À mesure qu'elle avançait, le son se précisait – un homme et une femme bavardaient. Lindsay et, si elle ne se trompait pas, Patrick.

Patrick, fulmina-t-elle tout en traversant des pièces au décor raffiné, dont les meubles, les vases et les tableaux étaient déjà pourvus d'étiquettes de couleur vive. Elle atteignit une bibliothèque tapissée de livres, se raidit, prête à affronter le spectacle qu'elle risquait de découvrir. Elle aurait dû signaler sa présence, cependant elle s'en abstint : il était temps de les prendre la main dans le sac.

Elle franchit le seuil. À l'autre extrémité de la pièce, devant des fenêtres à meneaux, Lindsay et Patrick étaient à moitié accroupis, serrés l'un contre l'autre. En les observant mieux, Nina se rendit compte qu'ils examinaient le dessous d'une causeuse.

– Regarde l'entoilage, disait Lindsay.

– Refait. Donc ça diminue la valeur de moitié.

– Exactement.

– Excusez-moi, articula Nina.

Lindsay poussa un cri, Patrick sursauta.

– Nina ! Bon Dieu, tu nous as fait une de ces peurs ! Qu'est-ce que tu fabriques ici ? Ça ne va pas mieux, de nous tomber dessus comme ça ?

Ils étaient tous les deux en chaussures de sport et vêtements poussiéreux. Un foulard protégeait les cheveux de Lindsay.

– Je... je suis désolée, bafouilla Nina. Je ne...

– Remettons ça en place, dit Patrick à Lindsay qui acquiesça.

Ils reposèrent la causeuse sur le tapis d'Orient dont les tons avaient l'éclat de pierres précieuses.

– Je vais m'attaquer à la salle à manger, dit Lindsay. N'oublie pas ces porcelaines japonaises. Je voudrais qu'on s'en occupe dès que tu auras terminé.

– D'accord.

Lindsay sortit de la pièce.

– C'est toujours un plaisir de te voir, Nina, dit-elle au passage.

Patrick désigna à sa sœur un fauteuil recouvert de tapisserie. Nina s'assit, lui s'installa au bord du canapé en cuir.

– Qu'est-ce que tu fais ici, Patrick ?

Il joignit les mains, soupira.

– Je pourrais mentir, mais autant t'annoncer la nouvelle. Maintenant, je suis vraiment décidé. Même si je vais en prendre plein la figure, de tous les côtés...

– Patrick, l'interrompit sèchement Nina.

– Bon. Je te la fais courte. Je démissionne et je rachète l'affaire de Lindsay.

– C'est donc professionnel ?

Il hocha la tête.

– Oui, l'autre soir quand tu as débarqué dans son bureau, je contrôlais ses livres de comptes. Elle a beaucoup de stock et pas mal de frais généraux, mais dans le coin, on ne manque pas de gens bourrés de fric qui ne demandent qu'à acheter. Lindsay et Arne vont se marier et retourner en Europe.

Nina était abasourdie ; elle s'était totalement fourvoyée.

– Arne ? Le vendeur de la boutique ?

– Oui. Je le trouve plutôt... insignifiant, mais... hein, ce n'est pas à moi de juger. Bref, j'ai estimé que c'était l'occasion idéale. Je... mon boulot ne m'apporte plus aucune satisfaction. Tu comprends, on a de l'argent, et tout ce que l'argent peut offrir, seulement je ne suis vraiment heureux que quand je fais ça – fouiner dans des vieilles baraques, participer à des ventes aux enchères, me plonger dans des livres anciens pour dénicher des tableaux inconnus. Je pensais que, quand j'aurais terminé ma maison, ça me suffirait, mais je me suis retrouvé au même point : je détestais mon job et j'avais envie de tout recommencer. Et puis, tu vois, c'est peut-être parce que nos deux parents sont morts si jeunes, je n'arrête pas de me dire que la vie est courte. Il faut faire ce qu'on aime, même si ça implique de ne pas avoir le luxe qu'un autre genre de métier vous procure. D'ailleurs, je ne t'apprends rien. Toi, tu fais ce que tu aimes.

– Patrick, je.... je ne sais pas quoi te répondre. Gemma est au courant ?

Il grimaça.

– Non, et elle n'appréciera pas. On n'aura plus les moyens financiers auxquels elle est habituée...

– Oh, allons. Gemma n'est pas vraiment matérialiste.

– Effectivement, mais pendant un certain temps, ce sera un peu juste. Elle sera peut-être obligée de se trouver un emploi rémunéré.

– Elle peut toujours retourner enseigner à l'université, je suppose.

Patrick la dévisagea d'un air incrédule.

287

– Ah non, ça m'étonnerait.

– Bien sûr que si, ils la reprendront. Elle n'aura qu'à travailler sur le livre de sa mère le week-end ou le soir.

– Elle ne t'a rien dit, n'est-ce pas ?

Il secoua la tête.

– Elle m'avait demandé de ne pas en parler. Elle avait promis qu'elle le ferait. J'aurais dû m'en douter.

– Me dire quoi ?

– Nina, elle n'a pas démissionné pour écrire un bouquin. Elle a été virée. Flanquée à la porte parce qu'elle a falsifié des résultats au laboratoire de recherche, tout ça pour un article qu'elle voulait publier.

– Gemma ?

– Ne sois pas vexée, soupira-t-il. Elle ne m'a rien dit, à moi, pendant six mois. Elle faisait semblant de partir au travail.

– Tu plaisantes...

– J'aimerais bien. Ne prends pas cet air médusé, c'est du Gemma tout craché. Moi, à la longue, je m'y suis habitué. Bref, je me fiche de son opinion sur mon virage professionnel. Il faudra qu'elle s'y fasse. Quant à Lindsay, elle m'a aidé avec les antiquités que je ne connais pas trop. C'est pour ça que je suis là ce soir. Elle a pensé que ce serait un bon exercice pour moi d'évaluer des objets qui ne me sont pas familiers – chinoiseries, antiquités américaines, tout ça. Alors, maintenant que je t'ai tout raconté, qu'est-ce que tu en dis ?

Nina eut la sensation qu'on l'allégeait d'un poids.

– Je pense que... si c'est ce que tu veux faire, n'hésite pas, fonce.

Patrick eut un large sourire, et elle songea qu'elle n'avait pas vu son frère sourire de cette façon depuis très longtemps.

– Merci. Ça a beaucoup d'importance pour moi,

parce que je serais surpris que ma femme m'approuve. Mais, maintenant, je m'en fous, ajouta-t-il en haussant les épaules. C'est ma vie.

Soudain, il fixa sur elle un regard intrigué.

– Au fait, comment tu as deviné où j'étais ?

– Je... une intuition. Je voulais te parler de Jimmy.

Il roula des yeux.

– Il est soûl ? Hier soir, tu sais, il avait bu. Je l'ai récupéré dans un bar. Et avant que tu me poses la question, oui, il m'a tout raconté – Calvin et lui ont volé l'argent de maman cette nuit-là. J'ai failli l'assommer, mais il était tellement ivre qu'il n'aurait même pas senti les coups.

– Il est à l'hôpital, l'interrompit Nina. Overdose. Il est dans le coma.

– Oh, mon Dieu...

– Gemma a essayé de te joindre au bureau.

– Merde, je n'ai pas écouté mes messages. Je savais que je rentrerais tard. Merde. Il faut qu'on aille voir Jimmy à l'hôpital. Où est-il ?

– Au centre médical Le Rivage. Justement, j'y retourne. Il était avec Calvin quand c'est arrivé.

– Surprise, surprise, marmotta-t-il d'un ton écœuré. Dis, tu m'emmènes ? Je n'ai pas ma voiture. Hier soir dans ce bar, un type m'a asticoté, il m'a fait remarquer que la Jaguar ne tournait pas rond. Du coup, ce matin, je l'ai emmenée au garage après avoir déposé Jimmy, et j'ai pris le bus.

À présent, le cœur de Nina était aussi léger qu'un ballon. Il n'avait même pas sa voiture. Ses soupçons étaient complètement infondés.

– Alors ce n'était pas la tienne, là-bas.

– Où ça ?

– Peu importe. Allons-y, dépêchons-nous.

– D'accord, mais laisse-moi me changer. Mon costume est dans les toilettes sous l'escalier. J'avertis Lindsay et on se retrouve dehors.

Elle hocha la tête et le suivit des yeux. Il cria à Lindsay qu'il était obligé de partir. Nina ne se rappelait pas avoir jamais éprouvé un tel soulagement. Rajustant la bandoulière de son sac en cuir sur son épaule, elle sortit de la bibliothèque et se dirigea vers le hall. En chemin, elle avisa Lindsay dans la salle à manger, qui examinait un chandelier en argent.

– Patrick compte revenir ici ?

– Pas ce soir. Notre frère Jimmy est hospitalisé. Il est dans le coma.

– Mais c'est affreux. Qu'est-ce qui lui est arrivé ?

– Un accident..., répondit Nina, mue par la volonté irrationnelle de protéger Jimmy, y compris des conséquences de sa bêtise.

– Nina, où tu es ? lança Patrick, déjà dans le hall. On y va !

29

Tandis que Nina conduisait, Patrick noua sa cravate puis téléphona à sa femme. Il ne réussit pas à la joindre, ni à la maison ni sur son portable.

– Où est-ce qu'elle peut bien être ? grommela-t-il, irrité.

– Elle est peut-être allée voir Jimmy. Elle était très inquiète pour lui.

Apprendre qu'on avait licencié Gemma l'avait sidérée, mais nul n'ignorait que le milieu universitaire était très dur, qu'il fallait obtenir des résultats probants. Elle était disposée à accorder à sa belle-sœur le bénéfice du doute, même si Patrick n'avait pas cette clémence.

– Elle s'inquiétait, tu parles, railla-t-il.

– Allons, Patrick. Ces derniers temps, Gemma a été très stressée. En plus, je crois que ta relation avec Lindsay la tracassait. Pour être sincère, personnellement, j'avais aussi des soupçons. Je pensais que, peut-être, tu... couchais avec elle. Vu ton passé avec Lindsay, on pouvait se poser des questions.

– Oh, je mentirais si je prétendais que ça ne m'a pas effleuré l'esprit. Lindsay est une belle femme. Mais elle est déjà prise.

– Et toi aussi, ne l'oublie pas.

– Ouais, rétorqua-t-il, maussade, scrutant la rue obscure à travers le pare-brise. Dis, ça ne te dérangerait pas de faire un crochet par le garage ? Si ma voiture est prête, je la reprendrai maintenant. Quand on reviendra, ce sera fermé, et avec tous ces événements, j'en aurai sans doute besoin demain.

– Tu l'as laissée où ? Chez Whitey ?

Il acquiesça, et elle bifurqua à gauche en direction du garage dont, du plus loin qu'elle se souvenait, les Avery étaient clients.

– Ne traîne pas, Jimmy nous attend.

– Ce salopard de Calvin Mears. Quand je l'aurai sous la main...

– Oh, mais je ne t'ai pas tout dit. Quelqu'un s'en est occupé avant toi. Il est mort. On leur a tiré dessus dans cette chambre de motel où ils faisaient la bamboula.

– On leur a tiré dessus ? Mais pourquoi ? Jimmy aussi est blessé ?

– Rassure-toi, le tireur n'a pas touché Jimmy. Il était déjà en overdose. On a abattu Mears ainsi qu'un autre type qui était là. Un Portoricain. Je n'en sais pas plus.

– Seigneur Dieu. Jimmy a vraiment un don pour choisir ses copains. Tiens, tu n'as qu'à tourner là. On passera par-derrière pour repartir.

Nina suivit ses directives et s'arrêta près des pompes à essence éclairées. Le garage était fermé, il n'y avait pas de lumière à l'intérieur.

– Même si elle est prête, tu ne pourras peut-être pas la récupérer, commenta-t-elle.

– Ne t'inquiète pas, je connais le pompiste. Il me la donnera. Je reviens, attends-moi.

Patrick sortit précipitamment de la Volvo et, au pas de gymnastique, se dirigea vers le jeune homme installé dans une guérite vitrée brillamment illuminée. Ils eurent une brève conversation, après quoi Patrick fit demi-tour. Le garçon se replongea dans la lecture de son magazine. Il ne lui rendra pas la Jaguar, pensa Nina. Patrick sera obligé de revenir demain.

Il rouvrit la portière de la Volvo, se glissa sur le siège du passager.

– Qu'est-ce qu'il y a ? Elle n'est pas prête ou il n'a pas le droit de te la rendre ?

– Ni l'un ni l'autre. Ils l'ont révisée ce matin et ils l'ont ramenée à la maison. Bon, il se fait tard. Je viens avec toi, ça ne t'ennuie pas ?

Elle ne répondit pas, fixant le vide devant elle.

– Nina ?

– Non, ça ne m'ennuie pas, bien sûr que non.

Le trajet jusqu'à l'hôpital ne leur prit qu'une demi-heure. Nina y alla tout droit sans commettre d'erreur, cependant quand elle stoppa sur le parking et coupa le moteur, elle aurait été bien incapable de dire quel itinéraire elle avait emprunté. Son cerveau bouillait littéralement, à force de remâcher le film de la journée. Elle avait annoncé à Gemma que la Jaguar se trouvait près du motel où s'était déroulée la fusillade, que quelqu'un l'avait remarquée. Sa belle-sœur s'était indignée. Comment Nina osait-elle accuser Patrick ? Pourtant Gemma savait pertinemment que son mari n'avait pas sa voiture. Que celle-ci était chez eux, dans leur garage.

– Nina... tu es là ?

Elle sursauta.

– Quoi ? Euh... oui.

– Tu es muette comme une carpe.

Nina pivota pour le dévisager.

– Patrick, est-ce que Gemma conduit quelquefois la Jaguar ?

– Évidemment. Encore que je ne lui en donne pas souvent l'occasion. Pourquoi ?

Il ouvrit la portière et sortit. Nina l'imita.

293

– Eh bien, elle ne m'a pas dit qu'aujourd'hui tu n'avais pas la Jaguar.

– Pourquoi elle te l'aurait dit ?

– Peut-être que les mécaniciens l'ont laissée devant chez vous et que Gemma ne s'en est pas aperçue, murmura Nina, réfléchissant à voix haute.

– Ils ne s'aviseraient pas de ramener une Jaguar et de repartir comme ça. Ils risqueraient un procès. Ils font signer un reçu. Tu connais le numéro de chambre de Jimmy ?

Elle secoua la tête.

– Je... il était en réanimation. Il faut demander.

– Très bien.

Il la précéda, poussa les portes de l'hôpital et se renseigna à la réception. On lui indiqua la direction du service des soins intensifs. Nina le suivit, soulagée qu'il prenne les rênes.

Il discutait déjà avec une infirmière. Nina, elle, pensait à Jimmy, qui était dans ce motel mais que le tireur avait épargné. Patrick la rejoignit et l'agrippa par le bras pour la secouer.

– Hé, je crois que les nouvelles sont bonnes. Ils l'ont mis dans une chambre particulière.

Elle battit des paupières.

– Ah oui ?

– Oui, j'ai le numéro. Il faut repasser par là-bas pour prendre l'ascenseur.

– D'accord...

Il l'entraîna, martela impatiemment le bouton d'appel de l'ascenseur avant que retentisse le « ding » annonçant l'arrivée de la cabine. Ils s'y engouffrèrent et montèrent à l'étage où se trouvait maintenant Jimmy. Puis ils longèrent le couloir, vérifiant au passage les numéros inscrits sur les portes.

– C'est là, dit Patrick.

Nina aurait frappé avant de franchir le seuil, mais

lui ne se donna pas cette peine. Il entra carrément dans la pièce, et elle lui emboîta le pas. Rose et George Connelly, installés au pied du lit, parlaient à voix basse. Tous deux se levèrent pour les accueillir, les embrassèrent. Nina et Patrick se tournèrent vers leur frère. Elle eut un coup au cœur : Jimmy paraissait dans le même état que quand elle l'avait laissé, quelques heures auparavant.

Patrick grimaça.

– Oh, mon Dieu. James...

Rose s'approcha, contemplant le jeune homme gisant sur le lit.

– Le docteur est passé, il nous a dit qu'il y avait trois possibilités. Si Jimmy sort du coma, il a une chance de se rétablir. Sinon, il risque de nous quitter.

– Et la troisième possibilité ? demanda Nina.

Rose effleura les doigts de Jimmy, évitant de toucher le dos de sa main où on avait piqué l'aiguille de la perfusion, où la peau était d'un bleu presque noir.

– Il pourrait rester dans cet état. Peut-être très longtemps.

– Oh mon Dieu, répéta Patrick. Jimmy, bougre d'imbécile.

Nina lui lança un regard ; il avait les larmes aux yeux. Elle se tourna vers George et Rose.

– Vous devriez rentrer chez vous et prendre un peu de repos. Vous êtes là depuis des heures. Patrick et moi, on va vous relayer.

– Ah non, rétorqua Rose en se rasseyant près de son mari. Ça va très bien. On a fait une pause tout à l'heure. Ta femme était là, Patrick, elle a veillé Jimmy pendant qu'on descendait à la cafétéria.

– Gemma est venue ?

– Elle est repartie il y a seulement quelques minutes, répondit Rose. De toute façon, on ne peut pas bouger d'ici, on attend Anthony. Il arrive de Boston par avion pour voir son frère.

Patrick tendit la main, ébouriffa les cheveux en brosse de Jimmy.

– C'est très gentil de la part d'Anthony, dit-il.

– Je vais vous chercher des chaises, proposa George qui se leva.

Avant qu'ils aient pu refuser, il était dans le couloir et arrêtait une infirmière.

L'estomac de Nina gargouillait, la migraine lui serrait de nouveau les tempes. Elle avait besoin d'être seule pour réfléchir.

– Rose, vous savez à quelle heure ferme la cafétéria ?

Rose jeta un coup d'œil à la pendule.

– Bientôt, il vaudrait mieux que tu te dépêches.

– Patrick, je crois que je vais descendre manger un morceau. Je te rapporte quelque chose ?

– Non, j'ai cassé la croûte avec Lindsay.

– Je n'en ai pas pour longtemps.

Nina quitta la chambre, mémorisa le numéro et réussit à retrouver l'ascenseur qui l'emmena à la cafétéria, située au sous-sol. Le bleu éteint des murs créait une atmosphère aussi peu chaleureuse que celle d'un aquarium. Seules quelques tables étaient occupées, les employés s'affairaient à nettoyer les autres et à ranger les chaises. Nina rafla un yoghourt, un jus d'orange, régla le tout à la caisse, puis s'installa non loin d'un homme et d'une femme qui, en silence, achevaient leur repas.

Nina s'attaqua au yoghourt. Le laitage la revigora, mais elle était surtout soulagée d'être tranquille pour mettre de l'ordre dans ses pensées. Ses mains tremblaient quand elle porta la cuillère à sa bouche. Elle se remémora tout ce qu'elle avait appris à propos de la fusillade durant la journée. Il lui paraissait complètement aberrant de soupçonner Gemma sous prétexte qu'elle avait menti et que la Jaguar était à sa disposition. Pourquoi sa belle-sœur aurait-elle abattu Calvin Mears et l'autre type ? Ça ne tenait pas debout. Calvin Mears n'avait pas vu Gemma quitter leur maison lors de cette lointaine nuit d'avril. Bien sûr que non. À l'époque, Gemma n'avait pas le moindre motif de tuer Marsha. Nina se rappelait que, ce jour-là, sa mère avait suggéré à Patrick d'emmener Gemma fêter son admission à l'université. Marsha avait toujours été très gentille envers elle. Elle plaignait cette jeune fille contrainte de vivre avec un père et une belle-mère qui ne lui prêtaient guère d'attention. Non, il n'y avait aucune raison plausible... Ce jour-là, tout était parfaitement normal. Nina et sa mère avaient chanté les louanges de Gemma, une élève si brillante qui avait tellement aidé Patrick.

Tout à coup, une idée frappa Nina. Une idée qui lui donna le vertige. Le journal que sa mère avait saisi sur la table basse du salon, quand elle s'était écroulée, mortellement blessée. La photo de Gemma, lauréate du prix Delman, était à la une.

Le couple, près d'elle, se leva. La femme tournait le dos à Nina. Elle avait des cheveux bruns, pareils à un casque frisotté. Lui était blond, avec une figure de bouledogue. Nina les observa tout en avalant une dernière cuillerée de yoghourt. Elle les avait déjà vus quelque part, elle en était certaine. L'homme prit les deux plateaux pour débarrasser leur table, sa compagne enfila le manteau drapé sur le dossier de sa chaise. Le devant du vêtement était orné d'un pin's plastifié sur lequel on distinguait la photo de deux fillettes qui posaient devant un sapin de Noël.

Oh mon Dieu. Bien sûr, se dit Nina. Sans lâcher son pot de yoghourt, elle s'approcha.

– Monsieur... Mazurek ? dit-elle timidement.

L'homme au faciès de bouledogue lui décocha un regard suspicieux.

– Je suis Nina Avery. Vous avez témoigné pour mon père devant la commission de libération conditionnelle. Duncan Avery...

Un large sourire fendit le visage tout plissé de son interlocuteur.

– Mais oui. Hé, chérie ! C'est la fille du docteur Avery, tu te rappelles ? Vous connaissez ma femme, Carla ?

Mme Mazurek regarda Nina, manifestement elle ne se souvenait pas vraiment, cependant elle sourit. Nina planta sa cuillère dans le pot de yoghourt, leur serra la main à tous les deux.

– Alors, vous êtes là pour le docteur ? demanda Mazurek. On ne vous a pas vue, là-haut, pourtant on sort juste de sa chambre.

– Pardon ?

– Le Dr Quinteros, dit Mazurek en la dévisageant d'un air intrigué. Vous ne saviez pas qu'il est ici ?

Nina se sentit soudain défaillir.

– André ? balbutia-t-elle.

– Mais oui. J'ai cru que vous étiez là pour lui. Il m'a dit qu'il lui fallait l'adresse de ce flic à Seaside Park, ça avait un rapport avec vous... ou votre papa, je ne sais pas. En tout cas, il s'est retrouvé au beau milieu d'une fusillade. Il a de la chance d'être encore en vie.

30

Nina l'agrippa par la manche de son veston.

– Je ne suis au courant de rien. Qu'est-ce qui s'est passé ? André va bien ?

Stan Mazurek haussa les épaules.

– Quand on l'a vu, il était passablement groggy. Il est resté plusieurs heures sur la table d'opération. Et puis, en salle de réveil, il a voulu se lever et il s'est fait mal. Ils ont été obligés de le remmener au bloc pour le recoudre. Mais je pensais que vous saviez.

Nina avait la nausée. Elle dut fournir un effort considérable pour garder son calme.

– Je n'ai pas bien compris ce que vous avez dit. Quel rapport ça avait avec moi ?

– Ça date de ce matin. Il m'a demandé de lui procurer l'adresse de ce flic, Jenkins, à Seaside Park. Ça avait quelque chose à voir avec le meurtre de votre père. Alors j'ai donné quelques coups de fil et je lui ai obtenu le renseignement. Je sais que le docteur est parti tout de suite. Et quelques heures après, on nous a avertis, à la prison, qu'il était blessé. Apparemment, il est allé discuter avec le neveu de ce flic dans un motel minable à Seaside Park. Quelqu'un leur a tiré dessus. Le neveu est mort. Il y avait un autre type, qui maintenant est lui aussi dans cet hôpital.

Oh Seigneur, André ! Il avait fait ça pour elle. Il avait voulu retrouver Calvin Mears pour elle. Mme Jenkins avait parlé d'un Portoricain blessé. Un Hispano-Américain, avait dit une autre personne. Mais qui ?

Gemma... Oui, elle avait demandé dans quel état était l'Hispano-Américain. Et l'idée qu'elle faisait allusion à un médecin d'origine mexicaine n'avait même pas effleuré Nina.

– Vous ne vous sentez pas bien, ma belle ? dit Carla Mazurek. Vous êtes verdâtre. Vous voulez vous asseoir ? Stan, aide-la à s'asseoir.

Nina refusa d'un geste.

– Où est sa chambre ?

Stan lança un regard à sa femme.

– C'est la combien, chérie ?

– La 300. Seulement, vous savez, je n'ai pas pu entrer. Ils ont laissé Stan passer, mais moi j'ai dû attendre dans le couloir.

– Merci, bredouilla Nina. Je vous remercie.

– Ce n'est pas la peine que vous montiez, la prévint Stan. Il vous faut un...

Nina n'écoutait plus. Elle jeta son pot de yoghourt dans une poubelle et sortit en courant.

L'ascenseur s'arrêta au troisième étage, Nina examina les flèches sur le panneau mural, et s'élança vers la droite. Au bout du couloir, elle vit un policier en uniforme, armé, immobile devant une chambre, un bloc-notes dans les mains. Sans même vérifier le numéro sur la porte, elle sut. C'était la chambre d'André. On le protégeait. Il avait été témoin de la fusillade, et il avait survécu. Elle poussa un long soupir. Il était vivant.

Elle s'avança.

– Excusez-moi, dit-elle poliment. C'est bien la chambre du Dr Quinteros ?

Son interlocuteur la scruta sans aménité.

– Le patient n'est pas autorisé à recevoir des visites. Sauf si les visiteurs ont un laissez-passer.

– Il faut vraiment que je le voie. Je... c'est mon fiancé.

– Votre nom ?

– Susan..., bafouilla-t-elle.

– Susan comment ?

Nina rougit, comprenant qu'il n'était pas dupe de son mensonge. Elle ne connaissait même pas le patronyme de la fameuse Susan.

– Écoutez, je suis désolée. C'est stupide de ma part. Je ne suis pas vraiment sa fiancée, je suis une amie. Une amie intime. En fait, il est là parce qu'il a voulu me... rendre service.

– Votre nom, répéta le policier.

– Nina Avery...

Il fit glisser la pointe de son stylo le long du feuillet de son bloc.

– Navré, madame, vous n'êtes pas sur la liste.

– Mais... si vous pouviez entrebâiller la porte et demander au Dr Quinteros s'il souhaite me voir, il serait d'accord, je vous assure. S'il vous plaît, vous voulez bien lui poser la quesion ?

Nina le savait, elle était capable de charmer quand elle le décidait. Elle mit donc en œuvre tout son pouvoir de persuasion pour tenter de le conquérir.

– S'il vous plaît...

– Vous n'êtes pas sur la liste. Et si vous ne partez pas d'ici immédiatement, j'appellerai quelqu'un pour qu'on vous escorte jusqu'à la sortie. C'est clair ?

Nina ferma un instant les yeux, se représenta le visage d'André. Son regard, perçant, si perspicace, qui semblait lire en elle comme dans un livre ouvert. Elle songea qu'elle l'avait chassé, l'autre soir. Pourtant il avait manifestement résolu de l'aider à résoudre ses problèmes et de lui en parler ensuite. Vous avez fait ça pour moi, et vous ne savez même pas que je suis là. Mais je ne m'en irai pas avant de vous avoir vu, de vous avoir dit...

Elle prit une inspiration, hocha la tête.

– Bon, très bien. Je m'en vais.

Le policier, suspicieux, la regarda faire demi-tour en direction des ascenseurs. Elle réfléchissait à un moyen d'entrer dans cette chambre. Quand elle atteignit le bureau des infirmières, elle s'arrêta devant une femme plutôt jeune, aux longs cheveux bouclés et brillants.

– Bonsoir, dit Nina.

– Bonsoir, répondit aimablement l'infirmière.

– Vous avez des cheveux magnifiques.

Son interlocutrice sourit et tapota ses boucles soyeuses.

– L'ennui, c'est qu'il faudrait les laver tous les jours.

– Oui, bien sûr, rétorqua Nina en s'arrachant un sourire. Euh... vous pouvez me donner des nouvelles du Dr Quinteros ? Je suis une amie et on ne m'a pas laissée entrer.

– Je suis navrée, nous ne sommes pas autorisés à...

– Que dois-je faire pour que mon nom figure sur cette liste de visiteurs ? Vous comprenez, nous sommes vraiment très intimes, je sais qu'il voudrait me voir.

– Ce n'est pas nous qui décidons, je suis navrée. Nous suivons les directives de la police.

Nina faillit taper sur le bureau tant elle était frustrée, elle se contrôla avec difficulté.

– Je... si une de vos collègues entre dans la chambre, puis-je vous remettre un petit mot pour le Dr Quinteros, qu'il sache au moins que je suis là ?

– Navrée, répéta encore l'infirmière, cette fois d'un ton plus froid.

Là-dessus, elle fit pivoter son fauteuil pour saisir des fiches derrière elle.

D'accord, se dit Nina. On passe au plan B. Malheureusement, elle n'avait pas de plan B. Elle coula un regard vers la chambre d'André. Le policier montait toujours la garde devant la porte, il contemplait le mur devant lui. Vers le milieu du couloir, un écriteau « exit » signalait un escalier, un autre indiquait un petit salon. Nina s'interrogea un instant. Elle ignorait presque tout de la vie d'André, mais il avait forcément des proches dont le nom figurait sur cette maudite liste et qui lui rendraient visite. Si j'attends là, en surveillant la chambre, je pourrai peut-être arrêter au passage un visiteur « autorisé » quand il ressortira et lui exposer la situation – quelqu'un qui ait l'air sympathique. Oui, il fallait tenter le coup. Elle alla boire une gorgée à la fontaine à eau, puis se faufila dans le salon.

La pièce était meublée d'un divan et de deux fauteuils. Des exemplaires aux pages cornées de *Newsweek* et *Ladies' Home Journal* étaient rangés dans le porte-revues, des Legos éparpillés sur la moquette. Dans un coin, un téléviseur déversait un flot de rires enregistrés. Pour l'instant, Nina était seule, ce dont elle se félicita. Elle n'avait aucune envie de papoter. En outre, elle se rendit aussitôt compte qu'elle ne pourrait pas épier la chambre d'André sans l'aide d'un miroir, ce qui paraîtrait évidemment bizarre. Elle fouilla son sac à la recherche de son poudrier qu'elle ouvrit et, tournant le dos à la porte, déplaça son fauteuil de façon à avoir le policier dans son champ de vision. L'attente risquait de s'avérer fastidieuse, mais le jeu en valait la chandelle. Dommage que Stan Mazurek soit déjà parti. Elle réalisait maintenant qu'à la cafétéria, il avait essayé de la prévenir qu'elle se heurterait à un obstacle infranchissable.

Nina scrutait le petit miroir du poudrier le plus discrètement possible. Elle ne pouvait pas faire grand-chose, hormis rester assise là, et elle se demandait comment diable elle allait tuer les heures. Impossible de lire ou de téléphoner. De temps à autre, elle jetait un coup d'œil à l'écran de la télé, puis reprenait sa surveillance.

Brusquement, elle vit bouger le policier, raide comme un piquet, et devina que quelqu'un approchait. C'était peut-être sa chance. Elle se redressa dans son fauteuil, regarda attentivement dans son miroir. Zut, ce n'était qu'une infirmière. Nina distinguait le côté de sa blouse, son bras incroyablement maigre et son poignet osseux. Elle portait un plateau.

L'infirmière posa sur la poignée de la porte des doigts chargés de bagues étincelantes. Nina soupira, puis soudain, un haut-le-corps pareil à une décharge électrique la fit bondir. Une seconde, le reflet de la femme s'imprima sur le petit miroir rond, tandis que la porte de la chambre d'André s'ouvrait. Ce ne fut qu'un éclair, mais Nina reconnut ce visage étroit, ce teint pâle. Alors tous les doutes qui la rongeaient se muèrent en certitude.

Poussant un cri, elle sauta sur ses pieds et sortit en trombe du salon. Surpris, le policier tourna la tête.

– La femme qui vient d'entrer ! Il faut l'arrêter ! Je la connais. Je sais qui elle est !

– Je vous ai déjà dit que vous n'étiez pas autorisée à rester dans les parages, rétorqua-t-il, la main sur son holster. Qu'est-ce que vous faites encore ici ?

– Vous êtes sourd ? hurla Nina. Ce n'est pas une infirmière. C'est...

Nina avait du mal à prononcer les mots fatidiques. Mais il n'était plus temps d'hésiter.

– C'est elle. Celle que vous cherchez.

– Éloignez-vous de cette porte, grommela-t-il.

– Vous y allez, oui ou non ?

– Je vous préviens, madame...

– Bon, alors c'est moi qui y vais.

Il tendit le bras pour lui barrer le passage, mais elle lui échappa, tourna la poignée, poussa le battant.

Le policier dégaina son arme.

– On ne bouge plus.

– Certainement pas ! dit Nina, et elle se rua dans la chambre.

31

LES PIERRES PRÉCIEUSES jetaient des éclairs, l'aiguille de la seringue hypodermique, dans la main aux doigts osseux et chargés de bagues, était plantée dans le tube de la perfusion qui reliait la poche suspendue au support et le cathéter sur la main d'André. Il avait la tête inclinée sur le côté, les yeux clos.

– Gemma, non ! s'écria Nina.

Gemma, affublée d'une blouse bleue d'infirmière et d'un pantalon qui plissait sur ses hanches maigres, sursauta. Son regard affolé croisa celui, implorant, de Nina. L'espace d'une seconde, elle parut flancher. Puis elle se tourna vers le policier armé qui avait rattrapé Nina.

– Qu'est-ce que cette femme fait ici ? lui demanda-t-elle calmement.

– Je suis désolé, madame. Je la fais sortir.

Il empoigna brutalement Nina et lui tordit le bras derrière le dos. Rengainant son arme, il chercha les menottes accrochées à son ceinturon.

– Ça va, il n'y a pas de mal, dit Gemma en appuyant sur le piston de la seringue. J'ai presque terminé.

– André ! hurla Nina.

Il tressaillit, ses paupières battirent.

– Nina, souffla-t-il.

– Vous pourriez la faire sortir ? insista Gemma d'un ton sévère.

– Tout de suite, répondit le policier.

Il agrippa Nina qui résista de toutes ses forces, s'arc-boutant au point que les tendons de son cou saillaient.

– Vous ne comprenez pas ? Elle veut le tuer. André...

Il fixait sur Nina des yeux embrumés. Gemma retira l'aiguille du perfuseur.

– Voilà, dit Gemma. Ça va vous aider à dormir.

André souleva sa main droite, toute molle sur la couverture, comme s'il voulait toucher Nina. Elle chercha son regard, hurla pour couvrir les jurons du policier qui s'évertuait à l'entraîner hors de la chambre :

– André, arrachez le cathéter ! Écoutez-moi. *Arrachez-le, maintenant* !

– Vous êtes cinglée ? marmonna le policier.

Un instant, André parut déboussolé, puis, d'un geste malhabile, il tâta sa main gauche, arracha l'adhésif et le cathéter. Du sang gicla sur la couverture blanche.

– Bon Dieu ! s'exclama le policier. Il l'a fait.

Nina se laissa aller contre lui, tellement soulagée que ses jambes flageolaient.

Gemma était devenue livide et dardait sur Nina un regard haineux. Saisissant le cathéter, elle tenta de le replanter dans le corps d'André qui se débattit, se protégeant contre ses coups, affolé.

– Hé ! dit le policier. Une minute. Vous, l'infirmière ! Remontrez-moi votre badge.

Il lâcha Nina pour s'approcher du lit. Gemma, pétrifiée, le regarda s'avancer.

– Donnez-moi votre badge.

Gemma n'hésita qu'une seconde. Elle lui piqua violemment l'aiguille dans la main. Stupéfait, il poussa un cri, la retira frénétiquement de sa paume. Gemma s'enfuit en courant. Nina, menottée, ne put l'en empêcher.

– Attrapez-la ! hurla-t-elle au policier.

Il leva les yeux, pâle comme un linge.

– Je ne peux pas. Le laisser seul, je peux pas... Je vais appeler des renforts.

Il prit son talkie-walkie et brailla, pour se faire entendre malgré la friture, que le témoin venait d'être agressé et que la suspecte était dans l'hôpital. Tandis qu'il donnait la description de Gemma, Nina, toujours menottée et impuissante, tituba jusqu'au lit.

– Ça va ? balbutia-t-elle.

André lui effleura l'ourlet de sa veste. Ses doigts n'avaient plus de force.

– C'était elle. Au motel. Calvin a ouvert la porte, il a dit : « Tiens, voilà Sac d'os. » J'ai cru que c'était une mauvaise blague. Et puis elle est entrée avec un pistolet, et elle a tiré.

– Je sais...

– Vous la connaissez ?

Nina acquiesça, désespérée.

– Elle m'aurait tué, murmura-t-il.

– Docteur, est-ce que je vais mourir ? demanda le policier, montrant sa paume à André.

– Non, mais il vaut mieux qu'on vous examine.

Le policier soupira, rassuré.

– D'accord, bougonna-t-il en ôtant les menottes à Nina. Vous, maintenant, il faut que vous sortiez d'ici.

– Mais...

Nina, désemparée, dévisagea André. À cet instant, trois autres policiers, l'arme au poing, franchirent le seuil.

– Évacuez cette chambre. Tout le monde dehors, sauf le témoin. Faites sortir cette femme. Immédiatement.

On trouva dans le vestiaire des infirmières, au sous-sol, un placard à la serrure fracturée, qu'on avait vidé. Un aide-soignant admit qu'il avait ouvert la porte du local à une femme correspondant au signalement de Gemma, qui prétendait avoir oublié sa clé. On fouilla l'hôpital de fond en comble, mais Gemma s'était évaporée.

Nina et Patrick furent escortés jusqu'au commissariat où on devait les interroger. Nina révéla tout ce qu'elle avait découvert, les raisons qui avaient poussé son père à rechercher Calvin Mears. Patrick la dévisageait fixement, tandis qu'elle relatait ce qu'elle avait appris du lieutenant Hagen et de son frère Jimmy.

— Une minute, l'interrompit-il. Tu insinues que Gemma a tué Calvin parce qu'il l'aurait vue quitter notre maison la nuit où maman a été assassinée ?

L'inspecteur qui menait l'interrogatoire considéra attentivement Nina.

— Eh bien ?

— Quelle autre conclusion pourrais-je en tirer ? balbutia-t-elle.

— Tu n'oublies pas un détail ? s'indigna Patrick. C'est Duncan qui a tué maman. Il cherchait seulement quelqu'un d'autre à accuser.

— Patrick, quand vas-tu te réveiller ? riposta Nina, furieuse. Comment peux-tu croire encore à la culpabilité de papa, avec tout ce qu'on sait maintenant sur Gemma ? Tu es tellement déterminé à le haïr que tu n'arrives pas à reconnaître que tu as eu tort ?

— Je réfute cette théorie. Pourquoi Gemma aurait-elle fait une chose pareille ? Assassiner maman ?

— Je l'ignore, avoua Nina.

— Ce n'est pas possible, s'obstina-t-il. Je t'accorde que c'est une menteuse. Dieu sait que j'en suis conscient depuis longtemps. Il y a vingt ans que je vis avec elle. Mais une meurtrière...

– Monsieur Avery, coupa l'inspecteur, il n'y a pas l'ombre d'un doute. Votre femme est une meurtrière.

Pendant plus de deux heures, Nina et Patrick furent mis sur le gril jusqu'à ce que les policiers soient convaincus qu'ils ne savaient rien des activités criminelles de Gemma. On informa Patrick qu'un mandat avait été délivré afin de perquisitionner à son domicile. Effondré sur sa chaise, la tête dans ses mains, il leva les yeux.

– Je vous conseille d'emmener avec vous quelqu'un qui se débrouille en espagnol, dit-il d'une voix sourde. La gouvernante ne parle pas un mot d'anglais. Elle va péter les plombs.

L'inspecteur le remercia courtoisement et sortit du bureau pour demander qu'un hispanophone accompagne l'équipe chargée de la perquisition.

– Alors, la nouvelle gouvernante est comme Elena. Mais pourquoi Gemma n'en choisit-elle pas une qui parle anglais ?

– Pour qu'on ne la prenne pas en flagrant délit de mensonge, répondit Patrick, fixant le vide devant lui.

– Papa avait remarqué qu'elle mentait. Il avait compris ce qu'elle racontait à Elena, en espagnol, et il m'a dit que Gemma avait menti.

– Tiens donc. Je me demandais pourquoi elle avait laissé Elena partir.

– La laisser partir ? Je croyais... Elle m'a expliqué qu'Elena était retournée au Panama parce que sa sœur avait eu un accident.

Il secoua la tête d'un air lugubre.

– Tu saisis, maintenant ? C'est pour tout et n'importe quoi. C'est compulsif. Il m'a fallu des années pour réaliser que...

– Tu crois que c'est à cause de ça qu'elle a tué papa ?

310

– Ils le pensent, hein ? rétorqua Patrick, atterré. Que Gemma les a tués, lui et maman.

– Oui, évidemment...

L'inspecteur les rejoignit dans la salle d'interrogatoire.

– Bon, vous pouvez y aller. Deux de nos hommes vous escorteront. La police de Hoffman collabore avec nous, ils surveilleront vos domiciles respectifs, au cas où Mme Avery chercherait à s'y réfugier. Si elle se montre, n'essayez pas de parlementer. Elle est vraisemblablement armée, aux abois. Considérez qu'elle est très dangereuse.

Patrick se mit à trembler, il semblait ne plus avoir la force de se lever. Nina l'aida, tout en se demandant ce qu'il éprouvait à l'égard de sa femme, à présent qu'il savait la vérité. Restait-il un peu d'amour dans son cœur ? L'avait-il jamais aimée ?

– Viens, Patrick, murmura-t-elle avec douceur. Partons, les jumeaux ont besoin de toi.

Nina remercia l'agent Kepler, qui l'avait reconduite chez sa tante.

– Je vais juste jeter un œil dehors.

– Entendu, dit Nina qui le fit entrer et retira son manteau. Je peux vous offrir quelque chose ? Une tasse de thé ?

– Non merci.

Il lui sourit, puis alluma sa lampe-torche et ressortit afin d'inspecter les abords de la maison.

Moi, il me faut un bon thé, décida Nina. Elle passa dans la cuisine, mit la bouilloire sur le feu. Elle voyait, par les fenêtres, le pinceau lumineux de la torche électrique, qui zigzaguait dans le jardin et autour du garage. La présence du policier la rassurait. Cette nuit, tant qu'elle ne saurait pas qu'on avait appréhendé

Gemma, elle ne pourrait sans doute pas dormir. Patrick avait promis de l'appeler dès qu'on lui annoncerait l'arrestation de sa femme.

En attendant que l'eau chauffe, Nina se dirigea vers la chambre de sa grand-tante, dont elle poussa précautionneusement la porte. Mary, adossée à ses oreillers, sommeillait. Elle n'avait pas éteint sa lampe de chevet. Nina ne voulait pas la réveiller, cependant elle remarqua que sa fenêtre n'était pas tout à fait fermée, or elle tenait à ce que toutes les issues de la maison soient bien verrouillées. Sur la pointe des pieds, elle s'approcha de la fenêtre pour faire glisser le châssis dans le dormant, le plus silencieusement possible.

– Nina ?

Elle sursauta. Une main pressée sur son cœur, elle pivota.

– Bon sang, j'ai eu peur... Je te croyais endormie.

– Je m'étais assoupie. Qu'est-ce que tu fabriques ?

– Je ferme la fenêtre. Il m'a semblé qu'il faisait un peu froid.

Nina refusait de lui dire pourquoi une fenêtre entrebâillée l'inquiétait tellement.

– J'aime avoir de l'air, dit Mary d'une voix pâteuse. À la maison de repos, tout était fermé à double tour.

– Certes, mais il serait préférable que tu n'attrapes pas un rhume dès ton retour. Je n'ai pas envie qu'on te ramène là-bas.

Nina acheva de baisser le châssis et manipula le verrou qui résista.

– Flûte, il doit être collé par la peinture.

– Tu sais, ce verrou a toujours été récalcitrant. Où avais-tu disparu toute la journée, ma chérie ?

Le verrou finit par céder un peu ; Nina lui imprima un quart de tour, ce serait mieux que rien.

– Je suis allée voir Jim à l'hôpital.

– Gemma est à l'hôpital ? Mais... elle était ici tout à l'heure.

– Pas Gem. Jim...

– Oh, j'ai cru que tu disais « Gem ». Jimmy a un problème ?

Brusquement, Nina sentit sa peau se hérisser.

– Ma chérie ? Qu'est-ce qui est arrivé à Jimmy ?

– Il a eu un accident, marmonna distraitement Nina.

– Il s'en remettra ?

– Je l'espère.

– Nina ! s'exclama la vieille dame. Il y a de la lumière dans le jardin !

Nina pivota vers la fenêtre. C'était la torche de l'agent Kepler, qui continuait à fouiller les alentours.

– Sans doute quelqu'un qui cherche son chat. Je vais voir. Tu veux quelque chose ?

– Non, je te remercie. Je vais lire mon roman.

Jim. J'ai cru que tu disais Gem.

Nina regagna la cuisine. Elle songeait à ce que lui avait raconté Jimmy : leur mère aurait murmuré son nom, quand leur père l'avait trouvée mourante sur la moquette du salon. Gem... balbutié par une femme agonisante, ce nom pouvait être confondu avec « Jim ».

Elle ouvrit la porte donnant sur le jardin, scruta l'obscurité.

– Monsieur Kepler ? Ça va ?

Émergeant de l'ombre, le policier se matérialisa sur la terrasse et éteignit sa torche.

– Il n'y a rien. Si vous le permettez, je vais quand même vérifier que, dedans, tout est en ordre.

– D'accord. Laissez-moi juste prévenir ma tante que vous êtes là.

Il traversa le salon et gravit l'escalier. Nina l'entendit ouvrir les portes des placards, faire coulisser celle de la cabine de douche dans la salle de bain. Elle se dirigea vers la chambre de sa tante, poussa le battant.

— Il y a un policier qui fait le tour de la maison. On leur a signalé un rôdeur dans le quartier.

Mary posa son livre, considéra sa petite-nièce par-dessus ses lunettes.

— Oh, mon Dieu...

— Ne t'inquiète pas, rétorqua Nina en s'arrachant un sourire. Tout va bien.

Elle regagna la cuisine, au moment même où Kepler remontait de la cave.

— Rien à signaler, dit-il. Maintenant, je vais vous quitter, mais la police de Hoffman surveillera la maison. Vous pouvez dormir sur vos deux oreilles.

— Merci, je vous suis très reconnaissante.

Elle le raccompagna jusqu'au perron et le salua de la main, tandis qu'il s'engouffrait dans sa voiture de patrouille. Puis elle mit le verrou. La bouilloire sifflait, elle se hâta d'éteindre le gaz et versa l'eau dans une tasse.

Elle s'apprêtait à l'emporter au salon, quand elle s'aperçut que l'agent Kepler n'avait pas éteint la lumière de l'escalier menant à la cave. Comme elle ouvrait la porte pour réparer cet oubli, elle entendit un bruit, un choc sourd.

Oui, ça venait du sous-sol.

Les battements de son cœur s'accélérèrent, elle resta plantée, indécise, en haut des marches. Tu deviens paranoïaque, se dit-elle. Le policier a inspecté la cave. Il n'y a personne. Mais ne pas sombrer dans la paranoïa, après tout ce qu'elle avait vu et appris aujourd'hui, n'était pas si facile.

Contente-toi d'éteindre cette ampoule et de fermer la porte. Il n'y a personne en bas. Cependant elle hésitait toujours. Elle avait envie de descendre pour vérifier. Elle ne réussirait pas à faire abstraction de ce

314

bruit, elle le savait, même si sa raison lui disait que c'était sans doute son imagination qui s'emballait.

Non, s'aventurer au sous-sol serait stupide. Il n'y avait même pas une ampoule qui fonctionnait, dans cette cave. Soudain, elle eut une idée.

D'un geste résolu, elle éteignit la lumière de l'escalier, referma la porte et la verrouilla. Après quoi, elle prit l'une des chaises, autour de la table, et la coinça sous la poignée de la porte.

– Voilà, marmonna-t-elle d'un ton de défi. Si tu es en bas, eh bien tu y resteras.

Elle pivota vers la cuisinière pour prendre sa tasse de thé.

Gemma se tenait devant elle, le regard fou, les doigts serrés sur la crosse d'un pistolet.

– Je ne suis pas en bas. Je suis là.

32

Nina en eut une telle frayeur que ses genoux se
dérobèrent sous elle.

– Mon Dieu... Gemma !

Celle-ci esquissa un petit sourire.

– Désolée. J'étais dans la penderie de ta tante. Elle
dormait quand je suis entrée ici, alors je me suis faufi-
lée dans son placard. Maintenant, elle s'est ren-
dormie.

Le bruit. Elle avait entendu un choc sourd. Pas une
détonation.

– Tu n'as pas tué ma tante ? s'écria-t-elle. Qu'est-ce
que tu lui as fait ?

Le sourire de Gemma s'effaça.

– Je l'ai frappée avec ça, dit-elle, montrant la crosse
du pistolet. J'étais forcée de l'assommer. Je lui ai juste
donné un petit coup. Son crâne est comme une
coquille d'œuf.

Nina pensa à Mary, si douce et frêle ; elle se mit à
trembler.

– Je veux la voir. Laisse-moi la voir.

– Pas tout de suite. Pour l'instant, il faut que tu
m'aides.

– T'aider ? Pourquoi je t'aiderais ? Espèce de... de...

– Ne dis pas de méchancetés, Nina. Ça ne te ressemble pas. Maintenant, écoute-moi bien. Si tu m'aides, je partirai. Et tu vivras.

Dans l'immédiat, Nina se fichait éperdument de son propre sort. Elle n'éprouvait que de la haine.

– Tu es folle, cracha-t-elle. Voilà, il n'y a pas d'autre explication. Tu es complètement cinglée. Personne n'aurait fait ce que tu as fait...

– Tais-toi, Nina ! cria Gemma, braquant son arme sur elle. Tu crois que j'hésiterai à tirer ? Tu crois que je bluffe ?

Nina secoua la tête, lentement, luttant pour se maîtriser.

– Non... Je ne suis pas stupide.

– Parfait, rétorqua Gemma d'une voix qui chevrotait. Parfait. Bon, je sais que je dois partir d'ici et je n'y arriverai pas sans toi.

– Pourquoi as-tu abattu Calvin Mears, Gemma ? Et André ? C'est parce que Calvin t'avait reconnue, cette nuit-là ? Tu as assassiné ma mère, n'est-ce pas ? Est-ce que mon père l'avait compris ? Tu l'as assassiné, lui aussi ?

Gemma pinça les lèvres, détourna les yeux.

– Je ne suis pas là pour discuter, Nina. Je n'ai pas envie de parler de quoi que ce soit avec toi. Fais seulement ce que je te dis. Je n'ai pas de griefs contre toi, Nina. Je ne veux pas être obligée de te tuer.

– Tu n'avais aucun grief contre ma mère, elle était toujours gentille avec toi ! s'indigna Nina. Elle s'inquiétait pour toi. Elle disait souvent qu'elle te plaignait, parce que ton père était toujours absent et que Didi ne s'intéressait qu'à sa boutique. Maman avait de l'affection pour toi...

– Ce n'était pas vrai. La suite l'a prouvé. Je n'ai pas de temps à perdre, Nina. Et toi non plus. Maintenant, tu m'écoutes. D'abord, j'ai besoin d'argent. Tout ce que tu as dans cette maison. Ta vieille tante garde sans doute quelques billets cachés sous son matelas. Ensuite, il me faut une voiture. Il y a des flics dans les parages, forcément. Tu devras peut-être m'emmener et conduire jusqu'à ce qu'on ne soit plus dans leur collimateur.

Nina se raidit. Sa décision était prise.

– Je ne lèverai pas le petit doigt pour toi tant que tu ne m'auras pas expliqué. J'ai compris certaines choses. J'ai compris que Calvin t'avait vue cette nuit-là. Mais je suppose que ça ne lui a pas vraiment mis la puce à l'oreille avant que mon père l'interroge là-dessus. J'imagine que tu as tué mon père, quand il t'a affrontée. Mais pourquoi as-tu assassiné ma mère ? Cette nuit-là, tu sais, je l'ai trouvée morte. Elle gisait dans une mare de sang, j'ai marché dans son sang, j'ai glissé. J'en ai eu tellement de cauchemars que je ne les compte plus. Tu me dois la vérité. Sinon, je ne bougerai pas.

Gemma la dévisagea d'un air outragé.

– Tu as des cauchemars ? Toi ? Tu n'as pas la moindre idée de ce que c'est, un cauchemar.

Nina soutint son regard, s'efforçant de masquer son mépris.

– Dis-moi.

Gemma hésita.

– Non, non. Je ne me lancerai pas dans cette discussion. Je vais juste te dire une chose. Ta mère n'avait pas d'affection pour moi, elle trichait. Quand elle a été au pied du mur, elle s'est retournée contre moi.

– Comment ça, elle s'est retournée contre toi ? demanda posément Nina.

– Oh non ! Ne t'imagine pas que tu vas me rouler dans la farine et me pousser à te faire des révélations. Je suis trop intelligente, tu n'es pas à la hauteur.

– Est-ce que je n'ai pas été ton amie pendant toutes

ces années, Gemma ? insista Nina avec un calme qui n'était dû qu'à son expérience de comédienne.

– Je n'ai pas d'amis. Chaque ami que j'ai cru avoir, chaque personne que j'ai essayé d'aimer...

– Je te considérais comme une sœur, coupa Nina, les yeux mouillés de larmes. Même quand les gens étaient cruels avec toi, est-ce que moi, je n'étais pas ton amie ? Gemma, j'ai besoin de savoir ce qui s'est passé...

Gemma fixa sur elle un regard vide, le pistolet tremblant dans sa main.

– Très bien. Tu veux savoir ? Très bien. Il vaut mieux, effectivement, que tu connaisses la vérité à propos de ta mère. Elle n'était pas la douce et tendre Marsha dont tout le monde se souvient. Moi, elle m'a montré sa vraie personnalité. Je vais te dire. Même si je suis certaine que tu continueras à la défendre. Ta mère m'a téléphoné, elle m'a demandé de venir chez vous. Sous prétexte qu'elle désirait me parler de Patrick. Mais c'était un mensonge. Quand je suis arrivée, elle a commencé à me bombarder de questions. Au départ, elle a été tout sucre tout miel. Et puis elle a frappé un grand coup. Elle a dit qu'elle m'avait vue la veille dans le parc, en train d'enterrer un sac-poubelle. Et qu'ensuite elle avait appris qu'un chien avait déterré ce sac, et que, quand la police l'avait ouvert, il y avait un bébé dedans.

– Un bébé ? Celui du parc ? Mais où tu as eu ce bébé ? Tu n'étais pas... je ne... comment tu...

Gemma poursuivit son récit d'une voix monocorde, comme si elle se vidait.

– Une expérience abominable. J'étais au lycée quand j'ai perdu les eaux. J'ai senti le bébé arriver. Alors je suis rentrée à la maison. J'étais toute seule.

– Tu étais enceinte ? dit Nina qui avait du mal à assimiler les paroles de sa belle-sœur.

– Personne ne savait que j'étais enceinte. Je mangeais très peu, je n'avais pas pris beaucoup de poids.

Maintenant Nina se souvenait. Les salopettes informes et les chemises en flanelle trop larges que Gemma portait toujours, comme un uniforme, pour cacher une grossesse indésirable. Nul ne s'en était aperçu. Ni le père de Gemma, ni sa belle-mère. Ni les Avery.

– Tu l'avais dit au père de l'enfant ?

– À Patrick ? Non. Il ne l'a jamais su. Il ne m'enlevait même pas ma chemise quand il me baisait.

– Patrick ? balbutia Nina. Patrick était le père ?

– Oui, Patrick, répondit amèrement Gemma. C'est tellement inconcevable ?

– Mais, Lindsay et lui... tu l'aidais pour ses études.

– J'étais folle amoureuse de lui. Je faisais tout ce qu'il voulait.

– Et il voulait...

– Du sexe. Lindsay lui tenait la dragée haute. Elle ne l'aimait pas comme je l'aimais. Moi, je ne l'ai jamais repoussé.

– Mais pourquoi tu ne lui as pas parlé du bébé ?

Gemma cilla.

– Il n'avait pas envie de savoir.

Nina sut qu'elle ne mentait pas et, l'espace d'un instant, elle eut pitié de Gemma qui avait espéré de l'amour et, au bout du compte, n'avait été qu'un objet dont on s'était servi. Sa fidélité envers Patrick était, en soi, une forme de folie.

– Ta mère a réagi exactement de la même façon, reprit Gemma. Comme si j'étais la seule à blâmer. Moi, pas son Patrick adoré. Je croyais que, si je lui disais la vérité, elle comprendrait. Elle serait de mon côté. Mais elle ne pensait qu'à ce bébé...

Nina tressaillit, s'efforça de gommer l'image de ce nourrisson, enterré dans un sac-poubelle par sa jeune mère.

– Elle n'arrêtait pas de répéter que ce n'était pas possible, de me demander pourquoi j'avais fait une chose pareille. Et ensuite, tu sais ce qu'elle m'a dit ? « C'était mon petit-enfant, tu as tué mon petit-enfant. » Comme s'il n'y avait que ce bébé qui comptait. Comme si ce bébé était un trésor, et moi de la crotte. C'est là que j'ai vu rouge.

Une telle révolte se lisait dans les yeux de Gemma que Nina détourna son regard.

– Elle m'en a rebattu les oreilles, de ce petit bébé innocent, de sa petite vie si précieuse. Alors j'ai pris le couteau et je l'ai tuée.

Nina, muette, tremblait de la tête aux pieds.

– Voilà, je t'ai tout raconté. Maintenant, on y va.

À ce moment, on frappa à la porte d'entrée. Ce fut comme un coup de tonnerre.

– Mademoiselle Avery !

Gemma sursauta, enfonça le canon du pistolet dans le ventre de Nina, qui la dévisagea.

– Ils savent que je suis là. Ils voudront entrer.

– Merde.

Gemma balaya la cuisine d'un regard affolé, repéra la chaise qui bloquait la porte de la cave.

– Enlève-la, ordonna-t-elle. Ne fais pas de bruit.

– C'est inutile, Gemma.

Nina s'exécuta cependant, décoinça la chaise et la remit à sa place, autour de la table.

– Ouvre, commanda Gemma.

Nina obéit, tendit la main pour allumer l'ampoule de l'escalier. La pression du canon de l'arme s'accentua.

– Ne touche pas à ça. Avance.

Se retenant au mur, Nina descendit lentement les marches. Gemma referma la porte derrière elles.

– Mademoiselle Avery ! On entre !

– Ça ne sert à rien, Gemma...

Celle-ci l'agrippa brutalement par ses longs cheveux noirs. Nina chancela dans l'escalier obscur, réussit tant bien que mal à ne pas tomber.

– Tu la boucles, grogna Gemma, sinon je te jure que je te tue.

Au pied des marches, elle plaqua Nina contre les cartons et les sacs à provisions en papier kraft moisi. Elles entendirent, au rez-de-chaussée, les policiers marteler de nouveau la porte qu'ils finirent par défoncer.

– Lève les bras, commanda Gemma.

Nina leva les bras. Sa belle-sœur, qui la tenait par les cheveux, était derrière elle. Le canon du pistolet lui meurtrissait le flanc.

Nina écouta les pas des policiers ébranler toute la maison.

– Ici ! La vieille dame...

– Elle est morte ?

Un silence. Nina ferma les yeux, pria.

– Non, elle respire. Appelez une ambulance.

– Il n'y a personne en haut !

– La porte de derrière est ouverte. Peut-être qu'elles sont sorties par là.

Nina ne bougeait plus, la figure contre la paroi de cartons et de sacs, les bras contractés à force de tenir les mains à hauteur de ses oreilles. Avec ce pistolet planté dans les reins. Tout doucement, pour essayer de se soulager, elle appuya ses paumes sur la pile de cartons. Sous sa paume droite, elle sentit de la toile rugueuse. Il lui fallut un petit moment pour réaliser ce que c'était, et alors son cœur battit plus vite. Les policiers vociféraient à présent, ils étaient partout dans la maison.

Soudain, la porte en haut de l'escalier s'ouvrit à la volée.

– Mademoiselle Avery ! Nina !

– Allumez la lumière ! dit une voix.

L'escalier s'éclaira, deux policiers descendirent les marches, le pinceau lumineux de leurs torches balayant le sous-sol.

– Ici ! cria l'un deux.

Gemma avait tiré Nina par les cheveux pour l'écarter des cartons, elle s'abritait derrière elle comme derrière un bouclier humain.

– Ne vous approchez pas ! glapit-elle. Je suis armée. Vous remontez ces marches et vous me laissez passer, sinon je la tue.

Les policiers échangèrent un regard.

– Lâchez-la. Vous ne pourrez pas vous en sortir.

– Oh que si !

Nina qui, dans le noir, avait glissé les doigts dans le sac en toile pendant que l'attention de Gemma était focalisée sur les policiers, rassembla son courage et, en silence, pria de nouveau. D'un mouvement brusque, elle s'écarta de Gemma, sentit une mèche de ses cheveux s'arracher de son crâne. Elle pivota, pointant le pistolet automatique de son père – celui qu'elle avait remisé au sous-sol, ne sachant pas comment s'en débarrasser. Car c'était cela qu'elle avait compris alors qu'elle se croyait perdue – que ce sac en toile renfermait l'arme qu'elle tenait maintenant, qu'elle braquait vers Gemma.

– Non, tu ne t'en sortiras pas, dit-elle.

Une fraction de seconde, Gemma, bouche bée, regarda le pistolet. Avec un hurlement de rage, elle tenta de s'en emparer.

Nina appuya sur la détente.

33

Assise sur une chaise près du lit, Nina serrait dans sa main les doigts glacés d'André. Quand l'infirmière pénétra dans la chambre, elle leva les yeux.

– Ne me dites rien, je sais. C'est l'heure, je suis priée de m'en aller.

Hormis une visite à sa tante et à Jimmy qui était enfin sorti du coma, elle avait passé quasiment toute la journée au chevet d'André. Pour elle, c'était la seule façon de se remettre du calvaire qu'elle avait enduré.

– Effectivement, répondit l'infirmière, souriante. Mais votre frère est dans le couloir, il demande s'il peut entrer.

– Patrick? Ça ne vous dérange pas? dit Nina à André.

Il fit non de la tête.

L'infirmière ressortit et, un instant après, Patrick franchit le seuil. La barbe lui mangeait les joues, il avait les yeux cernés, ses vêtements étaient fripés. Il s'approcha, regarda André d'un air intimidé.

– Comment ça va? Je suis vraiment désolé.

– Ce n'est pas votre faute. Je vais bien. Et vous?

Patrick fourra les mains dans ses poches, haussa les épaules.

– Mon frère récupère, c'est une bonne chose. Mais

ma maison a été dévastée par la police, mes gosses sont terrorisés. Lindsay les a emmenés chez ses parents pour les éloigner de cet enfer.

– J'imagine combien c'est difficile, dit André avec sollicitude.

Nina, inquiète, dévisagea son frère.

– Tu arrives à tenir le coup ?

– À peu près. Tant que je n'essaie pas de dormir.

– Oh, Patrick... ce doit être tellement dur pour toi.

– Je n'arrête pas de me demander comment j'ai pu vivre avec elle sans soupçonner que...

Nina songea à tout ce que Patrick n'avait jamais soupçonné. La grossesse de Gemma, autrefois. La naissance et la mort de son bébé, qui avaient déclenché une succession de désastres. Était-ce cette ignorance délibérée qui avait abouti à ça, à ce que son existence se brise de toutes parts ? Elle le jugeait responsable, néanmoins c'était son frère, il souffrait et n'avait vraiment pas besoin qu'on l'enfonce davantage dans sa culpabilité.

– Personne ne s'en doutait, Patrick. Tu le disais toi-même, Gemma était une menteuse hors pair.

Il soupira.

– J'ai discuté avec son défenseur. Il lui a recommandé de plaider coupable pour échapper à la peine de mort. Elle y réfléchit. J'ai demandé à l'avocat de la supplier d'accepter, pour les jumeaux. Assister à un procès, je n'ai pas oublié ce que c'est.

Nina détourna les yeux.

– Oui. Ce serait la meilleure solution.

– Dommage que tu ne sois pas championne de tir, dit-il amèrement.

– Patrick !

– Excuse-moi. J'essaie de ne pas la haïr. Pour l'instant, j'ai du mal.

Nina se leva pour étreindre son frère.

– On s'en sortira, une fois de plus, murmura-t-elle. Je t'aiderai, je te le promets.

Il soupira de nouveau.

– Bon, je te laisse avec ton ami...

Il les saluait d'un geste de la main quand l'infirmière reparut. Elle décocha à Nina un regard sévère.

– Maintenant, il faut vraiment vous en aller. Ce jeune homme a besoin de repos.

Elle saisit la fiche d'André accrochée au pied du lit, y nota une observation et tourna les talons.

– Cinq minutes, pas plus, décréta-t-elle. Je chronomètre.

Patrick lui emboîta le pas.

– Attends-moi dans le hall, lui dit Nina, je partirai avec toi. Dans une seconde.

– D'accord, répondit-il et, même s'il n'esquissa pas un sourire, il sembla soulagé.

Nina se rassit près d'André.

– Je n'ai pas envie de vous quitter.

En prononçant ces mots, elle réalisa à quel point ils exprimaient ce qu'elle ressentait.

– Je voudrais ne jamais vous quitter.

– Vous reviendrez ?

– Évidemment. Mais je suis sûre que, demain, votre famille sera là.

– Mes parents, oui. Vous ferez leur connaissance.

– Et votre fiancée ?

– Non, pas Susan. C'est fini. Je le lui ai annoncé quand j'étais là-bas.

Nina plissa le front.

– Mais je croyais, vous avez dit qu'elle...

– Je cherchais à me montrer chevaleresque, vous comprenez ?

Elle rougit, consciente que son soulagement devait se lire sur sa figure.

– Ça couvait depuis longtemps, reprit-il. Elle n'a

326

jamais apprécié que je souhaite travailler à la prison. Nous avions des opinions différentes sur... beaucoup de choses. Notre relation battait de l'aile. Nous aurions sans doute dû nous séparer depuis des lustres. Je n'ai pas rompu uniquement à cause de vous.

Nina pencha la tête de côté, le dévisagea.

– Seriez-vous en train de dire que vous l'avez fait en partie à cause de moi, docteur Quinteros ?

– Eh oui, répondit-il avec un grand sourire.

– Mais elle a encore la bague de..., objecta-t-elle.

– Lui demander de la rendre serait discourtois, coupa-t-il d'un air malicieux. On en achètera une autre.

En voyant son sourire, en comprenant le sens de ses paroles, elle fut – pour la première fois depuis une éternité – submergée par un bonheur si lumineux qu'il dissipa, lui sembla-t-il, les horreurs qu'elle venait de vivre. Tous ceux qu'elle aimait peinaient encore sous le fardeau du chagrin, cet accablant nuage noir. Il faudrait à sa tante Mary des semaines, peut-être des mois, pour se remettre d'une fracture du crâne. Jimmy, maintenant qu'il était sauvé, aurait à mener une nouvelle bataille contre ses démons, ses drogues. Quant à Patrick... sa souffrance ne s'apaiserait pas de sitôt. Elle se sentait presque coupable d'être aussi heureuse. Mais elle était heureuse.

– Comment pouvez-vous parler ainsi ? Comment pouvez-vous avoir cette... certitude ? On ne s'est même pas... fréquentés. On n'a même pas... enfin, vous comprenez. Rien, même pas un baiser.

André regarda leurs doigts entrelacés.

– Oui, mais c'est le destin. Ton père me parlait sans cesse de toi. Il me disait : « André, elle est faite pour vous. »

– C'est vrai ? murmura-t-elle avec un sourire timide.

Il hocha la tête.

– Quand tu venais lui rendre visite, il voulait que je te rencontre. Ça ne s'est jamais produit. Mais il en rêvait. Il ne désirait qu'une chose : ton bonheur.

– Je sais...

Puis-je être heureuse à présent, papa ? En dépit de tout ? Elle savait bien ce qu'il répondrait. Ce qu'il lui disait invariablement quand elle doutait d'elle-même. Tu le peux, Nina. Elle se remémora les yeux de son père, l'approbation et l'amour qu'elle y lisait toujours. Jamais plus elle ne verrait ces yeux-là, songea-t-elle en contemplant André, cependant elle n'aurait pas à vivre toute son existence sans la consolation d'un regard aimant. Son père y avait veillé avant de la quitter.

REMERCIEMENTS

Je tiens à remercier particulièrement Rich Terbeck de la Commission de libération conditionnelle anticipée de l'État du New Jersey pour sa patience et ses réponses exhaustives à mes interrogations. Au cas où j'aurais pris quelques libertés avec la réalité, qu'il veuille bien m'excuser.

Enfin, comme toujours, merci à Art Bourgeau, Jane Berkey, Meg Ruley, Annelise Robey et Maggie Crawford pour leurs questions impitoyables et leurs brillantes suggestions.

DU MÊME AUTEUR

Aux Éditions Albin Michel

UN ÉTRANGER DANS LA MAISON, 1985.

PETITE SŒUR, 1987.

SANS RETOUR, 1989.

LA DOUBLE MORT DE LINDA, 1994.

UNE FEMME SOUS SURVEILLANCE, 1995.

EXPIATION, 1996.

PERSONNES DISPARUES, 1997.

DERNIER REFUGE, 2001.

UN COUPABLE TROP PARFAIT, 2002.

ORIGINE SUSPECTE, 2003.

« SPÉCIAL SUSPENSE »